大 美 中 国

秦关汉月

陈长吟 著　云南民族出版社

图书在版编目（ＣＩＰ）数据

秦关汉月 / 陈长吟著. -- 昆明 ： 云南民族出版社，
2014.4
　　（大美中国）
　　ISBN 978-7-5367-6084-4
　　Ⅰ．①秦… Ⅱ．①陈… Ⅲ．①散文集－中国－当代
Ⅳ．①I267

中国版本图书馆 CIP 数据核字（2014）第 044798 号

书　名　秦关汉月
作　者　陈长吟著

　　　　策划　高力青 赵和平
　　　　主编　柳　岸
责任编辑　普　艺 杨浩林
责任校对　张京宁
装帧设计　吴楚人

出版发行	云南民族出版社
	（昆明市环城西路 170 号云南民族大厦 5 楼　邮编：650032）
邮　　箱	ynbook@vip.163.com
印　　制	南京汇文印刷有限责任公司
开　　本	787mm×1092mm　　1 / 16
印　　张	17
字　　数	244 千
版　　次	2014 年 3 月第 1 版
印　　次	2014 年 3 月第 1 次
印　　数	1～5000
定　　价	32.8 元
书　　号	ISBN 978-7-5367-6084-4 / I · 1159

总　序

美丽中国！中国美丽！

这种美只能是一种大美，一种大气、大化、大写之美：既有杏花春雨的优美，又有骏马西风的壮美；既有肃穆山岳的静美，又有奔腾江河的流美；既有高楼广宇的华美，又有边村野寨的淳美；既有椰林蕉风的自然美，又有秦关汉月的人文美；既有古色古香的经典美，又有日新月异的时尚美；既有乡风民俗的人情美，又有大餐小吃的风味美……不同美的形态，体现了不同的文化特征；不同的文化特征，又造就了不同的文化地域：江南、西北、塞外、中原、湖湘、岭南、青藏、川渝、皖赣、齐鲁……大体上便组成了中国的文化地域版图。

深入中国的文化地域版图，了解不同地域的文化，或许是我们许多人都有的愿望，因为中国文化的这条大河虽然宽阔而绵长，但它毕竟是由一条条支流汇集而成的；唯有深入这些支流，才能了解中国文化的来龙，当然也更能把握其去脉，以及其特质、品位和优势，以至懂得如何珍惜，如何利用，如何发展。

因为是深入支流，自然面临的或许是更小的支流，甚至是一条条文化的毛细血管，所以我们选择以散文的语体来叙写——唯有散文的语体，可以或记叙，或描写，或议论，或抒情，使作者自由书写、多方地揭示；唯有散文语体，最平实，最亲切，最生动，最自然，使读者可读、可感、可思、可叹；唯有散文语体最能与实地印证，与实物比读，与实景对照，使读者"读万卷书"后，方便"行万里路"。

　　本丛书的十位作家,都是生活在各文化地域中的一流实力散文家,老、中、青三代,各书都是他们有关本地域文化散文的精品力作。全书采用图文并茂的版式,精编精印,以期为读者提供一套精品文化读物。

　　我们期望你通过本书的阅读,能更加了解"中国的美丽",进而更加热爱"美丽的中国";

　　我们期望你读完放下本书后,能走出书斋,就此踏上人生"行万里路"的征程,去追寻更广阔的世界;

　　我们期望再次回到现实的你,能为自己的人生书写出更丰富、更美丽的篇章,也为"美丽中国"增添上新的美丽。

柳　岸

2014 年 3 月 20 日

目　录

风景风致 *之美*

　　中国的大西北是一块神奇的土地,那儿有雄关故道、戈壁沙漠。金戈铁骑曾经踏破山河,改写历史,展现辉煌。厚土下蕴藏着无尽的文物和古迹,还有传奇的人,传奇的事,传奇的俊男美女。现在,让我们做一次穿越,去领略那些有趣的风景吧。

风月风雅 *之美*

　　李白的咏叹和贵妃的迷香,都已经成了历史的遗韵,但长安城里的文脉与情调,却不绝如缕地延续至今。那些仅存的钟楼和城墙等等,像世纪老人一样站在大地上,看岁月穿梭,人流浮动。它们虽然不动声色,但给后辈人带来一种踏实感、信任感、依赖感。

风尚风范 之美

　　一江清水送北京,源头在秦岭。生活的动力石油、天然气,从黄土高原输出。文学艺术的西北风,席卷大江南北。执着地追索,是高原人的个性;创造和奉献,是高原人的理想。风沙吹老了面孔,吹不老坚毅的人生。

风貌风情 之美

　　情歌民谣是黄土高原上的一种精灵,它具有无可比拟的时空穿透力。岁月消逝了,历史更迭了,连故事都变老了,只有民歌在依然传唱。它与土地一起生长。唱民歌的是孤独的牧羊人,是寂寞的揽工汉,是坐在炕上剪纸的婆姨,是攀着树枝打枣的妹子。

风物风味 *之美*

　　一碗蒸面皮,从秦朝吃到如今。吃的是香味,吃的是风格,吃的是乡土民俗。一杯富硒茶,从早晨喝到傍晚,喝的是喜爱,喝的是健康,喝的是古道热肠。一次温泉澡,从头顶洗到脚跟,洗去了风尘,洗去了郁闷,洗出了一身轻松。

风景风致 之

中国的大西北是一块神奇的土地，
那儿有雄关故道、戈壁沙漠。
金戈铁骑曾经踏破山河，
改写历史，展现辉煌。
厚土下蕴藏着无尽的文物和古迹，
还有传奇的人，传奇的事，
传奇的俊男美女。
现在，
让我们做一次穿越，
去领略那些有趣的风景吧。

浅水原上

一

我们出西安，一路向西北行进，车轮碾过关中平原的细土，碾过周秦汉唐的尘埃，在渭河的北岸，便开始上坡，然后过乾县、永寿、彬县，黄土越来越厚，空气越来越凉，到了泾河与黑水河的交叉口之北，看见一大片坡上平地，这就是长武县，就是古秦地的边缘了。因这儿土厚水浅，历史上被人称为浅水原。

浅水原上置县，最早叫鹑觚，名字很怪，但有来历。那是秦始皇二十七年（公元前219年），太子扶苏与蒙恬大将军率师北上屯守边关，开拓疆域，在浅水原上修筑城池，动工时设坛祭奠，忽见鹑鸟从远方飞来，盘旋在盛酒的觚爵之上，久久不去。扶苏觉得这是天赐灵异、吉祥之象征，便报请父皇，将县名定为鹑觚。

清代，左宗棠统军经过长武，曾写下《咏鹑觚佳酿》的七律：

鹑觚佳酿味偏长，

胜过陈绍杏花香。

古玄至今犹风尚，

兵士违律沽醪酿。

三军宿营犹植树，

百姓箪食迎壶浆。

边陲可期完战果，

乱平凯歌还朝堂。

现在,长武县还生产着一种"金醇古"酒,就是原来的鹁觚,只不过为了大众好认,用了简化字。

晚饭时品尝了"金醇古",但觉芳香扑鼻,味道甘美。连鸟儿都被吸引,何况我等俗人凡辈也。

产好酒的地方,必有别致的水土。

二

长武这名号,一看就知道是打仗用武的地方。它的地理位置非常重要,再往北走,就进入甘肃地界。在快车大道的今天,当然不算什么,但是在人走马行的古代,却是阻挡胡骑侵入的关口。

据资料统计,长武的地面上在古代经过的大小战争有万次之多,可以说,它的南塬北塬一共283条沟壑里,都曾被血水浸润。

攻击、坚守、陷落、收复,拉锯战像演戏一样,不停地过场。

在城东的东岳庙广场草地上,我看到两尊石像,它们造型粗犷,头颅庞大,身材矮胖,腿壮肚圆,其形体与雕刻风格,与汉族传统截然不同,很接近于新疆伊犁昭苏草原上的突厥人石像。由此可以看出,这儿曾经是胡人活动的地方。

长武有名的小吃是血条子及锅盔。那种血条子,是用新鲜羊血搅拌面粉揉擀而成,颇同于草原人食肉带血的鲜吃法。那种锅盔大饼,干而不硬,酥而不软,耐泡受嚼,存放数天不变质,很适合行路的兵将携带充饥。

长武久安,先武后安。一切平安详和的景象,都是战士用鲜血换来的。人类是最不驯服的动物,血液中充满野性的争斗。征服与被征

长武石人像

服，是个历史的命题。规矩和秩序，也是在反复论争中逐渐清晰确定。

<h1 style="text-align:center">三</h1>

长武最有名的战争，是李世民指挥的浅水原之战。

隋末，李渊起兵太原，大军攻入长安京城，改立唐朝，年号武德。但新政刚建，根基尚稳，便有金城薛举勾结突厥来犯，秦王李世民挂帅西征，抗敌于浅水原上。可由于年轻气盛，麻痹轻敌，初战失利，官兵死伤过半，只好撤退回关中。

经过数月休整，李世民总结经验教训，率军再度出征，采用"伺衰而击"的策略，在浅水原上扎下大营，凭借深沟高垒的地势，拒险以待。双方相持两个月，薛军终于粮草供应不济，军心动摇，而唐军有坚固的后方支援，军事力量越来越强。

在一个浓雾弥漫的黎明，唐军出其不意地发起进攻。元帅李世民飞跨白蹄马，身先士卒，统领精骑从浅水原北面铺天盖地冲杀过来，鼓响锣鸣，山摇地动。薛军中的突厥人向来英勇善战，他们顽强抵抗，从早到晚，激斗了一整天，横尸遍野，血似晚霞。最后，薛军轰然大溃，仓皇逃散。

李世民胯下的白马也血迹斑斑，但仍威武昂扬……

浅水原之战，巩固了新生的唐王朝政权，也显示了李世民运筹帷幄的指挥才能。

现在长武原的土地中，还经常能挖掘出锈迹包裹的残剑断戟。

夕阳中，望着连片成林的、色泽鲜艳的、丰硕安静的苹果林，我想：历史更新换代，杀声早已退去，和平多么美好！

<h1 style="text-align:center">四</h1>

长武县城东街上的昭仁寺，是全国重点文物保护单位，闻名古今中外。云中岳的武侠小说《风尘豪侠》中，曾对这老街古寺有所渲染。

昭仁寺的建造，与浅水原之战有密切关系，那是李世民继帝位之后，为纪念当年英勇奋战、壮烈牺牲的将士颁诏而建,并亲笔书写了"昭仁寺"三字匾额。

唐时的昭仁寺规模宏大,气势恢浩,殿堂罗列,古树参天,占地数百亩,僧侣数千人,周围还有数十里田产。据说迎接去西域取经路过此地的大和尚时,昭仁寺的僧侣站成两排恭迎,队伍长达百里之遥,可见皇家名刹的壮观。

现在,昭仁寺仅存门庭、大雄殿、左右厢房及一个后院,规模不及过去的十分之一,但两件可称为"国宝"的实物尚在。

一是唐碑。这是一面有龙冠、龟座、书法碑文的青石雕刻,它通高4.56米,上面刻着3155个字,内容从盘古开始,写到唐初,涉及政治、文化、军事、社会、宗教等方面,在悼念阵亡将士的同时,歌颂了李世民的丰功伟绩及贞观之治的纲领,是研究隋唐史和佛教史的珍贵资料。更为难得的是,碑文由唐代四大书法家之一虞世南所书。虞世南是唐太宗的书法老师,其寸楷笔力沉雄,结构严谨,流利通畅,潇洒俊逸,是国家级的书法艺术名碑,向为后世习书者所重。

二是无柱殿。这是昭仁寺的主体建筑,阶石层垒,月台宽敞,里面进深各三间,跨度10米,采用单檐歇山式屋顶结构,木梁折叠式拱架。殿内无

昭仁寺

柱,飞檐翼角,庄重方正,俗称"一担挑八角",其精巧的建筑水准显示了唐代工匠的高超技能。据说"勾心斗角"这个名词,就是由此而出。殿内的龛台上供奉有释迦牟尼佛,莲台底部有四大金刚、十八罗汉肩抬背负状的泥俑群像。东西两面墙壁上,布置着瑰丽堂皇的彩绘画像。其庄严的气氛,不因岁月流逝而减退。

昭仁寺如今是长武县博物馆,左右厢房里展览着北朝宗教石刻造像,院墙里还排陈着古今名家书法刻石,其中民国儒将于右任经过长武时留下的几幅墨宝,亦是精品。

漫步在昭仁寺院中,树木葱郁,花草散香,清静安谧,情怀高爽。

五

早就知道柳毅传书的优美故事,到了长武,才搞清楚它就出于此地。

县城东边10公里处有个柳泉村,就是龙女牧羊遇柳毅的故事发生地,现在当地有牧羊山、龙女峰、马刨泉、笔墩井、柳毅庙等遗迹。

柳毅传书是个神话故事,浪漫曲折,想象丰富。说的是公元7世纪时的唐高宗仪凤年间,苏州城里滚绣坊有位书生,名叫柳毅,进京赶考,可名落孙山,打点行装返回吴地前,去京城长安之北的高原上看望老师。途经泾河岸上一草原牧场,问路时遇到一位年轻的牧羊女子,其面容憔悴,神情不畅,却又不失大家闺秀的气质。几经动问,女子见他是读书人,一身清气,就倾情相告。原来她是洞庭龙君的三公主,受尽丈夫泾河龙王二儿子的欺凌虐待,公婆又袒护儿子,将公主贬到草原放羊。公主身在异乡,无法让数千里外的父母了解受迫害的痛苦,只好忍气吞声。柳毅知情后,表示定当竭尽全力去送信。写信时没有绢,龙女便撕下她身上的一片裙子;没有墨,马蹄狂刨地面挖出黑色泉眼;没有笔,柳毅拿起马鞭奉上。最后龙女草了书信,交给柳毅带走。

后柳毅将书信送给洞庭龙王,龙王阅后悲伤万分,懊悔自己将女儿错配了夫君。此事被洞庭君的胞弟钱塘君知道后,怒从胸中起,便统率洞庭水兵和钱塘水兵西征泾河龙王,生擒泾河小龙,并一口把他吞了,救出侄女。龙母娘娘欲把三公主嫁给柳毅,可柳毅不是贪财起义的小人,便严拒之。那龙女则思念不止,便装扮成打鱼女住在柳家附近,又托媒提亲,最后两人喜结良缘。

柳毅传书的故事,被后人改编成多种形式的戏剧,盛演不衰。

柳毅和龙女虽然都来自南方,但在长武人的心中,他们就是本地俊男美女的化身。

六

长武的女子心灵手巧,她们生产的刺绣工艺品,远播海内外。

我在昭仁镇灵凤村妇女李毛毛的家庭作坊里,见到了几位正伏架劳作的刺绣女。李毛毛是她们的代表,曾获得陕西省妇女民间手工艺能手的称号。她前几年绣制的毛泽东《七律·长征》诗词长卷绣品,被市里作为十七大献礼,送到北京去。还有些作品作为中俄妇女友好会议的礼物,参加妇女创业博物会等等。她还在农博会上进行现场刺绣表演,被摄入电视镜头。

李毛毛家里陈列着许多绣品,有花鸟类的,书法类的,虫鱼类的,动物类的……造型生动,色彩鲜艳,情趣盎然。尤其是那长达4米的《清明上河图》,繁中有简约,众多的街道、人物、工具、生活场面都被展示出来。古代的名作《清明上河图》是国画,用工笔一点一点描出来,可是刺绣的针线工具较之工笔画要粗犷许多,绣线的色彩也没有国画颜料那么丰富,在表达上就困难多了。但李毛毛她们精心绣制,赋予了这幅古代名作新的鲜活的生命气象,又不失其原有的韵味。

遗憾的是,手工刺绣品在国内的价格太低,一幅才几百元,在国外要高达几千元,目前的销售通道还有待打开。

养在深闺人未识,长武刺绣终会有亮艳的时候。

七

夜晚,带着酒意,吹着微风,我来到西街头的文化广场。

　　这儿是人们纳凉、锻炼、聚会、休闲的地方,璀璨的华灯下,群众有的手舞足蹈,有的默立出神,有的长衣锦裤,有的赤膊裸膀,有的自带矮凳,有的席地而坐……一幅当代的《盛年康乐图》。

　　这个文化广场占地60亩,分为5大部分。北区为休闲景观区,配有彩色音乐喷泉、建筑小品、绿化苗木;西区为一道浮雕、线雕文化墙,表现了长武古今历史故事及人物剪影;东区是一座文体综合大楼;中区为一个标准塑胶跑道;南区还将建一座大型室内体育训练馆。

　　今日浅水原上发生着翻天覆地的变化,并且这块土地,还会越来越引人注目。

　　那个亚洲第一、世界第三的坑口电厂正在建设。

　　那片世界上最香的苹果园区正在扩大生产。

　　那条过境的高速公路已经通车,从省城到这儿仅两小时车程。

　　盛夏,西安城内高温四十度,这儿却凉风习习。

　　陶醉在浅水原上,不想归去。

彬州记

一

彬州最早的名字叫豳州。

这个"豳"字不好认，却带着中国文字的象形特征。

那是夏商时，周人部落的首领公刘在这儿垦荒建国，其地形是南北两边的黄土台塬夹着中间一道河川，山坡上森林茂密，禽兽呼啸，尤以野猪为盛。周人在河边垒土筑城，猎杀野猪食肉。"豕"在古文中指猪，国土里有猪，便结构成个"豳"字儿。

后来，野猪渐少，农民们家养肉猪，他们在地上挖个深坑，将小猪们放进去，形成自然的猪圈。这是"豳"字来历的又一个说法。

总之，可以看出，古时此地植被优良，物产丰饶，先民们勤奋劳作，是人类的重要发祥地。

后来文字简化，把墙推倒了，把猪放跑了，只留下森林。

彬县（即彬州）在陕西咸阳北塬，属于黄土高原地带，却树木葳蕤，草色盈目，看来山水也是有遗传基因的。

二

我在彬县县城的东南方，看到路边悬挂着一个村庄的名字，叫早饭头。

这样的名字，既通俗好记，又有生活性，还带着地方特点。

一打问随行的本地朋友，知晓这儿是南来北往行人的必经之地。县城过来的人，到此处吃早饭，然后去沟里拉煤；山里出来的人，到此处填饱肚子,然后去城里送货。这地名先是行人口口相传,后来便进入了官方辞典,标入地图。

对于这个名字,村民则另有解释,他们说:我们村的人勤劳持家,每天鸡鸣就起床干活,吃饭早嘛。

这话虽然带点自夸的意思,可有一个事实不容争辩,那就是,早饭头村的庄稼在全县成熟最早,收割也最早,被称为"东方第一镰"。

这儿的窑洞也有特色,有地窑(挖在地层面以下的)、窑洞(地面的)、复窑(上下层)。尤其是这复窑,像当今的二层楼房,在过去那种条件下修筑起来很有困难,所以不多见。许多建筑历史学家,跑到这儿来拍照、考察。

看来,早饭头村民的聪明、能干,是不容置疑的。

三

再往前走,就到了程家川。

这是个地理位置别致的乡村,泾河在群山环抱中潇洒地绕了一个弯,圈出一座独立的大山包,有人按形状称它为"独堆山",有人凭意象呼它为"元宝山",也有叫它"平顶山"、"香炉山"的。山上种植着油菜、柿子、桃、梨等果木,色彩丰富,蔚然成林,时有岚气缭绕其上,风景迷人。

程家川村就坐落在山下环形川道中,应了"头顶山,足蹬川,世世代代好做官"的风水特征。村中数百间明清古民居整齐有序,二十几个四合院砖雕壁画,十分讲究。全村116户509人,其中80岁以上的老人不少,可称长寿村。据说有外地妇女患风湿病,遍医难退,后来在程家川住了数年,竟不治而愈,也不知是水土问题,还是小环境气候发生了作用?有内行人看了此地风水,说是符合道家的养生学说,玄。

不过,村后60米高的石崖上,凸出了一个老君的头像,神态安详,注视人间。谁家孩子身体不舒服,在老君像下烧香磕头,就会减轻。村侧还有一个老君殿,常有周边数里内外的群众来祭拜。

石崖上一股神泉水,日夜不息地流淌着,滋润着村子。

离村不远的川道中,一个形若酒葫芦的小湖漾在那儿,名叫"宝瓶湖",

可以垂钓，观月，散步。

这样一个适合休闲的地方，竟藏在深山中，便有了仙意。

如果能避开城市的繁烦，到程家川来住一段时间，爬爬山，摘摘果，游游湖，散散步，食用没有污染的粮菜和呼吸新鲜纯净的空气，对人的身体绝对有好处。

四

彬州最有名的人物，当然是公刘了。

公刘是黄帝的后裔，是农师后稷的曾孙，是他奠基了中华民族的定居农耕历史。在原始社会，人类主要靠游猎生存，居无定所，是公刘带领大家筑起土屋，从事五谷棉麻、秋收冬藏之类的农事。他利用日晷测影定位，确定农时节气，并观察研究地形，筑坝修渠，引水灌溉农作物，提高产量。因为居住稳定、丰衣足食，子孙后代便也得到繁衍壮大。

在《诗经》的《国风》篇章里，有一章《豳风》，其中这样写道："七月流火，九月授衣。春日载阳，有鸣仓庚。女执懿筐，遵彼微行，爰求柔桑。"至今仍然是彬县农村的民俗生活写照。

公刘墓在县东南边缘的土陵村，人称"周墓蟠龙"。墓长三里，北枕山梁，南控泾水，势如伏龙。墓周四山耸起，群峰拱卫，屏列的18个岭台被誉为护墓的"十八罗汉"。墓高50米，其上草色葱翠，千年来水土不流失，并且地气充盈，有寒带热土的特点，适合果木药材生长。

传奇的人，传奇的事，传奇的山水。

公刘墓

五

姜嫄墓也在彬县。

姜嫄是后稷之母。后稷是周族的始祖,传说他是个怪胎,系姜嫄在野祭时踏了巨人的脚印而怀孕,所以出生后被丢弃于隘巷,但过往牛马避而不踩,后又扔在河床的冰上,连野狼也过而不食,野鸟还飞过来以羽毛为其取暖,姜嫄感到奇怪,以为神物,才抱回来抚养成人,长大后竟做了周部族的首领。他聪颖过人,发明了种植各种粮食作物的办法,使人类的发展得以保证。

如果把后稷称"人祖",姜嫄则是人类的"圣母"了。

寻访姜嫄墓,颇费一番周折,因为没有明确标记,又藏在山里,只有少数人知道其准确位置。向导带我们从水北村进山,沿着蒲泽谷中的土路前行,时而爬坡,时而过溪,终于来到一面山坡前,说:就在树林里。

这是个不大的野山坡,林中树枝缭乱,杂草弥深,陡坡漫水,几乎没有路。攀树寻隙一脚泥,在半山上,看到个土冢,有清乾隆年间陕西巡抚毕沅书写的"姜嫄圣母墓"石碑。人之圣母就葬在这荒山野岭,我感到很惊奇。

后来一观察,其实也有讲究,墓地的两侧不远处,环列着"人"字形山梁,系"二龙捧珠"之意。墓前的溪流对面的山坡上有个平台,是过去的拜祭台,只是年代久远,少有人来,鲜被提及,姜嫄墓便被荒野包裹了。

在蒲泽谷口的岔路处,我看到两棵参天古槐,老树下有一排简陋的房子,谓之关帝庙。庙前的古戏楼,却让我震惊了。它虽然屋脊塌了一半,但留下的那部分造型精妙,生动传神,有极高的工艺水准,是难得的古建筑。

后来,我对县上的领导说,蒲泽谷、姜嫄墓、关帝庙、古戏楼、老槐树,构成了一条极好的旅游线。

但修复和开发古迹,是个复杂的事儿,我说了不算。

六

彬州的土地上,出故事的地方很多。

一条不大的泾河,在黄土塬中绕来绕去,绕出许多历史传奇和自然景观,让人意想不到。

古典名著《聊斋志异》中,有一篇名叫《翩翩》的小说,写的是城北"石龙窝"发生的事儿。

说是过去彬地有个富家公子罗子浮,受浪荡之人引诱,去城里嫖妓,又迷恋此妓跟随人家去了金陵,住在娼馆,不但生活作风学坏,最后钱财花光,还染上了性病。他担心死在外地,便沿路乞讨回家乡,可是又不好意思进家门,就徘徊于乡间。一日傍晚,在龙窝遇见仙女翩翩,将他收留,为他治好病,两人同居在洞中。有天花城娘子来访,子浮淫意又生,受到阻止。后来他们慢慢步入正常生活,有了儿子,还娶了媳妇,罗子浮想带着全家回城去,翩翩只好将他们送走,自己却不愿同行。过了一段时间,罗子浮思念翩翩,遂回到龙窝,但黄叶满径,找不到洞口,无法看见翩翩了,他伤心地站在地上泪流满面。

这是个改邪归正的故事,仙女翩翩美丽善良、智慧勤劳,感化和教育引导了失足汉子,给了他重生的机会与前途。其实翩翩就是彬州女子的化身,让人敬佩热爱。

2002年4月,国家邮政局在彬县举行了《聊斋》第二组特种邮票首发式,因为其中第二图《翩翩》中的主人公是彬州人。小小的邮票上描绘了翩翩、花城娘子、罗子浮三人围案会谈的场景,构图生动,形象传神,具有收藏价值。

七

彬县城历史悠久,但如今留下的文物古迹不多了,只有一座开元寺塔,算是代表。

说起彬塔,民间有段顺口顺:"七层层,八棱棱,二十四个窟窿窿,五十六个风铃铃。"比较形象地描绘了该塔建筑特点。

此塔建于宋朝,已经屹立了900余年,依然凝重挺秀,风姿峭拔。每到傍晚,会有一群群燕雀盘旋在塔顶,翻飞弄舞,形成一大景观。

彬州位于陕甘古道上,自古以来,已有数不清的能人志士经过这儿。

据记载,华夏民族的共同先祖轩辕黄帝,起码两次路过彬州。

第一次是黄帝40来岁时,做国君也20多年了,他前往崆峒山拜访仙师广成子,寻求治国大计及长生不老之方。但因他队伍庞大,威仪排场,自己端坐大象背上,摆起帝王的气势,还有文臣、武将100多人陪同,广成子驾鹤云头,拒绝见面。

开元寺塔

第二次是黄帝100岁时,决心再访广成子,他心想第一次可能是仙师怪他摆帝王架子,心不诚,这次就只带了妃子素女,两人便装上路,终于见到了广成子,当面聆听了长寿修身之道。

素女雅好音乐歌舞,还通晓阴阳之道,深得黄帝喜爱。本来她是排名仅次于女娲的神女,可是因了一本《素女经》,名誉受到诋毁。在这本经里,她与黄帝研讨了性交的经验,提出了爱乐与延年益寿的关系,实则是一本论述房中术的科学著作。

这本《素女经》的某些最初理论,可能就诞生在西行路上的彬州客栈里。

八

在地图上见到"侍郎湖"几个字,喜欢水的我,坚持要去看看。

侍郎湖位于县城西南33公里的底店乡牛堡村,站在高处望去,只见纵横起伏的绿色山林的怀抱中,闪烁着一块翡翠般的镜子,鲜亮耀目。

这个湖是几百年前,山体滑坡堵塞水路形成的天然聚湫,湖面只有380亩,但周边却有8万亩林区围绕。茂密的刺槐林郁郁葱葱,置身其中,仿佛在南方某山区,根本感觉不到是黄土高坡。

湖边正在打造旅游度假村,将来可以休闲、开会,采果、垂钓。好就好在这湖水清,甜淡新鲜,水深约13米至18米,并且盛水期和枯水期变化不大,它春映野花,夏漾凉风,秋无落叶,冬不结冰。环湖3公里修有人行道,散步观景刚刚好。

真是一块高原福地。

九

该说大佛寺了。

它在城西9公里处的西兰路边上,是国家重点文物保护单位,也是彬州最著名的旅游景点,名气大得很,长年有国内外的游客来参拜。

大佛寺始建于唐贞观二年(628),是唐太宗李世民为浅水原大战中阵亡将士超度亡魂所建。全寺依崖凿窟,雕石成像。130余孔洞窟、1980余尊造像,散布在40米长的崖面上,颇为壮观。

主窟高30多米,其中的石佛高20米,肩宽13米,仅手指就长约2米,全身色彩凝重,线条优美,长眉阔目,端庄慈祥。站在他的身下,人不由得肃然起敬。大佛的两旁是观世音菩萨和大势至菩萨,头戴宝冠,身着璎珞,着色素雅,神态恬静。周边的洞壁上还雕刻着起舞的飞天、精致的坐佛,规模宏大,是古代造型艺术的宝库。

主窟的东侧是一个千佛洞,里边一柱三窟,大部分是浮雕造型,形象千姿百态,飘逸灵动,其排列布局、大小搭配、姿形变化、整体呼应等,均见出艺术家的匠心。其中有几尊造像身材修长,体态婀娜,衣裙垂撒,裸胸露脐,简直是东方维纳斯。

远眺侍郎湖

大佛寺既是战争纪念、盛事象征，又是宗教崇拜、信仰表达，还是工艺展示、美术汇聚，有极高的价值。

早就听人称这儿是关中第一大佛，中国第一彩绘石佛，今日得见，果然名不虚传。

十

从大佛寺折回来，经过路边的水帘村，看到一座名叫花果山的圆形石堡，周身遍凿洞窟，群众又称它为点灯山。每年的元宵节，大家都要上山去点燃露天石窟里的上千盏清油灯，连明三天，以求风调雨顺，五谷丰登。

周风沐浴过的土地，很重视用一种仪式来传达心意，这是传统的承续，也是文明的精神。

县城对面的紫薇山，如今也拉上了千余只太阳能灯。入夜以后，千灯齐明，照亮山川。

这现代的灯山与古代的灯山遥相呼应，映射出彬州灿烂的历史和朝气蓬勃的今天。

断壁上的大佛寺

淳化

一

那年,宋太宗微服私访,化妆成一介讨饭的平民,检查他提倡的政清民淳的效果。一日,来到陕西云阳地界,进了一户农家的院子,那家老大爷见"叫花子"来了,端出一碗昨天剩下的稀饭给他,"叫花子"摇摇头,嫌太稀了;老大爷又进屋去取了两个馒头递过来,"叫花子"又摇摇头,嫌太黑了。老大爷说:你这个"叫花子",咋还要求高得很呢!"叫花子"说:你们这几年日子过得怎么样?老大爷说:皇帝推行政清民淳,老百姓的生活莫麻达。嗨,你这个"叫花子",咋也关心国家大事哇。你要嫌馍黑,我给你重做去。

待老大爷新做了饭出来,"叫花子"已没影儿了。

宋太宗回到朝廷,对云阳县的民淳教化深有感触,便下旨将云阳改成淳化。

上边是一段民间传说,诸位不可全信。

但淳化县在北宋太宗年间定名,却有史料记载,有石刻为证。

我走进淳化县,也深感这地方有一股蓬勃的正气。

二

淳化县地处渭北黄土高原南缘,在崛起的台地之上,黄土层厚,水分较少。一个朋友告诉我,几年前他到过淳化,满目黄坡,空气干燥,汽车驶过,尘灰弥漫,一双黑皮鞋,穿半天就变得灰不塌塌。鼻子里老觉得刺,头发里老觉得痒。

淳化县城一角

但我看到的淳化，却大不一样。车窗外绿荫连绵，疑似江南。城头的梨园广场旁，甘泉湖碧波荡漾，兴淳塔巍然高耸。离城8公里的北仲山生态森林公园，峰峦叠翠，空气清新，泾河穿山而过，有"关中第一峡"之称。城北的润镇五一生态新村，一律新房，82户人家构成规整的小区；家家房顶有太阳能，屋后有沼气池，附近有果园；宽阔的休闲广场上可以唱歌跳舞，现代的体育器械能够锻炼身体，黄土高原上农家的日子，过得与大城市的郊区差不多。

淳化现在是全国林业先进县、全国绿化模范县、全国优质苹果基地重点县、中国最佳原生态旅游目的地，被誉为"黄土高原上的绿色明珠"。

这是几代县领导带领群众干出来的结果。

三

淳化在历史上曾是个谷深林密、水清草肥、天高云淡、芳气弥漫的殊胜之域，秦汉时以"三秦名邑"闻名九州。秦时建有林光宫，并开拓了"中国第一条高速公路"秦直道。后来汉武帝又在这儿修了甘泉宫，便更成了皇戚贵族们避暑狩猎的园区。于是，有很多重要的军令从这儿发出，也有很多宫廷故事在这儿演义。

清代诗人王士祯在《汉武帝通天台址》中写道："通天台畔望咸京，秋入秦川雨半晴。御宿不来仙掌散，宫车已往露盘倾。神光遥指虚无影，渭水长流日夜声。此去西风茂陵路,只应肠断沉初明。"

勾弋夫人的遭遇让人想到古代皇宫的福祸无端。勾弋夫人原名赵婕妤,是汉武帝刘彻的妃子,汉昭帝刘弗陵的生母。本来应该贵为皇太后,尽享福乐,可是,汉武帝在欲立6岁的弗陵为太子时,又恐子少母壮,担心重蹈吕后专政覆辙,就找岔子寻事儿赐勾弋死罪,送七尺白绫让其自缢于甘泉宫中。第二年武帝病亡,第三年弗陵继皇位,但是,勾弋夫人已无法看到儿子的荣耀了,好生生的母子亲情被折断,不管后来朝事怎样变化,对美丽的勾弋夫人来说,都是极大的不公平。

南宋诗人徐钧这样感叹:"名门尧母将传嗣,取鉴吕皇预杀身。燕翼贻谋亦有道,如何知义不知仁。"

行走在淳化的沟塬上,常会有事物不经意地冒出来拨动你的心弦。

四

县城东南15公里金川湾村冶峪河畔的岩体之上,有一个外层风化剥蚀的隐秘的唐代石窟,窟中有释迦牟尼的雕像,佛像连座台高5.8米,胸径宽1.5米,雕刻艺术精湛,那衣角、披肩层次分明,造型优美。更为罕见的是,石窟的墙壁上刻着近10万字的佛教典义,其中有5万余字是"三阶教"经文。

对于"三阶教",大部分读者是陌生的,因为很少有文字记载流传下来。"三阶教"是中国佛教的一个源别,其经名在敦煌石窟和日本寺院的典籍中能找到,但没有实际内容。淳化的"三阶教"经文被发现以后,引起了国内外专家、学者的关注,被视为世存孤品,有重要的史料价值。

在1300多年前,用手工开凿这个石窟并刻上10万个文字,绝非易事,完全靠的是对佛的虔诚信仰和劳动者的顽强意志,据说坚持到最后,工匠已双目失明,大山被他感动而流下

梨园广场

宫字瓦当　　　　千佛碑断片

了两股眼泪,形成距石窟不远的"神眼泉",其泉水中含有许多矿物质,具有明目和预防红眼病的作用,被当地人奉为神水。

站在石窟面前,我隐约看到淳化人的那股坚忍不拔的精神脉传。

五

在淳化行走,还能看到一种奇特的古老的民居建筑:地窑院。

"远望不见村庄,近闻吵吵嚷嚷,地上树木葱郁,地下院落深藏。"这首打油诗就是对淳化民居地窑院的真实描述。

若是晚上行路,你走着走着会突然发觉脚下出现一个地坑院子,便连忙收身,同时大吃一惊。

其他地方的建筑都是从地面向上崛起,而地窑院则是从地面向下深入,掘地为穴,掏土成窑。方法是先在平地上挖开一个方形天井,大约七八米深,每边长约三十米,然后在天井四壁挖窑洞。用最简陋的手段、最少量的建筑材料和最小的工程费用,建起居住的家园。这种地窑院挡风隔音,冬暖夏凉,天然空调,恒温住宅,坚固耐用,防震抗震,人称它是"地下的北京四合院"。

现在,农民有钱了,不少家庭已在地上建起几层高的砖石水泥结构的楼房来,可他们仍然舍不得丢弃那些地窑院,就作为储存杂物、保鲜食品的仓库。

地窑院,是淳化人生存智慧的历史见证。

六

县城梨园广场河岸那一边的高塬坡头上,淳化人新建了一座碑林,百座石碑排列整齐,上边雕刻着众多名流的书法手迹。

　　强烈的太阳光下,我有点眩晕:搞这么多的现代石碑,有什么作用?

　　后来我明白,淳化人相信,石头刻下来才是不朽的。

　　敢于立石碑,首先在于敢想、敢做、敢干,淳化人心中有这股硬气和自信心。

　　人生是短暂的,江山是不朽的。

　　秀美山川福荫后世,石碑承载着传说。

淳化塔

高原写意

窑　洞

黄土高原刮风的时候,天地都变了颜色。面粉似的无边无际的黄尘,在大自然中肆意抛撒,凡是裸露的地方,它会毫不留情地进行彻底覆盖。

路断人稀,生灵们都躲到窑洞里去了。

尽管窗外风沙横行,可窑洞里稳稳当当,因为窑洞本身就造在黄土里,藏在黄土里,它与高原没有分家。

人离不开土。生要落土,死要归土。脚踩着土心里踏实。

陕北人创造了窑洞,窑洞为他们提供了依赖和生存的保护。

窑洞里冬暖夏凉,地气充足,切合自然四季变化的规律。

窑洞的顶端光滑饱满,仿佛圆通的苍穹,有无尽的承载力、亲合力、应变能力。

顶着土,踩着土,立于土;土养人,土聚气,土生万物。

陕北人的坚忍和耐性,与窑洞息息相关。

住过窑洞的人,心性绵实,脚步稳

窑洞村庄

健,干事只要上劲儿就不会放松,走路只要向前就不会后退。

　　李自成从陕北出发,一路打进了京城,创造了农民起义的辉煌。毛泽东曾在南方游击多年,没找到坚固的根据地,后来长征到陕北,住进窑洞,迂回在连绵纵横的黄土高原中,得到掩护、得到补充、得到营养,敛得了大气,成功了革命。窑洞和陕北给了毛泽东的,不只是豪气,还有诗情(他在陕北的窑洞里写了不少意满乾坤的诗篇)。物质和精神是人生的两股气,缺一不可。

　　红枣补气虚,小米润肠胃,窑洞暖身子。

　　一切都得益于黄土。

　　窑洞聚敛了黄土的精华,黄土凭借窑洞而传神。

毛　驴

　　毛驴在《信天游》中经常出现,它与陕北人民的劳动生活紧密相连。有一首民歌这样唱道:

　　　　一条条的那个毛驴哎,

　　　　一条条的那个鞭;

　　　　赶上了毛驴哎嗨,

　　　　上哟上了山。

　　　　毛驴儿欢跑鞭声儿脆,

　　　　信天游声声满山川。

　　毛驴深入人心。

　　陕北人耕地用它,推磨用它,丰衣足食用它,逃荒避难也用它。

　　毛驴身板不高,与马比起来,它显得矮小;与牛比起来,它显得瘦弱。但毛驴的适应性不同寻常,既有耐力又显得柔弱听话,能在许多场合贡献力量。

　　比如婚嫁喜事,主人为它洗净皮毛,又在头上系起红绸,它便成了驮送新娘的工具。那时节,穿着花红柳绿艳衣艳裤的新媳妇骑在它的身上,由它碎步颠簸在山路上行走,它的脊背与姑娘苗条的长腿磨擦配合,于它于新娘子都是挺惬意的吧？我想，在牲口的群落中，毛驴此刻一定引人注目，它也一定感到骄傲自豪。

再比如与教书先生走在一起，驮着青衣黄卷，它会显得文气十足；与吹鼓手走在一起，驮着锣鼓唢呐，它会显得乐感充盈。当然与小孩子们走在一起，它亦会露出灵巧活泼的样子……

20世纪60年代末期，听说有一位京城大领导的儿子来陕北插队，见到毛驴亲切不已，又搂又抱，又亲又吻，还剃了个光头，与毛驴在一起照相，然后为了奖赏毛驴，将自己从京城带来的罐头饼干喂它食用。

那年月，农村人很少能吃到罐头饼干，不由得眼气毛驴。

毛驴通人性，自觉低下了头颅。但受到如此厚待，不是它的过错。

毛驴与陕北人形影不离。有窑洞的地方就有它，有庄稼的地方就有它，有烟火缭绕鸡犬相鸣的地方就有它。

一想起毛驴，人的心里就涌起温暖。

沙　柳

黑夜行车于陕北高原，常常看到小河边、沙地上，耸列着一柱柱狰狞的黑影，就像战场上的勇士。

这是沙柳，一个不屈不挠的自然形象。

当地人叫它砍头柳，别具一种震撼的力量。它稳稳地扎根在沙地中，身材威武粗壮，头顶往上张开的枝杈，似伸向天空的手爪，在做无声呐喊。是表示抗击风沙的意志，是呼唤天堂甘露的降临，还是伸展征服了大自然后的雄姿？这些，只有残酷无情的沙漠知道。

还有一种弯弯曲曲的是毛柳。它们身材单薄，细细的一根高挑杆儿，身上长满柔软的短枝儿，似乎发育不良。这是由于沙下少水，地面多风造成的畸形现象。但在平顺绵密的沙地上突起一片细长弯曲的毛柳来，那色彩和对比，那种扭曲之美亦让人动心。

最绚丽和绰约的要数红柳了。它们形似长草，一丛丛蓬结在沙地上。

身条儿是那么纤细单纯不枝不蔓,颜色是那么油红闪亮具有金属的质感。沙漠因红柳平添无数风情,戈壁有红柳生出女性的秀媚。远行客看到这些生机勃勃潇洒玉立的条儿,恨不得伸出风尘仆仆的双臂去搂住它们。

另一种独见风姿的是小疙瘩柳。它们身杆不高,但分杈繁密细长,枝条上结出许多小疙瘩儿,仿佛凝固的音符,在天地之间弹奏抒情乐曲。

沙柳随年月和季节的变化也有所更新。像那砍头柳,冬天被砍尽枝干,但过一段时间又会长出细密的枝条儿来。那些枝条子挨挨挤挤,看上去简直如同藏族姑娘梳留的满头小辫子,柔顺可爱。

沙柳,是塞上的精灵,是陕北土地上生生不息的风景。

砍头柳

延安断想

诗 意 小 院

我固执地认为,一个人的禀性气质,是可以从一些不经意的细微末节处窥视出来。

在延安,寻访了毛泽东曾住过的两处庭院,对这位伟人的人生另一侧面——诗人性情,我有了更深入的感受。

巍莽葱郁的凤凰山麓下,容纳着一片庄重、质朴、肃整的老屋,便是凤凰山革命旧址。其中有一个小院落,墙壁厚实苍逸,旧式规整的飞檐横脊下,两扇饱经风霜的大门合缝紧闭。踏上几级石阶,伸手一推,太老但是并不生涩的门轴"吱吼儿"转动了,进去,几步跨过门洞,一个优雅的四合小院呈现在眼前。

洁净清明,矮树葱茏,偶尔有几声鸟啼更添幽意。院内普通平常,甚至简陋萧条,但弥散着一种特殊的气氛。给人的这种感触,我觉得并不是观赏者的心情使然。或许故人虽已早去,可他留下的气、势、场仍未消失吧。

就在这个院里,毛泽东曾主持过重要的军事会议,曾做过果断的战略决策,曾与亲朋谈天说地,曾与战友合影于树下。虽然这是多年前的事儿,可那几块不容置疑的解说牌子及几张斑驳模糊的照片,仍然能把人带入往昔的记忆。

院角有几间青瓦平房,你若认为这就是毛泽东的旧居,则完全错了。后墙上,挖开一个随意自然的门洞,你若猜度它是通往厕所去的甬道,就更加失误。其实,穿过土门洞,堵在面前的几孔高大宽敞的石窑洞,才是当年小院主人的居所。窑洞里,有床榻安稳的卧室,有桌椅齐整的办公室,有书报成堆的阅览室及会客厅,孔孔相连,浑然一体。在这狭长的第二进院子的侧边,开着一扇小门。门外一条茅草丛生的小路,蜿蜒到风景如画的凤凰山怀里去。

毛泽东在后院的窑洞里读书写诗,到前院的场坝上接友谈话,去凤凰山麓散步轻爽,感怀国难民忧而吟咏成诗。

凤凰山的旧居结构严整,但在规范中又不乏变化,它犹如一首平仄讲究、佳句峰起的绝句。

另一处是枣园。枣园的面积比较大,视野开阔,风光旖丽,飞燕啁啾,流水淙淙,可算黄土高原上颇有情趣的地方了。

毛泽东的旧居在东北的半山坡上。穿越枣林,跨过渠岸,登上石阶,便进入小院。场坝不很平坦,矮围墙顺地势起伏而筑,窑洞靠山耸立,因前方空旷便显得光彩明亮。院中有一座凉亭,有一棵丁香树,亭是盖房人搭起的,树是毛泽东亲手栽下的。这树坚硬,充满苍劲疏野的活力。主人在窑洞里工作疲倦了,就走出来在亭间坐一坐,在树下转一转,然后双手叉腰站在围墙边观一观远景。前方是河滩,小河水一路温柔明媚。枣树林纵横成行,薄雾在迷漫,几间茅舍上空炊烟升腾,观景人顿觉胸中诗情翻涌,不禁脱口成章。

枣园旧居随山就水,天然自成,更像一首开合跌宕、激情挥洒的自由体。

两处小院,地势不同,结构存异,但它们的情致、氛围、灵光、秀姿以及内涵韵味儿却是一致的。可见主人选择它们,布置它们,利用它们则是有心为之。

我读出了小院的诗意,也读出了毛泽东的诗人气质。

居所的风貌,很能代表人的心性。山姿水影,地理环境,蕴满禅机,历来被有识之士所重视。

在戎马征尘的战争年月,毛泽东能保留这样一份情趣,实属难得。作为一个军事家、政治家,仍不失淳朴的书生意气,的确令人肃然起敬。这对他在紧张的工作空隙中写就的才华横溢的一系列诗词作品,是不是下了一个很好的注脚呢？

瞻 黄 帝 陵

穿过密密的柏树林，爬上不太高的桥山之巅，路旁有一座长形石碑，上边赫然刻着"文武官员至此下马"，让人立即精神一振，不由得放慢脚步，在崇敬的心情中，轻缓向前。

前方200米处，就是黄帝陵。陵墓高36米，周长48米，系扁球状土冢。墓前有个石碑，上题"桥陵龙驭"，道明此地就是黄帝驾龙升天之处。

黄帝是中华民族文明的祖先。他姓公孙，名轩辕，乃原始社会末期的一位伟大的部落首领。他英勇善战，足智多谋，平服了当时各部落之间的战乱纷争，首次统一了中华民族。他的功绩不仅于此，更重要的是，统一天下后，他带领人们开始了农业和畜牧业的生产，并发明了火食、衣裳、水井、舟楫、宫室、车、弓、货币、文字、图画、音乐、天文历法、礼制社仪等，让人们过上了文明规律的生活，因此史称"黄帝定百物之名"，"凡技术皆自轩辕"，他是神人合一的、集天地大智慧的、有创世之功的"人文初祖"。

相传黄帝有二十五子，共赐十二姓，此后的各姓氏都是这十二姓的分支，所以，凡中华民族后代，人人都是黄帝的子孙。

公祭黄帝陵的活动，最早始于春秋时期。自唐代开始，这儿一直是历代王朝举行国家大祭的场所。每逢清明节，桥山人流如潮，陵前香火旺盛。在山前黄帝庙东侧的碑廊里，可以看到北宋仁宗皇帝给黄帝陵下达种柏树的圣旨、元朝泰定帝颁发的护陵法令、明代嘉靖皇帝下令免除黄帝陵庙粮税的碑记、清时康熙皇帝亲笔用满文书写的祭文。1912年的清明节，孙中山写了《祭先帝陵词》："中华开国五千年，神州轩辕自古传。创造指南车，平定蚩尤乱。世界文明，唯有我先。"后来，蒋中正也题写了"黄帝陵"几个大字。1937年，毛泽东又撰写了祭文。1992年，黄帝陵整修工程开工时，江泽民亦题了词："中华文明，源远流长"。

其历史之久，规格之高，乃国内唯一。这"文武官员至此下马"，可不是随意之言。

站在高处看桥山，真有一股龙脉的气象。但见河谷中一累突起，山色葱郁。那沮水河如玉带，环绕在山脚下。这不很大的桥山的坡梁上，茂繁地生长着近10万株柏树，其中树龄超过千年的就有3万之多。而那棵"黄帝手植柏"，身高20米，胸围10米，挺立苍穹，树冠如盖，遮天蔽日，其势巍峨，它是中国最古老的柏树，按推算，已超过5000岁了，连英国的林业专家，也称它为"世界柏树之父"。

有人静观风水，细察走势，发现了黄帝置印的印台山、百兽之王虎头山(南山)、百鸟之王凤岭、甲虫之王龟山(王仙山)，还有四灵之王盘龙冈。而那黄帝陵的位置，恰如一颗明珠，衔在一条巨龙的口中。

都说华夏子民是"龙的传人"，而这"人文初祖"黄帝，不正是龙的化身嘛。

在陕北的黄土高原上，能够看到许多许多的龙的迹象。

龙、神、人于土著的心目中是不分离的，是一体化的。

他们说：黄帝是龙，李自成是龙，毛泽东也是龙……

这真是一块祥龙飞腾的土地啊。

文 汇 山

文汇山在延安大学的校园背后，从延大操场边的一条小路爬上去，蜿蜒几步，就能看到。它只是一个小小山头，过去没有名字，只因著名作家路遥安葬在这里，它便得此名。有些地方因人得名，有些人物因地出名。路遥则与陕北是一体的，分不开的。

路遥墓在文汇山前，坐东朝西。墓冢用他家乡的青石砌成，旁边一道高5米、长14米的巨墙上，刻写着他生前的一句话：像牛一样劳动，像土地一样奉献。

路遥是延大的学生，1972~1975年，他在这儿读书。山上有他躺过的草地，校园里有他坐过的石坎，墙壁上还应该有他办过的黑板报。

路遥的笔从没离开过黄土高原，成名作《人生》写于陕北，代表作《平凡的世界》仍产生于故土。每逢有大的构思，他都会回到陕北来完成。这里的窑洞氧气充足，土味浓厚，给他灵感，让他激动。他可以在半山上找间房子住下来，封闭自己进行写作，许多天不见人，只靠干馍和方便面充饥。写得兴奋时，吼着《信天游》跳起来；写到悲伤时，伏案泣不成声。一颗丰富的心灵，幻想着风雨无常的大千世界；一个阳刚汉子的精血气神，浓聚在沙沙作响的小小笔尖。最后，作品立起来了，他倒下去了。

路遥曾说："今生今世我是离不开陕北了，每看到这里的一个草芽，一树桃花、杏花，我都会激动得泪流满面。"所以，当他身患重症时，仍然坚持回到延安来治病疗养。1992年11月17日他溘然长逝后，文友们按照他的遗愿，在这文汇山上安排了他的憩息地。

我将在山上采集的野花，默默地敬献在路遥的墓前。日近黄昏，可我不愿离去，就在石磴上坐下，凝望着对面凤凰山上空放射的彩霞，静默无语。

我想起社会的浮嚣，想起作家的劳动。我知道，路遥的一生坎坷曲折，

渴望成名和渴望温暖是他终生的追求。可最后，他又得到了多少？他绞尽了脑汁，耗干了精血，终于写出名著，可逝世前，还在为装修旧房拉债。他离世后，生活在陕北山村的母亲日子困难，文朋诗友们还自发地进行捐助。吃的是草，吐的是奶，这就是作家；穿着布衣，织着锦绣，这就是作家；住着简陋小屋，建着精神大厦，这就是作家。有人唱一首歌，可以轻易致富；有人做一笔生意，能够随便发财；甚至有人说一句话，眼前财源滚滚。社会的天平为什么这般失衡？

日本学者安本实，曾在路遥的墓前泪流满面，说：路遥是中国文坛了不起的作家，他对文学创作的精神境界，令人钦佩。

圪梁梁

也有许多大学生假期专程来到文汇山,在路遥的墓前深深鞠躬,表示读者对作家的敬仰。

人们心中有一杆秤,能够称出精神劳动者的重量。

作家永远活在他的读者心中。

脚下的校园里,晚自习的铃声响了。路遥是不寂寞的,有莘莘学子做伴,有黄土这个最温暖的归穴。

我站起身来,耳边仿佛突然听到路遥那粗厚雄壮的嗓音,他在唱:

　　一曲信天游 / 苦难不断头 / 揽紧裤腰带 / 哪管风雨骤

我紧了紧裤带,开始下山。

镰 刀 湾

镰刀湾这个名字,最先从影友口中听说。有一次小范围的摄影展,其中两张照片引起我的注意。一张拍的是一线蓝天,下边耸立着被夕阳映红的黄土断崖,崖下是条流淌的小溪,溪边一群白羊在走牧,色彩很鲜艳,构图也完整,地方特色浓郁。还有一张是摄影者站在高处俯拍的黄土山脊,可能是早晨吧,刚升起的太阳明暗对比强烈,深处的沟沟壑壑全在阴影里,只有山脊被照亮,那黄中泛红的山脊形若游龙,气势壮观。后来我问摄影者在啥地方拍的,他脱口而出:镰刀湾。

从此,镰刀湾在我的脑海中时隐时现,再后来不断听说,影友们又去了陕北,去了镰刀湾。于是镰刀湾的名字,在我的心中铭刻弥深。镰刀是劳动的象征,成熟的象征,收获的象征。共产党的党旗上,就有一把镰刀。这地方叫镰刀湾,肯定有味儿了。

去年秋天去陕北,我专门跑了一趟镰刀湾。长途汽车过了安塞县城,沿着延河边的弯道行驶。河谷里有小树林,有蔬菜棚子,有一群群牛羊和唱歌的牧童。山坡上的大树挂着红叶,树下的浅草也一片金黄。

车到镰刀湾是下午。只见这是一个两山夹峙下的山镇,路边的窑洞房比较整齐,街上的群众也不少。因为这是安塞去靖边的必经之路,所以显得有点儿热闹。离开大道,走进镇后的村子,才发现这儿的农家很古朴,窑洞虽旧可干净，木格窗子上贴着剪纸，院子里有老树，有石磨，有农具，也有自行车、摩托车和电视天线。镇后的延河静静地流淌，牧人赶着羊群正涉河回家，鞭声吆喝声羊咩声响成一片。河边的柳树排列整齐，延伸到遥远的峡谷中去。

看完街景，天色已晚，镇上没有国营招待所，只有几个私人办的家庭旅社。挑了一家进去，客房有窑洞，也有三层楼房。谈好价钱，主妇问：住窑洞还是住楼房？我回答说住窑洞。于是，主妇将窑洞里收拾了一下，放进了我的行李。

镇上排列好几家餐馆，有炒菜的，也有专做面食的。随便填饱了肚子，就回去睡觉。

窑洞里的土炕很宽大，很暖和，在山野的气息和五谷的香甜中，睡梦酣畅。

我把手机上的闹钟调到6点。第二天早上，铃声准时响了，我翻身下床，简单地洗漱了一下，拎起摄影包出了窑洞。

天色渐亮，我穿过街道，来到小镇的北头，那儿有一条小路通往东边的山顶，穿过小学校的操场，就开始撅起屁股爬山。路窄，山陡，斜着上行，爬一段，得休息一下。7时许，终于上到了山顶，这时，太阳也刚好冒出来，用它无边的灿烂光芒涂抹着山川。此刻，光线柔和，透亮清晰，明暗有致，反差合适，并且四面都有可拍的风景，我的兴奋随着照相机快门的响声而加强。

山顶上比较平缓，黄土地圆圆地起伏着，在最高处长着几棵树，显得卓立潇洒，独具风姿，有一种苍凉的美感。

山坡上沟壑很深，从上往下线条率直，仿佛用刀雕刻出来一样粗粝大气，纵横齐整。沟沿上长着一道道红色的小枫树，像点燃的一丛丛火焰，热情强烈。

突然，我的取景器里出现了一个赶毛驴的小伙子，他们从很远的山梁上翻过来。我的镜头跟着他们的脚步移动，在黄土高坡的中央，我按下了快门。山是那么深厚高大，人与动物是那么细微渺小，对比鲜明可又充满力度。

山下的镰刀湾镇升起了炊烟，有牛羊出圈，有小学生走出窑洞，新的一天已经开始。站在山头上，任晨风吹拂，望着身边这些极具黄土高原特色的山势地貌，望着脚下这个充满人间烟火气和庄稼味儿的温暖小镇，我明白大家青睐它的原因了。

极目眺望，我知道，在离镰刀湾不远的北方，在层层叠叠的山峁深处，还有一个闻名的古芦子关。这是陕北的一座名关，也是延河的发源地。它在唐代就是军事要塞，宋朝时是通往西夏的咽喉，有"延州锁钥"之称。

出了芦子关就到了塞上，就到了沙漠地区。

榆林传奇

扶苏墓与蒙恬墓

一绢伪诏,断送了两个人的性命。扶苏是秦始皇的长子,蒙恬是秦朝大将军。

两个人都是有功之身。扶苏聪明正直,眼看就是接班人,可他反对父王的"焚书坑儒",便被发配到陕北高原来驻疆。蒙恬更是战绩辉煌,他北逐匈奴,修直道,筑长城,卫国守土,忠于秦王,但他毕竟远在边塞,不明朝事。

秦始皇是心知肚明的伟人,尽管他谴责了扶苏,与蒙恬也论事甚少,但内心还是喜欢这二人的智慧和英勇。问题是,人死如灯灭,胡亥在赵高的挑唆下,会同丞相李斯偷改诏书,诈立自己为太子,又以秦始皇的名义下诏赐死长子扶苏与将军蒙恬。诏书是这样下的:"朕巡天下,祷祠名山诸神以延寿命,今扶苏与将军蒙恬将师数十万以屯边,十有余年矣,不能进而前,士卒多耗,无尺寸之功,乃反数上书直言诽谤我所为,以不及罢归为太子,日夜怨生。扶苏为人子不孝,其赐剑以自裁。将军蒙恬,与扶苏居外,不匡正,宜知其谋,为人臣不忠,其赐死,以兵属裨将王离。"

诏书送至上郡绥德,宣读之后,扶苏面如土灰,软弱无力,便在住所附近的石崖下泉水旁含泪上吊自杀。蒙恬不服,心疑有诈,要求申辞,可他被使者逮捕关押,最后被迫吞药自杀。

两个冤魂,一个葬在山上,切切殷望南方;一个埋在山下,坚守无定河岸。扶苏墓高凸,顶上有亭子,周外有屋宇,山边有"呜咽泉",唐人有诗曰:"举国贤良尽泪垂,扶苏屈死戍边时;至今谷口泉呜咽,犹似当年恨李斯。"

蒙恬本无墓,但他威存众将士,十万部下含泪用战袍盛土,一人一袍筑起大墓。亦有诗写道:"春草离离墓道侵,千年塞下此冤深。生前造就千支笔,难书孤臣一片心。"(相传是蒙恬以兔毛创造了毛笔)

山上有风吹过,是扶苏的悲泣吗?山下河水咆哮,是蒙恬的申辩吗?不得知。

山上香火弥漫,有识者凭吊。

山下书声朗朗,有学子做伴。

生活从来就不那么简单,岁月始终没有间断,黄土高原上的传奇,被人们读之再读……

红石峡与镇北台

红石峡与镇北台犹如一对姐弟,他们相依在榆林城北边3公里处的沙漠中,构成永远的风景。

红石峡是凹下去的宝藏,有着阴柔瑰丽之美。在平淌的榆溪边中游,突然现出一段数百米长的小峡谷,并且土壤及岩石都呈微红色。就在十数米高的红色连片巨石悬崖上,凿雕出许多文字与庙洞。那些摩崖书法石刻丰富多样,有飘逸的行草、朴拙的汉隶、奇秀的大篆,横的竖的各呈异采,俨如图画。内容多是歌山咏水,寄志托怀,像"榆塞雄关"、"天边锁钥"、"雄

镇北台

镇三秦"、"力挽狂澜"、"还我河山"等等,有人誉其为"塞上碑林",堪称沙漠中的艺术宝库。在书法石刻的空隙,分布着层层叠叠、错落有致的庙窟,有圣母殿、观音堂、大雄殿、慈仁殿等等。奇妙的是,庙窟之间凿有通道,布以台阶,窟窟相穿,或明或暗,别有洞天,往上爬去,通过天门可登达红石峡的顶峰。

站在顶峰,俯视峡谷,红色的谷体中树枝繁盛,中间一条细水静静流过,让你若有所思。

红石峡东边一公里处,就是镇北台。

镇北台是凸起来的标帜,有着雄悍阳刚之美。它蟠踞在红山的最高处,南依沟壑纵横的黄土丘陵,北挖坦荡无边的毛乌素大漠,像东西蜿蜒的长城链上一柄矗立的巨锁,扼守着塞上的边界。黑灰色的镇北台呈方形,分四层叠起,有30多米高,层基用砖石包砌,每层的台边均砌起高约2米的砖垛口,从下边拾级而上,辗转数次到达顶层。站在顶端的瞭望台,塞北的沙漠风光尽在眼底,但见广袤的沙丘中,点染着一排排绿树林,有牛羊在其间牧放,有车辆在路上穿行,一排大鸟飞过,勾勒出长天阔野。

镇北台过去是军事要塞,金戈铁马,烽火刀兵,笳声羌笛,孤鸿哀雁,只有它在风沙苍凉中巍然不动,因此号称"万里长城第一台"。

镇北台突耸于野,方圆数里之外就能瞧见它的雄姿。蓝天白云下的高台,给人一种豪壮雄奇的视野冲击。

红石峡与镇北台,都诞生于明代,至今已有400多年的历史了。

红石峡中的榆溪河水,滋润了下游榆林古城的容颜,镇北台那高昂挺拔的身影,给塞内人民带来一种安全踏实的感觉。

一凹一凸,一阴一阳;一高一低,一雄一秀;两个形胜不同的风景,展示着边塞的历史,报告着人与自然的变化,装点着陕北边地的美丽。

米 脂 婆 姨

米脂是出美女的地方,已系公认。

这有历史做证。中国的四大美女之一貂蝉,就出生在米脂。她的男朋友吕布,则是相邻的绥德县人。于是"米脂的婆姨绥德的汉"这句民谣,成为中国民间审美的一种标准。

米脂婆娘身上体现的是健康的、活泼生动的美。她们头发浓黑而喜欢梳长辫子,眉色重且睫毛长,鼻梁挺,嘴形好看,身材修长匀称,性格开朗热情,天生的能歌善舞逗人喜爱。

近些年来,常有画家、摄影家去陕北采风,到米脂寻找美女来做他们笔下和镜头中的模特。个别幸运的如愿以偿,可大多数则有所失望。怎么看不到长得好看的姑娘呀,是谣传吧!后来一打听呀,原来那些成年的女子大多都去外地工作了。现在乡里只能看到一些未成年的正读书的美人坯子。到一定的时候,大城市就会来人将她们招走。这亦是一种认同的方式。

如今已不是封闭的孤芳自赏的年代了。米脂婆姨的美,正在扩大范围和影响。

曾经有人讲过这么一个故事:有一次,一位陕北籍的领导在西安的"杂粮餐厅"吃饭,那领导指着穿梭往来的服务小姐说,最漂亮的那位一定是陕北人。大家起哄不信,便差一位年轻人去吧台打问,果然是来自米脂的姑娘。

这是真实可信的,因为米脂婆娘身上除了美,还有不甘平庸的,勇于开创生活领域的性格。

在李自成行宫的后院,布置着一个"米脂妇女革命史迹展览",陈列有近百位现代革命以来的米脂女性的事迹和照片,望着那些面容清丽、气质卓越的肖像,我真正感受到了米脂婆姨那种外表与内在的统一的美。

抄下几位有代表性的人物名单:

高佩兰(1903~1976)教育家,创办了米脂第一所女子学校。

杜瑞兰(1913~1996)革命干部,1985年任省政协副主席。

龙祥斋(1910~　)中国中医研究院院长。

杜岚(1914~　)澳门著名教育家。

杜锦玉(1926~　)著名歌唱家。

曹相如(1918~　)培华女子大学董事。

贺抒玉(1928~　)著名作家、编辑家。

高亦兰(1932~　　)清华大学教授。

常建荣(1939~　　)秦腔演员。

高振美(1940~　　)画家。

井梅(1932~　　)舞蹈家。

她们中间有女干部、女英雄、女劳模、女知识分子、好媳妇、好致富带头人等等。总结语里说:米脂妇女勤劳勇敢,聪明贤惠,忠贞善良,端庄俊逸,并将貂蝉称为"东汉末年的巾帼英雄"。

看完展览,我意识到:过去大家对米脂婆姨的认识太肤浅,太不全面,太注重形象,也太世俗了。

她们身上有大美,这是陕北土地赋予她们的特质。

米脂婆姨的风流、风情、风格也给枯黄干燥的陕北高原增添了一股丰润的、艳丽的色彩。

杨 家 沟

一条细路在黄土沟壑里钻来拐去,路断的时候,杨家沟就到了。在远处,根本瞧不见这里还隐藏着个大村子,及至走到头,拐过山弯后,突然一个村子闪在眼前。但见一面陡峭的山坡上,一层一层密密麻麻排列着错落有致的窑洞,中间有主道与支道连接,台阶拾级而上相互沟通。要进村,必须经过山门,才能去各个单元性的庄园。在干旱贫瘠偏僻封闭的高原看见这样一个很有气势的山村,让人心中格外振奋,禁不住要叹道:这儿真是藏龙卧虎啊。

杨家沟以前叫扶风寨,寨中近百个石窑院落大多建于明清时期。地虽隐蔽,可富及四方,原来寨中居住的多是有钱人家,他们的土地散布于周围很远的山山岭岭,每年秋天,杨家沟最热闹,四面八方的佃农赶着驴马前来给地主送租粮。社会制度虽然已变迁,但这个高原山村的富丽气象还在,村中现有农民1000余人,鸡鸣犬汪孩子哭闹,弥漫着浓郁的生活气息。

杨家沟被远地人所知晓,还是20世纪40年代。具体说,即1947年11月20日,毛泽东带领的中共中央前委转战陕北,到这儿住下来,一住就是4

个月,在这儿指挥了解放战争的战略进攻,后党史上称之为伟大的转折。1948年3月21日,全国大局初定,毛泽东才离开杨家沟从吴堡的川口东渡黄河,进入华北。

毛泽东住过的窑洞在村后的山顶。这庄园整齐高大,门洞上镶嵌着"新院"字样,里面干净清爽,窗户及窑门带着西方风格。原来这庄园的旧主人是留学日本的新派人物,并且专攻建筑学,他自己在故乡设计建造了这个坚固大方的多用石材的漂亮住宅。

毛泽东在这儿主持召开了中共中央前委扩大会议,对土地改革及解放战争等问题做了重要报告,据记载,周恩来、任弼时、彭德怀、贺龙、陈毅、林伯渠、陆定一、习仲勋、杨尚昆、李克农、陈赓、胡乔木等领导人参加了会议。

毛泽东住过的窑洞炕上有一张普通的小木桌子,他常常在夜深人静时伏案挥笔,思考写作。仅《毛选》四卷中,就有11篇著作写于此处。

庄园的外边山崖上,有一个向前突出的山包,叫"观星台"。站在台上,能够眺见远方起伏的沟壑与山梁的走向,脚下坡沟里的村庄及烟火似乎可以盈揽在怀。

据说,毛泽东常站在土台上遥望良久,目光穿透云雾投向南方广阔的大地。他那首著名的诗词《沁园春·雪》就构思于此。

可以想见,1947年陕北高原上那个寂静的冬夜,他在窑洞里写累了,就披上大衣步出庄园,来到观星台上休息。他一边抽烟,一边凝望天上的星斗,任雪花打在脸上,任寒风撩起衣角,他的心中热浪起伏,万千浮想变做精练的诗句脱口而出……

大漠统万城

到了沙漠边缘的靖边小城,你就能感受到大夏王国的气息。城中有夏都宾馆、夏都酒店,城外有望夏村。它们时时都提醒你,这是离统万城最近的一个县镇了。

但统万城还在县城北的58公里处,藏在沙漠的深怀。去那儿路虽不远,可难走。沙漠中岔道多,并且很少能遇到行人可打问方向,如若错路,搞不好钻在沙漠里转不出来。统万城处在尚待开发的状态,路面的养护及路标的确立都不完善。

我们有县文化文物办的霍竹山主任带路,自然不会迷途了。汽车走了30公里的油路,然后拐上土道。两边是茫茫无边的沙海,偶尔能看到坡头上有一间小房子,竹山说那是乡亲们修的庙。有人问:庙里供的什么神?竹山笑了:土地、娘娘、关公、菩萨都有,精简机构,合署办公嘛。这幽默的解释引起大家的兴趣,沙漠里荡起笑声。又说道靖边县这几年的发展,与自然资源的开发关系重大,竹山说,"我们这儿的资源丰富,可是有来历的"。老百姓说呀,很多年前,赤脚大仙到这儿来过,他放了一个屁,变成了天然气;拉了屎一泡,变成大煤窑;洒下尿几撮,变成石油河。老百姓不懂科学的解释,这民间传说倒是很有想象力。

统万城墙垣

说话间,汽车已经跑出去了一个多小时,路边出现了一大片老树林。这些老树身杆粗壮,秃头奓脑,上边长着细密的长枝儿,造型独特。这就是陕北特有的秃头柳,冬天人们砍去了细枝做柳编或柴火,第二年春天它又会密密长出来,多少年来从不衰竭,生命力旺盛,就好像新疆的胡杨林。

车到无定河边,有一间小房子和一根横杆挡住去路,小房上写着:白城子。前边就是统万城了。买票,过河,爬上山坡,统万城的白色边墙出现在眼前。

现在的遗址只是当年统万城残存的极少部分。公元5世纪中叶,东晋时期,匈奴族的末代单于赫连勃勃英勇善战,他于晋安帝义熙五年(公元

407年)创立了大夏王国,然后率兵征战,扩充疆土,一直打下长安,占据了秦岭以北的大片地域,最后登级帝位。赫连勃勃征战经过无定河,曾登上契吴山观察地形,他看到山下的河岸上有一片沃土,风景优美,遂发感叹:"美哉斯阜,临广泽而带清行,吾行地多矣,未有若斯之美。"便决定在这儿建筑他的大夏国都。从公元413年开始,十万民众施工5年,于418年正式建成。其规模十分宏伟,城墙数里,敌楼耸立。城分三道,宫殿林立。《晋书》上有一篇《统万城铭》说:"崇台霄峙,秀阙云亭,千榭连隅,万阁接屏……温室嵯峨,层城参差,楹雕虬兽,节镂龙螭。莹以宝璞,饰以珍奇……"《北史》上记载云:"城高十仞,基厚三十步,上广十步,宫城五仞,其坚可以砺刀斧。台榭高大,飞阁相连,皆雕镂图画,被以绮绣,饰以丹青,穷极文采。"可见其奢侈程度。

统万城过去有四座城门,南为朝宋门,东为招魏门,西为服凉门,北为平朔门。筑城时,赫连勃勃的严格程度堪称残暴。城墙用石英(即沙砾)、黏土、碳酸钙(石灰氧化物)加水混合夯筑。每筑一级,监工大臣都要令人用铁钉锥之,锥不进去有奖;锥进一寸即杀工匠,拆掉重造,人、土皆筑墙内。为给都城命名,他大呼:"朕方统一天下,君临万邦,可以统万为名。"可惜他只在此城里住了7年,便辞世而去。其子赫连昌继位4年,统万城便被北魏太武帝拓跋焘攻破。大夏帝国只有26年的寿命,但它在历史上却显赫一时。

如今,1600多年的风沙已经吹过,统万城只剩下了几个高高的白土垛,那坚硬的残墙依然透出些许霸气。厉风袭来,尘灰不动,它毕竟是一个帝国的一段龙骨啊,尽管满身疮痍,可卓立不屈,向后世人诉说着沙漠里曾经的辉煌。

当年的宫殿荡然无存,城内只有一地明净的黄沙,几棵弱柳和几丛骆驼刺,显出不多的活力来,谁能想到这儿曾是20万人聚集生活的大都市啊。狂风在周围呼啸,似孤魂野鬼的哀鸣,如果是深夜,真让人有些恐惧。

来到城外,有农民上前来出售陶罐,一看品相很差,且普通常见,拒不纳入。农民说:"我家还多着呢,要不,去看看?"我问:"你家住哪儿?"农民手指远方:"在那边,沟里。"据说统万城的文物出土不少,有些还很有收藏把玩的价值,并且几十元钱就可以买一个,但一看日色向晚,只好作罢。

告别统万城之际,正是残阳如血,一地金黄,在波浪起伏的黄沙的包围中,白色的断墙傲然雄立,十分壮观,这美景让人有点儿留恋不舍。

回程的车上,大家游兴已累。竹山先生为了打破沉闷,问:统万城那么坚固,谁知道它是怎么破灭的吗?有人答是历史的原因,有人说是岁月的残蚀,有人曰人为的破坏。竹山先生又道出了一则民间传说:"因为赫连勃勃滥杀无辜,罪恶滔天,玉皇大帝便下令消灭他的统万城。首先是水神下来发大水淹了统万城,可水退后城池丝毫不受损;于是火神又下来燃起大火焚烧,仍然无济于事。玉皇大帝很是苦恼,风神献计说我有办法,他下来狂刮大风,掀起漫天的黄沙将统万城埋了"。从此统万城消失,那段历史也就失去了依托。后来,沙漠移动,风水变化,统万城又从地平线上露出,可只剩下了几截白城墙。老百姓说:还是黄沙厉害啊。

这段传说又系老百姓的想象,却让人沉思:是啊,身居沙漠边缘的民众对黄沙的危害体会最深。这植树造林挡风治沙的工程,真是生存的大计。

望着窗外的柳树林,我祝愿它们快快地成长。

当年大夏国都统万城水草丰美的景象,能不能再次重现呢?

红 碱 淖

在榆林城里,我曾问一位当地人:你说榆林什么地方最好玩?她略一沉思,答道:红碱淖。多年前,我看到一篇文章中写道,路遥大学毕业前在《榆林报》社实习时,曾独自徒步前往沙漠地带考察,回来后很激动,"他说他是第一次见到沙漠,万没想到,沙漠是那样的壮阔、恬静而迷人,一个人漫步而行,如同到了另一个世界另一个星球。他更没有想到,沙漠之中竟然会有那样美丽动人且辽阔巨大的天然海子——红碱淖。"

从榆林城去红碱淖只有120公里,公路已经修得很好,车行两个多小时,过了神木县的尔林兔镇,就看见前方一个亮闪闪的湖泊,湖边有排列整齐的树林。在干燥缺水的塞外沙漠里蓦然见到一片波涛荡漾的湖水，不能不说是个奇迹。

红碱淖的名字是有来历的。"淖"在蒙语中是水沼、海子、湖泊的意思。红碱呢，因湖的附近有一个小碱湖叫查汗淖，雨涝时将碱水冲到这儿来，每年冬春雨水少时，地面上有一层淡红的碱土，后来人们就把海子叫成红碱淖。

红碱淖的水面有67平方公里，比宁夏的沙湖还要大三倍，它是中国最大的内陆沙漠淡水湖，湖上蓝天、白云，湖中碧水、轻舟，湖畔黄沙、绿草，的确风景迷人。湖中还有一个红石岛，有大片松软的沙滩，是绝妙的独立的天然浴场。环湖公路平坦幽静，让你从各个角度来观赏湖的不同景色。湖的南北两侧是沙丘滩地，生长着大片的沙柳。东侧是尔林兔草原，西侧有面积达70平方公里的天然草原牧场，水草丰盛，牛羊成群。这个"沙海明珠"是上天的恩赐，它见沙漠人民的生活环境太艰苦了，就抛下这颗明珠来，给人们带来一些生存的滋润和精神的平衡。

红碱淖里有17种淡水鱼。坐在湖边，看着风景，品尝着刚捞出做好的新鲜美味，是惬意的享受。沙漠中的水质好，产的鲤鱼、鲫鱼肉质细嫩，味道清香，尤其是有一种大银鱼，色泽明亮，爽眼爽口，是天下难得的佳肴。

说起红碱淖的故事，老渔民告诉我一段传说。很早以前，此地是一个

红碱淖

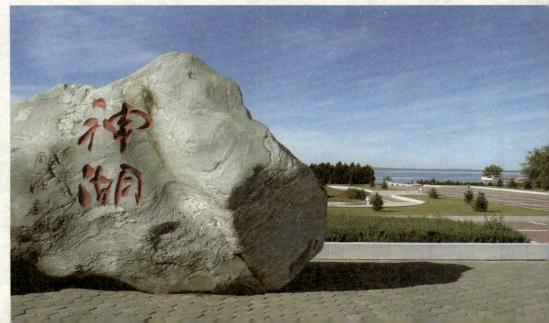

山冈,苍鹰飞来飞去,积云长年不散,王昭君出塞时经过这儿,触景生情,下马驻足,南望故乡,念起亲人的温馨,想到异乡的孤寒,不禁泪落如雨,一流就是七天七夜,泪水将山冈荡去而冲成洼地,又聚成湖泊,昭君这才上马离去。这显然是民间的杜撰,人们解释不了自然时,就会在历史中找根据,找寄托。不过有一点是事实,红碱淖后来成了汉、蒙两地的界湖,北边是内蒙古的伊金霍洛旗,南边是陕西的神木县,为了争夺红碱淖的归属,两地还有些矛盾。

其实,红碱淖是大自然的杰作。60多年前,这儿只是一片小沼泽地,大旱时,地上可以乘马而过。奇异的是,半个世纪来,它的蓄水量逐年增加,加上地下的泉涌和1961年、1967年的两次大涝,水面竟达到现在的10万亩,平均水深8.2米,最深处15米,蓄水量达7亿多立方米。湖面海拔为1200米,其水源补给与水分蒸发量基本平衡,因此水位稳定,它是最年轻的最有生命力的高原性内陆湖泊。

大自然是神奇的,是富有创造力的。站在湖边,我默默地祝愿人们都来爱护红碱淖,珍惜红碱淖,让这颗明珠能够永放光芒。

剪影黄河

炳 灵 寺

　　几年前,不经意间看到一幅画:一排巍峨峥嵘的山峰中,坐落着一尊巨大的佛像。佛像脚下是滔滔的河水,水面上的船与人简直渺小得不值一提。我从画里感受到一种神秘而奇特的气息,就请教别人这画画的是哪里?朋友说好像是炳灵寺。

　　于是我知道了炳灵寺。很久以来,我一直比较钦佩美术家们,他们爬山走路的吃苦精神和发现风景的艺术敏感让人赞叹。大自然中的许多精美所在,都是美术家们找到后又描绘于画面上,才开阔了我们的眼界和丰富了我们的想象。在整个艺术领域里,美术界是活跃的,灵动的,先锋的。我常常得到他们的启发,在画中探寻行旅的方向。

　　去年深秋,有事经兰州转车,刚好空闲出一天时间,我想起了炳灵寺。兰州画院的韦博文先生说,去炳灵寺既容易又不容易,容易的是距兰州路程不远,也就百把公里;不容易的是要乘汽车,还要坐船,一天打来回,紧张点儿。可我只有一天时间,哪怕少看点儿石窟壁画,也得去去那地方。

　　第二天清晨,我和另一位朋友就乘车出发了。汽车穿越狭长

炳灵石峰

的兰州市郊区北上，然后西拐进山，两个多小时，我们来到刘家峡大坝。出乎意料的是，坝上冷冷清清，几乎看不到游客和车辆，只有坝下库区的岸边停泊着一排小船，说明我们没有走错地方。可要去炳灵寺，还需自己包一艘快艇才行，并且价钱不便宜。人心有点儿凉，天气也不好，朋友犹豫不决，我仍坚持前行，错过了今日，谁知以后还有没有机会再来呢。于是，经过一番讨价还价，终以230元租下了小快艇。

小快艇飞速前进，河风拂面，凉爽痛快。过去，我一直以为黄河的水是浑浊的，犹如壶口瀑布的大浪，泥沙俱下，黄天黄地，其实不对，刘家峡库区的河水碧绿清澈，时而能看见肥鱼跃起，天空中还有群鸥低翔，使人疑为江南。只是两岸那陡立的黄土断层，说明你置身在西北高原的大河里。快艇在烟波浩渺的水库中行驶了一个小时，突然向右一拐，驶入狭窄的黄河故道。有风，起浪，水已不似库区平稳，快艇一跃一跃，忽高忽低，人和船都在跳跃，船底与水面的拍击响声巨大，座椅也开始不让你的屁股安稳。我真担心心脏病人怎么受得了，幸好我们船上没有。水中的颠簸越来越剧烈，两岸的景色却越来越好看。山有了形，峰有了势，河有了湾。船工指着峰讲说来历，可他的声音全被水浪声卷走了。绕过一些山头，眼前豁然出现一个很大的河湾，一边是平坦的滩地，一边是巍峨的群峰。我们在滩地边上岸，站稳身子，向河那边望去，那山峰刀削斧劈般峭立，像威武列队的将士，环立在河湾那边，展示出一派土黄色的壮观气势。在这连绵的土林中间，有一个缺口，就是炳灵寺的石门。

乘船过河，进入一条峡谷，炳灵寺石窟就藏在峡谷里。

炳灵寺开凿于西秦，兴建于盛唐，现存窟龛183个，窟中有众多的石造像、泥塑、壁画，分布在峡谷西岸长200米，高60米的崖面上。敦煌壁画展现的是佛教的形象和意念，而炳灵寺的壁画更注重于社会风貌及民间色彩，因此成为后人考察绚丽多姿的唐代文化的重要根据。要仔细看完石窟内容，最少需一个星期。我们不敢久留，太阳西斜时，就急忙往出走，怕船工等得不耐烦，将我们抛置在这遥远的山中。

快艇驶上归程，离开了那个奇异的河湾。我突然想起，唐人传奇中有一篇《游仙窟》，内中所描写的河源秋石山，好像就是这儿。看来，炳灵寺的神秘和秀美，早就引起了人们的注意。

如果说敦煌是一幅刺绣，莫高窟则是嵌在刺绣边的珍珠。而炳灵寺石窟远离城市，远离灿烂光辉的映射，再加上交通不便，它完全是隐藏在山中的瑰宝了。

大家说黄河是文明的发源地，炳灵寺提供了最好的佐证。

香 炉 寺

一条黄河，打造了许多绝景，香炉寺便是其一。

佳县的城区建在一个三面峭壁的大石头上，只有西边一条细细的脖颈与黄土高原相连，在过去，这是一夫当关，万军莫行的险要地势。据说有一年打仗，敌军攻城三个月没有得手，最后只好自己退去。

这座石头城的东北与山峰延伸到黄河故道，突然像斧劈一样垂直断了。峰外3米处，耸立着一尊四周如削的巨石。石高20余米，周长15米，石顶平坦，盖着红色的小庙，远望上去，俨然如蜡烛或者香炉，便得名香炉寺。有一块3米长的横木作桥，将寺与山峰连接。许多人不敢过这断桥，因为要悬身空际，如在云中，但过桥后进入孤亭中俯瞰黄河，则别有一番感受。放眼望去，只见滚滚的波涛从远处的两山之间奔腾而来，于脚下翻卷而过，冲向弯曲迷茫的下游峡谷。那种大气磅礴和极具的冲击力，让你心潮澎湃，难以忘怀。

据寺内

香炉寺

现存石碑记载,香炉寺建于明万历四十二年(公元1614年),山峰上的正殿是圣母祠,左右有配殿,南边有山门、石碑坊等。"香炉晚照"是佳县的八景之一,因为每当夕阳西下时,太阳的余晖将孤亭的倒影投射在黄河水流中,如诗如画,当地人呼之为"小蓬莱",誉为仙境。

此地每年都有画家来写生,扛着长枪短炮的摄影家更是屡见不鲜,并且他们的作品还常常获大奖,黄河真是取之不竭的创作源泉。

其实,要拍出香炉寺的雄姿,最好的时机是早晨日出之际。那时,明丽而柔和的朝阳从河对岸山西境内的东山上冉冉升起,用万顷金辉照亮了远方层叠起伏的黄土山峦,又用点彩之笔勾勒出香炉寺的侧影。山为背景,孤寺突起,水像镜面一样映出断桥,实为奇观。

拍摄香炉寺要选好角度,才能反映出那山、水、寺、桥的和谐构图。这个最佳位置在城边一户人家的后院场上,因为好摄者接踵而至,住户颇有怨言,就筑起一面墙挡住来路,墙上还栽着玻璃喳儿,可是仍然无济于事,常常早上他们还在睡梦中,就有人跳过院墙来架起相机,无论如何阻止不住。所以有人建议说:干脆把墙拆了,搞一个收费的摄影亭,备好桌凳和茶水瓜籽,既有经济效益又方便了观众,多好。

可是,当地人没有这样做。

他们不靠黄河美景赚钱。

他们只想求得一份安静。

但香炉寺太吸引人了。踏访者的脚步就这样叩击着石头城。

黄 土 神 山

背依山峦,面临黄河,峰顶常有白云缭绕,所以得名白云山。山上的庙宇叫白云观,是黄土高原上最大的道教胜地。

从黄河岸边起步,沿山势陡峭着704级笔直的台阶,你在中途喘息几阵,攀登上这段神路,到了一座精致的大木牌坊,"山门无锁白云封",穿过头天门,就进去了。

　　白云观是供神的地方,可谓因神建庙。它有54座宫、殿、楼、祠,自成格局,各富特色,并且每庙必神,大约有200多位神。不光有历史上的传统神,还供奉着具地方特色的民间神。它的神之多、神之全、神之荟萃,为天下少见。你要想了解神文化,进白云山就行了。中国的历史从神话传说开始,从神仙活动发端,多少年来,造神运动不绝于世,源远流长,真正的神之大国。白云山上群神众立,称它为"黄土高原上的一座神山",名不虚传。

　　最初的建庙,也是因神而起。那是明万历三十三年(公元1605年)的一个秋天,云游道士李玉凤化缘来到这里,见一朵白云浮在上空,凝而不动,仿佛在静候他的来临,李真人心有感动,就在半山腰挖了一孔土窑住下来,一边上山采药,一边给群众看病,于是名声大噪,受到官方与民间的重视,开始兴神造庙。

　　数百年过去了,白云山的香火越浓盛,每年的三月初三、真武祖师降生日,四月初八、白云观修成之时,九月初九、真武祖师飞升之日,这里都要举行盛大的庙会,朝山的香客如滚滚之黄河水。观里主持进行浓重的宗教仪式,来自陕、晋、蒙、宁等地的群众则观光拜圣,求神赐福,物资交流,联络友谊。

　　白云观的真武祖师殿前可以抽签,都说很灵验,多少年来,不断有人登山求教,预测心事。应验者便纷纷捐款续建,当朝者更不拂民意拨资补葺,使道观规模越来越大,共建起大小庙堂99座,占地8.1万平方米,成为西北地区最大的明清古建筑群。明神宗皇帝朱翊钧当年颁施给白云山的圣旨原件,现依然完好地保存在山上。

　　20世纪中叶,大概是1947年秋天,伟人毛泽东转战陕北闹革命,曾两次登上白云山,赏古迹,览名胜,展望北国风光,连绵起伏的黄土高原和滚滚向前的黄河波涛使他激情满怀,在山上与四面八方来的群众共度了重阳佳节。

　　土生土长的陕北著名作家路遥,躲在故乡的一个山中写完了小说《人生》之后,也曾到白云山上来抽过一签,曰"鹤鸣九洲",于是一炮打响,闻名全国。

我的文友和邻居黄河浪,也是陕北的一位浪侠才子,他曾在白云山上抽过一签,签语上说他是天上飞的鸟儿,找不到落脚的地方。果真他多年流浪于西安、深圳的文坛,虽著述不少,可最终没有一个固定的单位,颇让人感到遗憾,只有在他壮心未竟英年早逝后,才长眠于故土。

当然还有一些其他的纷纭人事,我不能一一例说了。

这些趣事,为白云山增添了神秘的色彩。其实,人生无常,福祸有之,巧不巧在于机缘,信不信在于自己。不过,白云神山的秀姿灵韵却是有目共睹的。

白云山道教的音乐,被誉为圣境仙乐。明代有北京的道士前来协助教务,因此在民间古朴悠徐的传统音乐之中,渗进了庄重肃穆的宫廷之味。后来,白云山的道士云游江南,又带回了婉转秀美的南方之韵。并且在长期的演出活动中,道士们吸收了晋剧、唢呐、民歌中的一些技巧,形成了自己独特的风格,堪称白云神韵。

坐在空旷的黄河滩上,聆听山间飘来的缕缕仙乐,是莫大的享受。白云凝结,时空停止,我们的灵魂得到净化……

西 津 寺

黄河西岸的断壁上,雄立着一棵身干苍劲、枝叶繁茂的古柏树。树上挂着一口大钟,钟下蹲着两只石狮子。狮子背后有一块平地,平地上坐落着一个小庙堂,这就是西津寺。

在老树下,可以眺见山脚黄河波涛的走势,这儿是秦晋峡谷的上段,黄河大气自信地开山劈道,与中游延川那儿的急迫多弯相比,显得从容多了。因此,人的心胸也跟着开阔,豪气陡然而升,敲一敲大钟吧,清亮的佛音便随着你的手指传开去,于峡谷中悠悠而旋。

西津寺的对岸是山西地界,那儿的山头本来还有一座东津寺,都是清代所筑,都寄托着人们祈求平安的心愿。然而,东津寺早已毁掉,灾祸也就降至。

多半个世纪前,日本侵略军长驱直入,自东北直捣中原,最后来到黄河边,遭到强烈抵抗。日军的部队就活动在山西的河岸上,而八路军的指挥部,则驻扎在西津寺。面对面的战斗,打了不知多少次,最终,日军没有过得了黄河。尽管他们有飞机大炮,可黄河西岸的防线巍然不摧,西津寺的老树古庙高耸于崖。后来,人们说:有西津寺的佛保佑咱们呢。究竟是佛法无边,还是母亲河的巨浪发挥了作用,反正黄河以西的半壁土地没有受到践踏。其实,在老百姓的心目中,那时的红军、八路军就是佛,就是神,就是救星。西津寺只是象征,只是山里人模糊的淳朴的代码罢了。

西津寺背后的高山上,有一系列大自然的风蚀杰作,有的像驼队远行,有的似跪猴望月,有的俨若壁画,有的酷如天书。岩石间长起一棵绿树,添了盎然诗意;乱冈上盛开几丛野花,绽出许多浪漫。这些风雕岩塑洋洋大观地排列在河岸高处,透着神秘的情致。当地土著说:刘秀曾在这儿藏身过哩,那儿还有他留下的什么什么……

西津寺的脚下,偏北不远处,有一大片开阔的沙滩,生长着密密麻麻的枣树。艳红的枣子伸手可摘,酸甜爽口。尝枣而行,进到深处,临河有一个小院,过去是水管站,现在挂了个黄河度假村的牌子,里边可以休息,可以吃饭,可以住宿。几把椅子往院坝上一放,人仿佛就坐在了水面上。看着风景,听着涛声,吃着红枣,你突然会感到:黄河是这么可爱啊。

度假村有个小轮船,专门载客在河上漂流,那又是一番惬意的感受。人在船上,船在河中,河在大峡谷间。船在流,人在流,两边的峭壁也在流,堪称画中之游。

从低处再看西津寺,那棵老树宛如一个历尽沧桑的老人,它在向你微笑,向你祝福,为你做永恒的守望。

乾 坤 湾

雄奇的黄河以弯折多变著称,向有九曲之誉。其实,在它5464公里的流程中,何止九曲,只不过中国人习惯用九字来代表多而已。在众多的黄河大拐弯中,拐得最秀丽、最漂亮、最有历史感和文化感的,当数陕西延川县境内的乾坤湾了。

早就看过乾坤湾的照片,也早想去目睹它的风采,可一直没有机会。一是杂事缠身抽不出时间(当然还要有心情),二是交通不便(离主要公路较远,下雨天无法通行)。

今年国庆假期,得到延川县李副县长的支持,让他的司机小杨师傅陪我跑一趟。

车出延川县城,沿清涧河南下。路上正在施工,这儿是国家西气东输的干线,只见工人们在地上挖出长长的深沟,然后将粗大结实的天然气管理下去,由于是土路,车辆多,扬起的灰尘遮天蔽日,前后数米看不清东西。

时行时停,东躲西让,走了约8公里后,来到一个叫马家河的地方,出现三条岔路,小杨说:东边的路去延水关,中间的路本来可以到土岗,可前几天下雨塌方路断,现在只能从西边走。于是,我们离开清涧河,拐上了西边的山路。车在沟里盘旋而上,一会儿就爬上山顶。举目远眺,黄土高原的风光尽入眼帘,那纵横起伏的山峁从脚下铺向远方,沟壑深切,地表破碎,线条的变化交错如人的大脑一样丰富而复杂,给人目不暇接的感觉。黄土高原的山看不出一点儿高峻和巍峨,可它的敦实与深厚让你心襟开阔,它的赤裸与坦荡又使你感到亲近随意。

两个小时后,车开到了简易公路的尽头。尽头处是黄河西岸边一个高高的山冈,三面是陡坡,只有一径可入。这是土岗乡的所在地,短短的一条百米长的街道横在山冈上,人们蹲在几家小商店门前晒太阳,一派安详自在的样子。我们的到来,除了扬起一阵浮灰,气氛再没有任何的变化。

黄河乾坤湾

待我下车,掏出相机准备拍照时,他们才一哄而散。惊扰了他们平静的生活,我稍稍觉得有些不安。

在乡政府休息、喝茶,打听去乾坤湾的路况,乡长高兴地说:"你们的运气好,路行哩。前几天还下雨,上下都不通。我给小程村的程海村长打个电话,你们今晚就住在他家吧。"

车往回折了一公里,然后离开大路,顺一条土便道向东边的黄河峡谷滑下去。路面似乎是随着山势临时挖出来的,有些地方在山包与山包连接处,刚够小车的两个轮子通过,两侧则是悬崖。我的眼睛直视前方,不敢左顾右看,把一切都交给了司机。幸好小杨师傅有丰富的山路驾车经验,他稳稳地打着方向盘,不露丝毫的紧张。

从土岗到乾坤湾只有15公里,我们走了整整一个小时。路上行人很少,基本上是荒坡野岭。终于见到前方一个赶路的妇女并伸手挡车,就停下来带上了她。那妇女的孩子在乡上读高小,她就在学校的旁边租了一间房子为孩子做饭。每个星期天,她抽身回家来照料一下,经常是步行,单程5个小时,来回需一天。偶尔能遇到农民的毛驴车到乡上买东西,就可以搭个方便。

下午6时半,我终于站在了乾坤湾的崖头。这时,太阳已经滑到了山后,没有光芒的折耀,山野变得更加清晰。在天黑之前的这段时间里,视线异常的柔和亲切。我清楚地看到,黄河在面前拐了个"S"形的大弯,湾里藏着两个小村,一边是山西的河怀村,一边是陕西的伏义河村。第一个弯道叫乾坤湾,对面的河怀村像一只巨大的圆圆的葫芦系在那儿,葫芦上的坡地、窑洞、树林充满生机。已是做晚饭的时候,有几缕炊烟淡淡飘起,一阵人喊狗吠声也隐约传来。"葫芦"的周围是深陷的圆形峡谷、平荡的河水,再远处又是连绵不尽的山峦了。望着这份奇秀和天工造化,你不由得要赞叹黄河真是个大手笔,它随意地在地上画了一下,就勾出了一个千古绝景和微妙的暗示,然后让人们来琢磨和研究大自然中包含的灵韵及天地人之间的关系。

之所以叫乾坤湾,是因为传说中的三皇之一的伏羲,在这儿居住时,常来"S"形的湾道仰观天象,俯视河山,根据自然的风水现象创造发明了八卦图和太极阴阳学理论,开创了华夏文明的先河。他将世间万物划分为阴阳两极,在八卦图上用黑白显示。比如太阳为阳,土地为阴;男性为阳,女性为阴。只有阴阳互合,事物才能生长,从而总结出了气候变化、人类繁衍等自然发展的规律。伏羲的思想提供了人们认识生活的理论基础,影响力久远。现在,中国的太极拳、八卦莲花掌等武术精华,就是在太极阴阳理论上发展起来。农民对于季节变换的掌握,耕种时令的安排,仍然按照阴历来进行。

以上传说不是无稽之谈,有比较充分的依据,因为下游的伏义河村,在远古时可能就是伏羲村,乃伏羲出生、成长的地方。据《延川县志·道光本》记载:今伏义河村,在清代前叫伏羲河村。由于"羲"与繁体的"义"字结构相近,在方言中音也相似,后来人们为了方便书写,就将"羲"字写成"义"了。此外,伏羲的父亲雷神的居住地雷泽,就在延川县土岗乡的雷家岔村,离这儿很近。

我们虽然没有做详细的考察,可眼前这黄河的拐弯形状,正如太极阴阳八卦图中的"S",而河怀村与伏义河村所在的两个山头,恰似两条平放的"阴阳鱼",这是极为生动的现实写照。

夜幕已经降临,两个小村都亮起了灯火,岁月的发展与生息的延续从未停止。

我们离开乾坤湾,返身去山梁后的小程村。

坐在村长程海的家里,一盘大红枣吃得人肚胀,一碗玉米粥香得人周身舒坦。

在与村民的交谈中我得知,乾坤湾的宣传和研究,与一个人关系很大,他就是中央美术学院教授、中国民间剪纸研究会会长、油画家靳之林。2001年秋天,年逾七旬的靳教授从北京来到延川写生,看见乾坤湾后就爱上这地方,于是一住数月,除了画画,他还跑到县上去要经费为小程村拉来电源,又在乾坤湾上树起石碑,刻写了碑文。2002年春节,他又发起在这儿召开了中国民间剪纸研究会非物质文化遗产延川年会,来自国内外的几十名学者共睹了乾坤湾的神采。村里的许多妇女在靳教授的辅导下，剪纸艺术大大提高。我参观了村长邻居冯秀珍的作品，已摆脱了传统的单纯的旧样式，完全是面对乡土现实生活的创作。比如她有个题名为《清水关》的剪纸，上面表现着黄河里的板船工、河岸上的石碾子、正在爬山的农民、还有毛泽东住过的三眼窑、窑前的枣树等等，内容丰富而含意深刻，让人刮目相看。她们的剪纸已开始带来经济效益，被外地的游客购回去收藏或做装饰用。现在，小程村是延川县委、县政府命名的"民间艺术村"，延川县则是国家文化部命名的"全国现代民间艺术之乡"。

夜晚，躺在宽大温暖的土炕上，我想着一个艺术家的良知和奉献，想着黄河人民内蕴的智慧，想着黄河的天文景观与古老民族的融合积淀，想着这块保存完好的原生态的民俗文化土壤，竟然久久不能入睡。

第二天清晨，窗户纸刚泛白，我翻身下床，又走到黄河边来。这时，峡谷里罩着一层薄雾，乾坤湾像个刚苏醒的少妇，温柔恬静地躺在高原的怀中。黄河水在人们印象中向来是浑浊的、激荡的，可在这儿呈现出一种安谧平和的阴柔美态。我想，远古的伏羲迷上她，近时的画家喜欢她，国外的游客赞美她，不是没有道理的。

山梁上响起喇叭声，小杨已开车过来。

在崎岖坎坷的黄土便道上继续往前行驶，路旁的枣枝儿不时地敲打着车窗。想着一路的险途，我感到乾坤湾真是一个藏在黄土高原深处的佳人，谁要领略她的美丽可不容易呢。

要把乾坤湾开发介绍给国内外的旅人，的确有很多困难。

也或许，就让她保持在原始的氛围中，可能更具有一种旷远的吸引力。

伏 羲 村

这村子不大，几十户农家，数百口人，一色的土窑洞。它静静地聚集在半圆的黄河滩上，背靠陡耸的山峦，村前的黄河弧形绕过，河水那岸是刀砍斧劈般的断层，悬崖上的两块石头像两只猴子，蹲在那儿注视着沙滩。

由于交通不变,这村子仿佛与世隔绝,很少有外人来,因此也蓄养着一股自在独立的远古之气。不过,近时,村民们平淡的生活氛围正逐渐被打破,在站立着石磨、碾子、果树的湿润的村道上,已碾上了汽车轮胎的痕迹。

因为它是伏羲村,尽管现在县级地图上印的是伏义河村,可历史毕竟是历史,县志上有它过去名字的记载。

它在乾坤湾下游5公里处,有人瞻观了黄河太极图后,也就想来看看伏羲氏曾经生活过的村子。

据说远古时期,土岗乡这儿林木茂盛,水波浩淼,水边居住个风姓部落,其盟主有个女儿长得如花似月,异常漂亮,大家称她为风华胥(也即凤凰)。风华胥风情万种,又自视高贵,瞧不起本部落的男子,有一次出游,走到一个叫做雷泽的地方,认识了名为雷神的汉子。雷神长相不同一般,他是人头龙身,能够呼风唤雨,无所不通,就牵动了风华胥的芳心,于是他们便在野地里交合做爱。三年后的一个戊戌日,风华胥生下了一个人头蛇身的怪胎,取名为伏羲。司马迁在《史记》中写道:"风华胥在雷泽之地,履大人之遗迹有感而生伏羲于成纪。"记录了这段神话。在那时,人神合一,龙蛇相通,世界大同。

这伏羲聪明绝顶,因为他是天下知父的第一人,后来就建立了父系氏族社会。因为他有家的观念,就首创了男婚女嫁制度。他又继承发展了燧人结绳记事的经验,始画八卦,开始了中国记号文字的文明时代。许多年后,黄帝又在伏羲氏记号文字的基础上,创立了象形字。因此,后人尊黄帝为"人文始祖",尊伏羲为文明鼻祖。

《易传》中说:"伏羲结绳织网,教民捕鱼,这是取法离卦的形象。神农氏削木做犁头,弯木当犁柄,教民耕作,这是取法益卦的形象。日中为市,各得其所,这是取法噬嗑的形象。黄帝教人民穿衣服,这是取法乾坤两卦的形象。"现在流传的包罗万象、深奥难测的著作《易经》,就是在伏羲氏的八卦学理念上总结发展出来的。

久远的历史扑朔迷离,许多问题说法不一,且不论它,我主要是看看伏羲的故乡,看看伏羲的直系后代们的生活。

伏羲村包裹在密密的枣林中,正值金秋,枝头上挂满了赤红饱满的大枣儿。早就听人说:能听到黄河水响的地方枣子最好。伏羲村就在黄河水边,农民们主要的收入靠的是优质的枣子。打问了一下,每年每家大概能采摘几千斤湿枣,好的人家可以收入上万元,因此生活并不贫困。

村头的大树上挂着一截粗钢筒,这是传统的信号钟。村长如有事召集开会,敲一阵钢筒大家就会闻声而至。钟下,有几个孩子在玩耍,他们神清目秀,憨朴可爱。当然了,人类已经繁衍了许多代,伏羲的人头蛇身也只是神话传说,你别异想天开寻奇觅怪。

我穿过村子,来到黄河水边。水流在这儿显得很温顺,对岸峭壁屹立,这边却一抹平滩,能看出黄河对伏羲村的偏爱。

沙滩的枣林里,围掖着一眼铁摇把水井。我站在石砌的井口往下一瞧,水色澄清明亮。奇怪,它离河道仅几步之遥,却不见丝毫的黄态。

我转身正要离去,忽听不远处有人唱歌,扭头一看,是一位老汉挎着筐篮从河边走来。我仔细一听,他那苍老遒劲的声音唱的是《黄河船夫曲》:

　　你晓得,天下黄河几十几道弯,

　　几十几道弯上几十几只船,

　　几十几只船上几十几根杆,

　　几十几个艄公哟来把船扳?

　　我晓得,天下黄河九十九道弯,

　　九十九道弯上九十九只船,

　　九十九只船上九十九根杆,

　　九十九个艄公哟来把船扳!

以前,我也曾听别人唱过这支歌子,可从没这样的腔声地道,节奏奇崛,充满土气而不加修饰。看来,只有伏羲的后代土民才真正理解此歌的内在韵味。因为他们不是表演,那种咏唱与感叹与生俱来。

我停下脚步,待老汉走近,问:"大叔,你是老船工吧?"

老汉脸上绽出灿烂的笑容:"是啊,是啊,不过现在老了,扳不动船了。"

我提出给老人拍照,他高兴地点头应允。

照完相,老人热情地说:"到家里吃完饭再走吧。"

我心头涌上一股热流。这种亲人般的话语,给旅人带来不尽的温暖和踏实。

可我还得往前赶路。

我知道,以后我一定会抽时间来伏羲村住一住的。

这里,有一种回到故乡的感觉。

清 水 关

沿着高高的土岗镇的东侧,飞也似地向下盘旋。山路狭窄,仅容一辆小车通过。山路又弯曲,像麻花般地扭来扭去。眼看着前方路尽,逼近峡谷,就要觊见黄河了,突然有个小村子挡在崖头上。

这村子叫刘家山,是个古朴美丽的老村庄,离清水关只有一箭之路,它如一个安静温厚的老人,坐在黄河西岸的山头上。刘家山虽小,却是见过大人物的。1936年,毛泽东率军东征归来,曾在这儿住过一夜,那几眼窑洞还保存完好。村里有个希望小学,系著名散文家林清玄捐款援建,为此,清玄夫妇曾从台湾专程来这儿植树奠基。他触景生情,发出感慨:"面对西北深厚粗犷的山水,有一种天人合一的感觉,陕北特有的黄土高原很壮观。"这位参悺悟佛的作家选中刘家山来做善事,其内因尚不详知,但陕北的山水对他有一种深蕴的吸引力也是勿庸置疑的。

穿过小村,步行一段,来到黄河岸边的悬崖上,脚下就是清水关了。

远远望去,黄河波涛不兴平静自在地流淌着,它从北方逶迤而来,于清水关前随意勾出了一个"U"字形大弯儿,仿佛故意将对面的山头丢给清水关做渡口,然后又转身南下。雾霭中,浩荡的清水湾气象博大,远处山峦重叠,河道白练飘逸,峡谷中弥散着神秘的气息。我和村长都默默无言。他抽着烟锅,望着河道,似乎还没有看够。我面对大景,心好像停止跳动,神已经飞出体外,在清水湾上空遨翔,一时收不回来。

许久,我才发出感叹:"好,太好了,真想在这儿住下来不走了。"

村长说："欢迎你来住啊。"他告诉我，林清玄等人曾站在这儿激动地呼喊起来，对身边的记者说："我到过美国、日本以及欧洲的许多国家，从没见到过这样壮阔美丽的图画。这景观不亚于美国的大峡谷，人到了这里心胸非常开阔。"他的这番肺腑之言，其实是一个很好的注脚，我想。

清水关是一个古渡口，是一个军事要地，脚下的清水崖上，可以看见遗留的嵯峨的石彻关墙，崖与墙之间，只有一条独径能够通到河边。台阶凿在一块巨大的悬石上，行走时必须手扶石崖，钻过狭窄的关口，真可谓一夫当关，万夫莫开。

顺着河边，有一长溜平地，据说过去这儿是个县城，一河两岸的群众都定时过来赶集。由于县衙的官员为民办事，作风清廉，人们称其为"清水衙门"。后来这个词语就流传了下来，成为一种象征和比喻。

现在，清水关渡口一片荒凉，只剩下一个破旧的小院，有两位老人守着一只木船，也守着古渡口的往事。周围的邻居，先后全搬到山上去居住了，可他俩生在长在黄河边，远离黄河的水声就无法安眠。在别人眼中看来，他们可能是孤独寂寞的，但他们生活在那些丰富的回忆和浪涛的细语中，才觉得心里踏实。

院外的山坡上，临河处有一个石碾子，两位老人常坐在碾盘上看风景。夕阳下，老汉搓着麻绳，老婆纳着鞋垫，他们是那么和谐自然，那么安详从容。一对相依为命的老伴，欣赏着永恒不变的黄河美景，该是多么令人向往啊。

石碾子在当地人眼中，是农家的一条小青龙，而黄河就是大黄龙。据说当年毛泽东过黄河时，也曾坐在河边的石碾子上休息，并且开玩笑说：这也是一条龙哩，咱们坐在龙的身边啊！

笑谈归笑谈，但陕北的黄土高原给了这位伟人一定的想象空间、一定的豪气和大略却是事实。

站在清水关前，我想到了这样一个问题：有些地方看起来宽广多样，可给人的感觉却是模糊狭小的；有些地方望上去单纯静止，但给人的冲击却是博大强烈的。所以，丰富并不包含深厚，单纯也不代表浅薄。陕北的黄土高原就是后者,这正是它的魅力所在。

我想用相机拍出清水湾的全景,可装上20毫米的超广角镜头,也无法将它纳下。面对亘古苍茫的原始风景,真是一切的艺术工具都显得无能为力啊。

壶 口 龙 吼

还没靠近黄河,就听见"轰隆轰隆"的鸣响声。怎么,天变了吗?我疑惑地望着阳光灿烂的天空。友人见状,笑道:不是打雷,是壶口的涛声。

的确不是打雷,因为它的喧嚷一进入你的耳鼓,就不曾停歇,并且越来越强烈。已经走到了黄河岸边,可还看不到瀑布的踪影,它不像黄果树瀑布、德天瀑布等,老远就能看见那飞跃的白练及骄张的身影,这是一种压抑的瀑布和吼声,所以更让人心魂震颤。

跋过河滩,终于来到了激流的边缘,才发现壶口瀑布的不同凡响。其他瀑布是从天而降,水声嘹亮,如欢快的歌唱;壶口瀑布则是从地面向地心冲击,声响上扬,是沉闷的呐喊。其他瀑布水色透明,秀丽多姿;壶口瀑布则浊流浑黄,浓染凝重。其他瀑布身边有青山绿树为伴,似潇洒的行者;壶口瀑布则在赤裸坚硬的岩石中冲激,是艰难的耕者。其他瀑布顺势迤来,显得轻松自在;壶口瀑布则要开道夺路,呈现暴躁不安。

站在岩石上望着猛烈下跌的激流,望着汹浪四溅的水花,人能感受到一种壮烈昂奋的气势。那波涛击地发出的吼声,将世界上其他的喧嚣都遮盖了。

壶口地段的形状俨若一条龙。这激荡的漩流处就是摇动的龙头,水花是他的唾沫,彩虹是他喷出的气流。其下深凿的十里龙槽,是他蜿蜒曲折的身躯。那岩壁上一层一层的纹理,刻记着他摇动拍打的绩劳。

黄河是中国的一条龙,大概是最形象准确的比喻了。这条大河从青藏高原起步,淌过甘肃的山沟,漫过宁夏的河套,侵入内蒙的沙漠,再南下时,就被浑莽的黄土高原挡住了去路。它毅然决然地杀入高原,砍出了一条通道。在秦晋峡谷里,黄河摇摆折行,曲转多弯,充分展现了龙的姿影和气

度。它拼尽全力,默默前行,终于来到了壶口,遇到了最后一座山冈,这时,它再也忍不住屈辱了,就发出撼天动地的怒吼,"天下黄河一壶收",凝聚着万钧之力的激流将山冈斩断,劈开龙门游进了广阔的中原地带。

秦晋峡谷是一条巨大的龙身,而壶口地段则是它浓缩集中的再现。

"风在吼,马在啸,黄河在咆哮",壶口瀑布已经不是一个单纯的风景,它成为一种精神的象征。每个时代,每个人都可以在这儿找到某些寄托,某些冲击和鼓舞。这是黄河内涵的丰富性和包容性。

你只要走近壶口瀑布,它的吼声就会不绝于耳,没给你留下喘气的机会。有些人难以承受它的巨大冲击,只好早早逃离。

你虽然远离了黄河,远离了涛声,可它在你心中留下的回响,却永远是抹不去的。

我愿意时常来壶口充电、补气,愿意用龙吼的振奋之声,将尘世乱七八糟的杂音赶出心底。

秦晋大峡谷

黄河从遥远的青藏高原起步,流过漫长的草原、沙漠、山地,到了秦晋蒙三地交界处,一头钻进了庞大的黄土高原,经历了艰难的奋力冲杀,最后踏上中原,去了东海。

秦晋峡谷是天地自然的壮观,在这儿,你能看到流水不可思议的力量。从内蒙古自治区的托友托县河口镇开始,到陕西韩城县的龙门终止,约500公里的行程中,黄河仿佛是用斧头、用锯子开路。与其他的在山谷间蜿蜒流淌的水流不一样,黄河峡谷的两边没有高峻的山峰,大多数河道都是在高原上砍下去,锯出来,然后日日夜夜地扩展打磨而成。那90度耸立的峭岸,那水刷的痕迹与土地深处的脉线,那经意的拐弯与努力的转折,都使人目瞪口呆。有许多次,我坐在黄河岸边不想离去,它在我心中留下的冲击和张力太大了,它使我对身陷的浮世及浅薄的人生改变了看法,它让我无言可说只想呐喊可又一个音也吐不出。它是直接的赤裸的不加任何伪饰的大气,它是悄悄地自在地不事丝毫虚张的浑厚。打坐在它的面前,人的心胸宽阔起来,旷远起来,尤若进入佛境,进入天、地、人胶合为一体的冥冥状态。

从版图上看黄河,它是一条盘绕在神州大地的巨龙。其实从高空中俯瞰秦晋峡谷,黄河更像一条卷动向前的腾龙。因为有了黄土高原的陪衬,黄河更显出了积聚的神力和无所不克的能量。黄河是母亲河,龙是中华民族的图腾,人常说我们是龙的子孙。黄河奋力地冲进黄土高原,是不是为了来滋养和佑护这块龙的土地呢。

在传统的意识里,一切帝王都是龙的化身。龙袍、龙椅、龙床,都具有象征的意味。那么,陕北的黄土高原上帝王活动的痕迹,也确是一种神秘的现象。

人文始祖黄帝,在这儿首次统一了原始各部落,开创了人类文明的先河。后来的秦始皇,又平息了各民族的纷争建立起大秦王朝,在这儿修筑了秦直道与古长城。大顺皇帝李自成,在这儿率兵起义势不可挡直取京畿。人民救星毛泽东,在这儿养精蓄锐运筹帷幄,夺得了全中国革命的胜利。其间还有西夏王李元昊,在这儿出生成长;大夏王赫连勃勃,在这儿建立皇城并最后安葬于黄河边的山冈……

黄河龙环绕的龙的故土,龙的升腾,有一种契合无法解释。

秦晋峡谷两岸隐藏着许多古渡口、老寺庙及自然奇观,是当地土著心中的圣地,也是外界文人游客向往的胜景。

还是从河口镇开始,往下有准格尔旗魏家峁乡的万家寨黄河水库,偏关县的老牛湾及具有3000年历史的黄河村落,河曲县的西口古渡及娘娘滩,府谷县的长城黄河交汇处及祝里台长城第一墩,神木县的西津寺,佳县的香炉寺与白云山,临县的黄河险滩碛口古镇,吴堡县的千年旧城,延川县的乾坤湾与清水关,宜川县的壶口瀑布,韩城的龙门等等。再往下当然还有韩城的司马迁祠及明清建筑党家村,合阳县的处女泉,永济县的鹳鹊楼、风陵渡、黄河大铁牛,大荔县的义图粮仓,经过要冲潼关之后,黄河出了陕西,转向中原。

每一个景点,都经历了岁月更迭与风云变化,都蕴藏着说不尽的悲欢离合。有歌唱道:"一朵浪花,是一个故事,撒向那神州古老的土地"。

近几年来,秦晋峡谷的考察和旅游活动渐渐升温,人们对峡谷两岸黄土高原的生态环境、风土民情很为关注,由于有新闻媒体及旅行社的参加,影响就扩大了。

但往往是走马观花,由于时间所限,未能深入下去。

秦晋峡谷上有5座大桥,是两岸往返的通道。

从西安出发,往韩城过龙门大桥去晋地。

从晋地包回,过壶口大桥去延安。

从延安北上,过吴堡大桥去临县碛口。

再从佳县大桥返回陕北。

最后从府谷大桥出塞,去河曲及偏关,然后从山西乘火车回西安。

每个过桥处都有不同的风景、不同的故事、不同的历史背景和现实生活。

如果有条件从秦晋峡谷中乘船漂流下来,那就会对黄河龙的风采领会得更深刻了。

天汉水韵

汉 山 葱 茏

汉中市是汉水上游的第一个地级行政政府。有一年某杂志搞评选,汉中盆地是仅次于成都盆地的天府之国。

汉中又被称为"天汉",古人认为地上汉水与天上银河是对应的。汉朝的丞相萧何曾说汉中"语曰天汉,其称甚美"。

汉中是地球上同纬度生态最好的地方。这片被巍峨秦岭和苍莽巴山环绕的盆地,被长江两大支流汉江与嘉陵江滋养的秀土,虽然位于中国西部,却拥有与江南同样的秀色,是一处得南北之利、兼南北之美的风水宝地。

汉山溪谷菜花黄

历史上的汉王朝是从汉中发祥的。据司马迁《史记·高祖本记》载："汉元年（前206）正月，项羽自立为西楚霸王，王梁、楚地九郡，都彭城（今徐州）。负约，更立沛公（刘邦）为汉王，王巴、蜀、汉中，都南郑（今汉中市汉台区）。"当时，项羽贬封刘邦于此的目的，是想把刘邦困死在汉中。

刘邦自然不服，便想举兵反抗项羽，丞相萧何认为时机未到，一再劝阻，刘邦忍气吞声地率领将士到小地方南郑就任。路途中，张良出计献策，让刘邦烧毁栈道，以松懈项羽的疑心。

刘邦到了汉中，听从萧何的举荐，在南门外设坛，拜韩信为大将，然后屯粮演兵，集聚精力，后又用韩信"明修栈道，暗渡陈仓"之策，率兵北入大散关，占领关中，逐鹿中原，五年灭楚，统一全国，建立朝号，仍用"汉"字，故名"汉朝"。

汉朝兴盛强大，影响广泛，《英国大不列颠百科全书》也这样记载："汉族的形成，始于汉代。"

我知道汉族、汉语、汉字的称谓，都与汉中有历史渊源，我也去过汉王刘邦的拜将坛、军师诸葛亮的武侯祠，还有张良庙等地方，但我觉得没找到汉中作为一个王朝一个古地的突出的象征性标志。比如秦国，它有秦岭。

前年春天到汉中，汉中市文联主席王蓬与我是文友，又是摄影发烧友，他知道我的兴趣和爱好。那天早上一见面，王蓬就说：我带你去一个地方看看。于是我们乘车出州府，南行过汉江，又过了南郑县城，但见一座高高的尖山耸立在公路南边，英姿峭拔，十分显眼。王蓬说：这是汉山，咱们上那儿去拍照。

一听"汉山"两个字，我的大脑突然开窍了：汉中城外的汉山，它就是我要寻找的地理标志啊。

小车沿着盘旋的简易公路往山上冲。路很窄，仅容一车通过，全是土道，稍一落雨就无法行车。我们的司机比较有经验，轰着油门不放松，挂着低挡往陡坡上爬。转到半山腰一块平地，王蓬说：停下，到了。

我钻出车门，站在山坡上一看，这个位置太好了，视野开阔，远处山峦叠映，黛雾缥缈，川道里油菜花灿烂盛开，金黄浮动。农家的房子坐落在山林里、花海中,灵秀而生动。眼前是一幅绝妙的天府风景画啊,老天!

我在山腰上的油菜地里左右奔走,寻找最佳的拍摄位置。最后,鞋上沾满泥土了,身上染满花粉了,照相机也按得发烧了,才住手。

山顶上有一个小村子,有一座电视台架设的发射塔,我们没有上去,原路返回。

后来,我查了一下资料,得知汉山海拔1473米,顶上排列着大顶寨、玉皇顶、小阳坡、大阳坡四峰,山腰间有多种小地貌,素有"汉山二十四坪"之称。汉山是古代汉中人民的"神山"。先秦时期,古褒人就常面对汉山,焚香祭祀。汉山远古时叫"旱山",《诗经·大雅》第五篇中的《旱麓》就是描述褒人奠祭汉山的情景。当时,周文王与褒国君祭天求祖赐福,场面盛大:"瞻彼旱麓,榛楛济济。""莫莫葛藟,施于条枚。""瑟彼柞棫,民所燎矣"……诗人瞻望那汉山脚下郁郁葱葱的榛树、楛树,被漫山遍野的葛藤缠绕着,老百姓从茂密的树林中砍伐下柞树、棫树,焚烧着祭神,青烟缭绕,烈火熊熊。而周天子的祭祀场面则是"瑟彼玉瓒,黄流在中。""清酒既载,骍牡既备。""以享以祀,以介景福"……拿出细腻的玉帛,在黄金勺里斟满甜酒,并杀了红色公牛。好一派欣欣向荣的景象,好一幅与民与侯隆重祭天赐福的动人画面。唱一曲"乐从苦中来,曲自静中和"的汉山樵歌,声音在山野沟梁间回荡;奏一首"鸢飞戾天,鱼跃于渊"的《旱麓》正乐,响彻在华夏的天堂。到汉朝时,高祖刘邦也每年带着队伍,华盖猎猎,旌旗招展,浩浩荡荡地登汉山祭天。

假如说汉江是汉民族的母亲河,那么,这汉山当是汉民族的父亲山。

我一向自称"陕南通",可竟然没有登临过汉山。这一方面说明我的知识局限,也可见当地政府对汉山的宣传和开发不够。想想当年帝王上山来祭天,沿途那些官驿,山顶那些台阁是少不了的,如果能做些恢复重建,在旅游娱乐兴起的今天,汉山将是群众休闲、读史的乐园。

这次到陕南,我又独自走上汉山。我从南郑县城出发,步行朝南,慢慢地接近它。天气晴朗,蓝天白云,从我的角度望上去,汉山呈直立的圆锥形,凌空的电视发射塔是锥尖;塔下散开如伞状的坡体壁立陡峭,生长着低矮的树丛;斜垂到半山腰,有了过渡的缓坡和成片的森林;再往下来,就是条条沟壑和溪流;最低处的山脚是油菜花海,像汉山艳丽的裙裾。

我爬到半山,觉得有点头晕、气喘、视线模糊,可能前一天感冒没好,又爬得太急太快了。坐下来休息一会儿之后,我决定沿着半山的平路横走,我要对汉水上游这座"神山"的生态环境做个切面调研。

越过一片树林,道路通向一个小山沟。一条清凉的溪流"哗哗"从沟底穿过,几块水田躺在山洼里,几户农家散落在溪流和水田的边上。我从其中一家的院子经过时,站在门口的中年妇女说:歇会儿,喝茶啊?

我在院中的竹椅上坐下,她拿来杯子、电壶,立即为我冲了一杯热腾腾的茶水。我一边喝茶,一边与她聊起来,得知这儿是南郑县青树镇的一个村子,她家四口人,女儿在县城上中学,儿子在山下读小学,老公在镇上搞基建盖房子。我说你这茶真香,她说是水好。他们饮用的都是自然水,我看到房后一溜长竹竿连起来,把山泉直接引到厨房,流进锅里。

我问这山上泉眼多吗?她说多着呢,数不清,以前水小点儿,这几年树多了草多了水也旺盛了。

我问她平日的娱乐活动,家里电视信号怎么样?她说信号很好,节目也多,喜欢看中央电视台音乐频道的民歌演唱,其实我们这儿的《汉山樵歌》也好听,可以上中央台的。我问什么是《汉山樵歌》。她说从前啊,这里林深山大,山民都以打柴为生。他们早出晚归,终年辛苦不得温饱。一天观音菩萨去赶蟠桃会路过汉山,见山民们非常辛苦,便降下祥云来到山腰,变成一位漂亮的红衣姑娘,走到樵夫们面前,关心地问:"你们这么劳苦,怎么不唱支歌来高兴高兴?"樵夫们说:"我们缺吃少喝,终日打柴糊口,哪有闲情唱歌!"观音菩萨说:"我教你们个法儿"。樵夫们问:"什么法儿?""以我为歌,我唱一句,你们唱一句。"说完唱道:"远看贤妹身穿红,手中提个画眉笼,要问画眉卖不卖,光卖画眉不卖笼。"樵夫们唱了一阵,马上感到来了精神,浑身轻松了许多。当他们再看时,红衣姑娘已不见了,只见头上一片祥云向东飘去。樵夫们情不自禁地唱道:"远看贤妹长得俊,胜过南海观世音,只要见着贤妹面,浑身上下添精神。"从这以后,樵夫们一边唱歌,一边打柴,独唱、对唱,内容丰富,形式活泼,就形成了别具特色的《汉山樵歌》。

我说你能不能唱一段让我听听,她说我嘴笨,不会唱,我妈行,能一口气唱几十首。我问她妈在哪儿,她说在山那边的周家坪,远着哩。

谢过主人,我继续上路,出了沟,又上一面山梁,穿过梁上的树林,下去又是一条山沟,沟底有溪流奔淌,十几户农家依水而居。越过沟后又上山梁,又过树林,又是山沟,又见水田,又观溪流。地形结构类似,不同的是沟湾大小有差异,多则几十户人家,少则几户而已。

在一个树林边看到两位头戴面罩的养蜂人,刚收的鲜蜂蜜6元1斤,每个塑料瓶子里装1公斤,加上瓶子1元,共售13元,可惜我路途遥远,无法携带。我问养蜂人:前边村子还多吗?他笑了:满山都是沟,沟里都有村子,你走不完的。

我拿着分县地图估算了一下,这个汉山周边应该有100公里长,我今天只走了不到1/5,就看到20多个大小山沟,这么说,汉山上遍布着近百条沟湾,每条沟里都有泉流,都有人家。这百条泉流涌下山去,汇入汉江,为下游提供源源不绝的甘露。这个汉山啊,是汉水上游名副其实的自然供水塔。

像汉山这样的自然供水塔,在汉江源区还有不少,它们为南水北调提供了丰沛的水源基础。

感谢这些群山,这些溪流,这些爱水用水保护水的人们。

石 门 故 事

中国古代的治水英雄,当数大禹,全国各地都盛传着他的故事。但是,在远古时代,一个人能干多少事,能修几个水利工程?恐怕屈指可数。可见,大禹是人们对治水的一种精神上的崇拜和向往。

汉水上游最早的水利工程,是西汉时期的山河堰。《史记》上说:"萧何转运关中,给食不乏。"当时,楚汉相争,战事连连,汉朝的丞相萧何为了保证前方的军粮供给,为了使汉中盆地的庄稼大丰收,便修建了山河堰。最后,在坚固后援的支持下,汉军终于打败了项羽。宋代王象之在《舆地纪胜》中记载:"褒水,又名山河水,引山河水灌田所修之堰,故名山河堰。"后

石门水库

人为了纪念萧何,又把它称"萧何堰"。

山河堰修起之后,是真正的惠民工程,它为汉中平原的老百姓带来了丰衣足食,并且福延千古。南宋抗金时,由于汉中水利灌溉发达,粮食储备充分,支持了重要的秦岭防线。1940年,民国政府在山河堰的所在地修建了褒惠渠。1969年,新中国在此地修建了石门水库,它的总库容1亿立方米,有效灌溉面积近50万亩。

我多次到过石门水库,每次的原因不同,概因石门水库里的内涵太丰富了。但每次站在山上,看着狭窄的河谷口,看着两道自然伸展出来的状若门框的石脊,都感到山水造物的神奇。

石门水库建在褒河上,这条秦岭山中的小河太神奇了,它是历史的见证者,是人与自然和谐共存的支持者,是山水文化精神的传承者。

褒河出口处的河东店,是古褒国所在地。西周宣王时,有一对年迈的老夫妇,收养了一个被遗弃的女婴,她长大后,成为绝代美女褒姒。西周末年,褒国君将褒姒作为女奴,沿褒水北上进京,献给了周幽王。褒姒心情郁闷,落落寡欢,于是就产生了"烽火戏诸侯"的故事。本来西周的亡国,是周幽王荒淫的责任,可后人却推在了褒姒的身上,她便成了有名的"祸水"。"女人是祸水"便由此而来,实在是男权社会的霸道。但在褒姒故里,乡亲们很敬爱这位美神,为她修建了梓潼宫,供奉着她的塑像。传说褒姒饮用过的井水中,游动着许多美丽的桃花鱼。女人用此水洗面,肌肤可以更娇嫩鲜艳。

褒河上的古栈道,是秦代修建的,它的南口在石门这边,北口在关中眉县的斜谷关,全长近500里。关于栈道,《辞海》中的解释是:"我国古代在峭岩陡壁上凿孔、架木、铺板而成的一种道路。"秦始皇是个伟大的领袖,为了国家的繁荣和强大，他向北修了"秦直道"，征服匈奴巩固边疆；向南修了"褒斜道"，沟通陕南和四川。与平坦踏实的"秦直道"相比，凿岩撑木、悬空架板的"褒斜道"修建起来就艰巨多了，它创造了古代交通史上的奇迹。汉时刘邦"明修栈道，暗渡陈仓"；诸葛亮在汉中屯兵8年，六伐曹魏，木牛流马出关中；还有"萧何月下追韩信""火烧栈道"等著名事件，都发生在这褒水之上。

曹操曾经褒斜道到汉中，与张鲁交战。胜利后，他在一个风和日丽的早晨带部下去石门登高赏景，远眺三百里汉中平川，看到石门处的河水激流飞溅，巨浪滔天，兴之所至，便在褒河浅滩一块大石头上，写下"衮雪"二字。此字笔力遒劲，气势浑满，意味横生。部将们连声称好，只有一个文从在旁边说："丞相的字、意都绝妙，只是那个'衮'，好像左边少……"曹操哈哈大笑，说："你的意思，是左边少写了三点水？"他手指褒河巨浪，反问道，"你看河中之水如此多，还代替不了三点水吗？"大家顿时明白这是曹丞相有意为之，更加佩服了。后人称"衮雪"二字"笔触圆润，柔中有刚；棉里包针，富于动态"，成为曹操的人格写照。

真正被后世所景仰、推崇、传习的，是褒水谷口峭壁上的摩崖石刻——石门十三品。栈道通行后，关中王朝的文人雅士经过石门时，情绪高涨，纷纷抒写诗文，镌刻在崖壁上，渐渐蔚为大观。这些字，是人们学习汉隶书法的精品。其中的《石门颂》，号称汉代摩崖"三颂"之首，属中国书法由篆体向隶体过渡的典型代表。后世有许多书法爱好者来石门临写摩崖，一写就是半月，饿了吃口干粮，困了习地而眠。民国将军、大书法家于右任有诗写道："朝临石门铭，暮写二十品，辛苦集为联，夜夜泪湿枕。"新中国成立后修建石门水库时，由于蓄水位高，为了保护珍贵的文化遗产，政府想方设法将石刻从岩壁上剥离下来，搬运进城，现陈列在汉中市博物馆。日本著名书法家种谷扇舟先生后来题写了"汉中石门，日本之师"八个大字，嵌镶在一块黑色的大理石上，并捐赠给中国，以示他的敬仰，也置放在博物馆的碑廊里。

现在的石门水库已经开发成旅游景区，88米高的大坝内的水面上，修建了3.26公里长的栈道，让人们来感受当年的壮观。大坝下的河谷地带，有一条1142米长的仿古商业街,布局着酒肆、茶馆、住宿、文艺演出、特色小吃等。在这条文化长廊上,两汉三国雕塑广场矗立着大型人物雕塑群,汉王刘邦高17.8米,周围还有《追韩信》《暗渡陈仓》的壁画和栈道风云,以及千古石门浮雕文化墙。褒姒的传奇也以泥塑的形式出现在这儿,演绎着浪漫的爱情故事。汉中民俗风情长卷,则描绘着当地的风土人情及劳动场面。这些广场艺术作品,生动而形象地演说着山河变化及历史进程。一个水利工程,就是一次对山川河谷的装修,一次文明方式的展示和运用。

古 堰 沧 桑

在城固县水利局,有人告诉我,汉中盆地上最成功的、规模最大的水利科学工程其实是五门堰。它可以与成都平原上的都江堰相提并论,现在已辟为陕南唯一的水利博物馆。

乘车出城固县城,北行15公里,在一个叫许家庙街的东南处,就是五门堰。堰上西侧有一座古庙叫"龙王寺",两进四院,其中的观音殿、禹稷殿、太白楼等30多间古建亭堂房屋保存完好,长廊中矗立着几十通石碑,记载着千百年来五门堰发展的风雨沧桑历程。院内挂着"城固县水利博物馆"及"五门堰文物管理所"两块牌子,但空荡荡的庙宇里,只有一个守门人住在前庭。

庙前的院子很大,院前长着一棵粗壮的郁郁葱葱的老树,树身上钉着一块铭牌,细看,是"城固县古树名木保护标志牌",编号为1001。树种:皂荚树。树龄:1300年。保护单位:五门堰文管所。

守门人告诉我,过去,每年的农历六月二十四日,群众自发地来办一次水利庙会,这大院上挤满游人,又是祭祀,又是唱戏,以纪念农耕的始祖后稷和水利的始祖大禹。不过平时人很少,只有水利考察者和古迹爱好者偶尔来一下。

五门堰紧挨着龙王寺,我下到河床低处一看,但见一条数百米长的坚硬石坝,横卧在胥水河上,宛若长龙,气势不凡。坝内被阻聚的河水,转向五门堰口。堰口在高大的石桥根部,五个石门一字排开,河水分流而去。外边便是两条大渠,波涛滚滚东西涌浪,奔向远方。再细看石坝,它的高程和蓄水深度与五个堰门及两条大渠平行,若河水小就全被拦入堰门,倘若涨洪那多余的水自会翻越坝顶流向下游。这样的设计,旱涝无妨,堪称精妙。

眼下,堰内蓄水刚满,有些许余流越坝而出,形成一排薄薄的白亮细瀑闪烁在河中,优美壮观。

五门堰创于西汉居摄二年,至今已有2000年历史。唐武则天时"五洞之下,筒车九轮,仿自周世",提水灌溉已见规模,旱地变成水田逐步增加,以后各个朝代都在整修加固。1931年,陕西省政府主席杨虎城将军视察五门堰,给予重视,第二年拨款8万支持改建。1934年,近代水利专家、陕西省水利厅厅长李仪祉率团考察五门堰,在陕南首设水利管理局。

庙宇堂堂,长坝列列,河水汤汤,阳光荡荡,五门堰内的大片湿地上,一群白鹭飞舞在绿树长草之上。望着这风景我想,五门堰是古代劳动人民智慧的结晶,是人与自然的有机亲近,是汉江水利建设史的活化石。

圣 水 美 谈

出汉中城南行,过汉江大桥后往东7公里,是南郑县圣水寺。它背依灵泉山,树木苍翠,云雾缭绕;面对汉水主流,河面坦荡,视野开阔。寺周围村庄含烟,风景优雅。在抗战期间,国民党中央陆军军官学校(即黄埔军校)第一分校迁来汉中,分校本部设于圣水寺内,蒋介石、李宗仁、于右任等国民党要人均在此地驻足。新中国成立后,这里是个新兴工业区,建了不少高大的厂房,工人们朝气蓬勃,上下班时非常热闹。"文革"后工厂转产,人去楼空,只剩下一些老人妇女小孩留守旧地。

这圣水寺,近几年又香火旺盛起来。

圣水寺建于西汉初年,内有一棵最古老的桂花树,相传是汉丞相萧何亲手栽植,故称"汉桂"。该树主干直径近3米,高13米,树冠20多米。"汉桂"每年开两次花,花色金黄。主花期在农历七八月份,第二次在农历十月份。"汉桂"开花5~7瓣,比普通桂花多2~3瓣,花径大,花期长,以秋季为盛,每次花期20~30天。盛花季节，飘香十里，芬芳馥郁，沁人心脾，古人有"桂香飘不歇，此趣谁能猜""叶密千层绿，花开万点黄"的颂句。可见此地的风水就是不一样。

更为神奇的是，圣水寺中有著名的五龙泉：青龙泉清澈见底，白龙泉白色映天，黄龙泉金光闪闪，乌龙泉乌光灿灿，黑龙泉黑如漆炭。五泉环绕寺院，相传为观音点化五龙成泉。五色泉水各有特色，各有其用。其中白、青两泉被当地人奉为"圣水"，后经过科学化验，这两泉富含多种有益于人体的微生物和矿物质。

圣水古寺

圣水寺镇一直流传着这样的说法：只要喝下圣水寺的水，就能怀上双胞胎。

前几年，中央电视台《走遍中国》栏目，曾经做了一期"双胞胎之乡"的专题，其中提到汉江上游圣水寺的双胞胎现象。

的确，圣水寺镇双胞胎很多，走在街道上，常常能看到散步的人群中，不时有一对对几乎一模一样的双胞胎出现。

附近的大河坎中学，有四位老师结婚后，相继生出了四对双胞胎。其中一对夫妇还生了龙凤胎。

汉中电视台有一对双胞胎主持人，长得非常漂亮。

2006年，在城固一中上学的、1987年出生的双胞胎姐妹刘芳、刘园，都取得了理科614分的成绩，考入了理想的大学。

2007年,在福建东南电视台被誉为明星摇篮的"银河之星大擂台"名牌娱乐类栏目中,来自汉中的双胞胎小姐妹安娜、安妮成为"银河之星"的新擂主。安娜、安妮当年9岁,是汉中市中山街小学的学生。在表演现场,姐姐安娜夜莺般的歌喉,妹妹安妮优美的舞姿,配合得非常默契。

这些现象,被传为美谈。

于是,每天清晨和傍晚就可以看到许多前来寺里背水的人。

这说明此地的生态环境确有神秘之处,它是大自然的特别眷顾。

圣水寺内现在已贴出告示:禁止上香,保护水源。

近期,当地人还投资建了一个纯净水厂,不过我怀疑这地下圣水装入瓶内,经过处理,是否还有它神奇的效力?

泛 珠 龙 泉

在宁强县宽川镇东边,有一眼泛珠泉,当地老百姓称为"龙泉"。

我们在公路边下车,由宽川水保工程队经理王文继带路,沿着一条弯弯曲曲的水渠向山边走,水渠里有一股清流欢快地向前奔淌。步行约3里路,最后来到半山坡上,看见一个直径10多米的圆池子,池中水碧绿清亮,水面上泛着细碎的珠花,能感觉出地下有一股水流向上翻涌。

王文继介绍说,龙泉出来的水,用目测,大概每秒将近1立方米,并且日夜奔涌,川流不息,一直很旺盛,干旱时节也不减弱。宽川镇上的居民饮水,主要是龙泉;山下的一部分农田,也靠龙泉水浇灌。龙泉水最终经过大安镇,进入汉江。

我问:这个泉有多长时间了?

王文继说:我小时候,就有这泉。听爷爷讲,他小时候,也有这泉。具体时间不清楚,可能有几百年吧。原先只是草坡上的一个泉眼,后来农民为了保护周边的环境,杜绝污染,才修起了这个宽大的水泥池子。

2007年,原国家水利部部长杨振怀带着全球水伙伴组织的一些专家,曾来到泛珠泉考察,几个老外看到如此晶莹的泉水,立即伏下身去用双手捧起泉水喝,并连连叫道:太好了,太好了,这儿不需要开发建设,只要把生态保护起来就行了。

我在泛珠泉周围转了一下,看到树林中有一个院子,红墙上写着:汉鲵——汉中天成生物工程公司宽川基地。

旁边还有一个铭牌,印着:科研重地,谢绝参观。

我向王文继打听"汉鲵"是什么东西?

王文继笑了,说:就是娃娃鱼。

后来我在网上查了一下,得知娃娃鱼(大鲵)是我国特有的珍稀野生动物,属两栖纲、有尾目、隐鳃鲵科,是与恐龙同时代并存的古老物种,具食、药两用价值,属于国家二级重点保护的水生野生动物。目前,娃娃鱼在世界上主要分布在北美、中国和日本。我国大鲵是地球上仅存三种隐鳃鲵科中体形最大、品种最优的一种。大鲵肉质细嫩、鲜美可口,富含17种氨基酸,其中8种人体必需的氨基酸都在里边。由于大鲵喜欢生长于深山峡谷的小溪之中,空气、水质无任何污染,是当今水产品中少有的无公害有机食品,也是极其珍贵的绿色养生食品。

《本草纲目》中有大鲵"鳞目、滋阴补肾""食之己痴疾、性甘淡,能截疟"的记载。《本草经集注》《本草拾遗》等药典中也有能"治痴疾、治顽疾"的描述。现代人誉大鲵为"水中人参"和"软黄金",备受消费者青睐,一直是中国出口创汇的高附加值产品。

但是,娃娃鱼在我国越来越少,供不应求。

汉中天成生物工程有限公司及天成大鲵研究中心依托得天独厚的自然资源,实现大鲵仿生态人工驯繁的突破,并于2009年6月取得了农业部水生野生动物保护办公室允许在全国范围内销售二代大鲵的资质。

汉鲵这个新的品牌,将越来越受到国内外消费者的欢迎。

原来这个汉鲵研究中心,就设在宽川的泛珠泉旁边。

由此我想,泛珠泉应该列入中国的名泉名水了。

西域札记

西域圣使

沙漠中的绿洲敦煌城是个奇迹，鸣沙山和月牙泉是个奇迹，莫高窟千佛洞是个奇迹，石上刻的墙上画的地下埋的书本上记载的敦煌文字和街衢市巷里弥漫的浓厚的特有的文化气氛更是个奇迹。踱行在这座千年古城内，一景一物会提醒你，告诉你：你已经来到了古丝绸之路的中段，跨入了通往西域的大门。

山、水、文字、历史是人创造开拓的，包括学者和文盲，帝王和平民，这些设计者与劳力者一代又一代，一层又一层进行打凿，使敦煌这座巨型雕塑逐渐显示出其亘古博大、丰富深刻的气势。

走进敦煌博物馆的大门，绕过院坝中心屹立的骆驼双雄塑像，迈入装饰典雅整齐的展厅，那些少见的陶器、汉简、丝绸、货币、珠玉、书画等14类3000多件文物珍品，更加深了你对敦煌历史文明的认识。

我在一个不起眼的墙角里看到一张图表，是份《丝路(敦煌)往来高僧情况表》，在这些拗口难念的充满佛气的大名下，我虔诚肃静，停立良久。

安世高，安息国人，公元148~171年间，经西域来华，译有《安般守意经》等。

支娄迦，大胝国人，公元178~184年间，经西域来华，译有《般若道行经》。

竺法护，西晋敦煌人，早年游学西域各国，通晓西域36国文字，搜集佛教经典资料，劳不告倦，译经165部，300余卷。

法显，中国(平阳)人，399~413年间，行经15年踏30国，回国著《佛国记》。

玄奘，中国(陈留)人，627~645年，历时17年，遍游全印度，回国著《大唐西域记》。

达摩涅罗，东印度人，732年来华，在长安贤圣寺译出《医方本草》等。

仅这张图表上列出的有名有姓的高僧就有16位，那些来去匆匆，没留下文字记载的僧侣可能更多了。

当年的西域是怎么一个情景啊，可以想见，在烈日炙阳下，无边的戈壁沙漠炙热如烤，几匹骆驼驮着大捆大捆的竹简缓缓而行，身披袈裟，满脸严肃的高僧们跟在后边，行色倦倦，汗流如雨，有的坚持往前走，靠非凡的毅力和笃定的信仰到达前方的绿洲，歇一夜第二天再走下去，有的则体力不支，倒在沙漠中含蟬而去，孤魂难归。

莫高窟

过去的高僧都是大学者、大圣人，靠多年的修养潜研，戒除欲念，苦心进炼才登上高阶，获得令众人敬仰的名誉地位，可是他们却不愿坐在悠静安谧的寺院里诵经唱文享受朝拜，毅然简装出游，历尽千辛万苦，跨越漫长的丝绸之路经西域出关去，出国去，把古老的东方文化传播到域外，又把现代的西方文明带回国内，并且行走到哪里就传经到哪里，用知识的雨露浇灌愚昧的心土，该是一种多么神圣的、伟大的工作啊。

他们对宗教的信仰究竟有多深，他们心头的虔诚究竟有多厚，他们身上的动力究竟有多大，他们追求的意念究竟有多强?这是我们后人难以想象的，先不说思想动机如何，先进的纯洁的还是荒谬的私欲的，我觉得这些高僧们起码是热爱我们这个文明古国的，他们是丝绸之路上的文明圣使，有着不可磨灭的贡献。仅就此点,我们应该为这些高僧们树碑立传。单列一张图表是不够的,试看这个博物馆里的文物,许多件都洒有他们的血汗吧,连举世闻名的佛教艺术宝库莫高窟,相传也是一个乐僧和尚云游于此凿洞起始的。

看了敦煌博物馆里的这张小小图表,我忽然对宗教、对僧侣、对信仰以及对人生,有了一种新的感受。

走出博物馆,站在院坝中心的气宇轩昂的大型骆驼雕塑前,我觉得自己的心胸突然变得挺"圣"挺"洁"的,那长途跋涉旅行的劳困竟也减轻了许多。在这些高僧面前,在这韧拔的沙漠之舟面前,我们的辛苦又算得了什么呢,何况今天我们还有飞机、汽车这些现代化高速交通工具。心理的坚韧的确可以超越肉体的痛苦。我想起那些长年工作在沙漠边缘的敦煌研究所的科学家们,想起那些一次又一次跨越西域考察丝路的历史学家、各类专家,他们还不是靠着一种圣洁的信仰和对事业的追求才跑到戈壁沙漠里来餐风饮露、颠簸探秘的吗? 他们都是圣使,人民的圣使,文明的圣使,站在历史、今天、未来这条绵长的人类进程线上传播知识的圣使。

山与泉的交响

山是神奇的山,全部由细沙积聚而成。登山得赤足,不然鞋内会灌满柔沙使人行走艰难。一脚一个坑儿,踩下去松软如棉,往上攀登颇然费力。沙山看似松散,其实韧性非常大,几千年来风吹雨擂,它不增也不减,一副安详冷峻的模样。

登上山顶,极目展望,太阳光下,沙山纷呈红、黄、白、黑、橙五色,晶莹闪亮,不染尘灰,沙聚的峰峦也如刀劈似的危峭。

若从山顶坐卧下滑,沙随人动,流荡出一阵鼓乐鸣声,呼啸入耳,仿佛把你带往久远的臆想中的古战场。传说以前这里是一片平坦的戈壁滩,某将军带兵出征,与敌搏杀于此地,后全军覆没,积尸数万。一位女神路过这儿,见眼前的断尸残肢血污遍地惨不忍睹,便善心大发,从她的香炉中抓出一撮香灰撒了下来,顿时丘岭耸起,沙山起伏,掩埋了勇士的遗体。现在的这沙鸣声,究竟是地球磁场录下了当年的战斗之音呢,还是烈士的英魂在地下发出的壮志未酬的呐喊?不知其详。

沙山下有个状若月牙的泉水,静静地躺在四面山峰的环绕中。泉水清澈如镜,久久地舐着山脚,虽时常有强风劲吹沙暴狂舞,可这泉中从不落流沙,始终保持碧波澄净。酷暑盛夏气温极高,沙砾如炒过一般,泉水仍不减些许。沙填不满,日蒸不少,围中不腐,痴情执著,实为奇观。不知这泉水是女神为让烈士们饮用而洒下的甘露琼浆,还是众英魂涌流的眼泪留下的永恒的镜鉴,谁解其由?

沙山的屹立与泉水的平荡互衬而成兄妹似的奇景。没有了泉水温柔的回应也许就没有了流沙的奏鸣;缺少了沙山强力的围抱可能也就失去了泉水的澄清。这是一种什么样的情愫,什么样的依赖,什么样的关连,什么样的默契,什么样的生存方式?谁真正理解了这互鸣互应的经久牵靠的沙山和甘泉,谁就懂得了人生实在的真谛。

鸣沙山和月牙泉,在敦煌城南3公里处,它是丝绸之路上的一个自然景观,一派天生丽质,毫无人工雕琢,证明了沙漠世界丰厚的内蕴和精妙的造化。

交 河 崖 城

仰视像孤岛,首尾有河流交汇,椭圆形的两侧是30多米高的如削崖岸,只有一条窄窄的通道在南端关隘外,陡细如登岛的舷梯。俯视如柳叶,南北长1500米,两头儿尖尖,中段东西最宽处300米,实似一片巨大的黄色的、脉线清晰的焦叶不知何年何月从何种庞然巨树下飘落,浮在了河水环绕中。

这就是中国西部著名的交河故城,静静地废弃在吐鲁番县城西边十余里处。这座城阙更像一艘历史的战舰,从远古的火海烟波中驶来。这艘战舰上,汉以前曾摆置过车师前国都城。汉元帝时设戍边校尉,名将班超和儿子班勇,都曾在戎马倥偬硝烟弥漫中镇守过这里,背靠东,面朝西,执戈仗剑,蘸着血汗及交河水,谱写悲壮而苍凉的戍边战史。到唐初,太宗皇帝派兵平伏战乱,又将西域的最高军政机构——安西都护府设在这里。其后,许多卫国义士离乡背井在此捐躯,尸骨不能回家园,座座土坟默向东。

也不知是出于什么原因,在一场熊熊燃烧照亮西天惨烈的大火之后,这昂然的战舰从此搁浅,变成一座荒寂无声的神秘莫测的船形历史博物馆。

登上战舰,台面街衢巷道完整有序,撇开大道,拣小巷拐弯往前走,越走越幽深安静。你进入情境,会突然走出一位身穿布衣手提瓦罐的素朴美丽的民妇或者遇到几位2000年前调皮活泼的扎着小辫子的孩童在道上追逐弹球。你信步走进一个院落,可以看到一半挖掘在地下,一半夯筑在地面上的厨房,里边灶台依旧,墙壁黑绿,仿佛烧饭的人刚刚离去。你若有幸在灰烬中拨出半截火钳、一块锅片,恐怕就是无价之宝了。院中还有辘霉苦水井,下边早已干涸,但井口上被井绳磨出的槽沟历历在目。你若在院中大喊一声,回音使你自己也有点儿恐怖。这座庞大的幽静的废城里,一到晚上便没有活人敢独自留下,谁知那些死去的含恨的鬼魂夜里会不会出来聚首呢?

在城的南部,有一个高大的土墙筑起来的宅院,院中建筑气势宏伟,虽然都没有了屋顶,其墙壁的厚壮沉稳仍透露出一股凛然之气。中心有个小广场,应是当年操兵习武的场所了。广场前的高台,那时的最高指挥官便站立在上面发号施令,检阅兵阵,气冲斗牛。

经过多少次狂风暴雨的袭击,崖城旧貌依然保存完整,气势如昨,这奇迹只能在吐鲁番这块火洲中存在,因为此地每年降雨量极少,蒸发量极高,土如石,土如铁,土中显示出铮铮硬气儿。

登上土墙最高处,全城尽收眼底,但见四周残垣断壁屹立,夕阳的辉照下,薄雾如炊烟,袅在空中,幻觉中已有一股香甜的饭食味儿扑鼻而来,可以想见当年戍边的将士们已下岗回来,正与妻儿们围在院中的小桌前欢闹,调笑……不过在表面的温馨后仍然潜着深深的忧郁。

此时,有人在远处呐喊,呼唤同伴回去,我的心却收不回来。面对古城,西部悲壮的历史,在我的意念中升华成怅惘感、悠长感、雄悍感、缠绵感、强烈地思念亲人和思念故乡的回归感,一起汇入心头,一滴莫名其妙的清泪,竟滚将下来。

去克孜尔的路上

在拜城县城的郊外,我拦住了一辆拉客的毛驴车。车体两边的木板架上坐着好几位乘客,其中有一位是年近七旬的日本老人,他身材干瘦硬朗,满脸的皱纹显露着阅历的丰富,细眯的眼睛颇具穿透力。不知怎么,我总觉得他那潇洒的神态中隐匿着一些忧郁的内涵。其他几位均是本地的维吾尔族青年,又圆又大的黑眼珠骨碌碌转着将陌生人扫描分析个不停。不用说,大家都是往克孜尔千佛洞去的。

克孜尔千佛洞离拜城不太远,是建造在一个河谷北岸悬崖上的洞窟群。据说那里的壁画与敦煌不大相同,其造型、线条、风格更多地接受了印度和希腊的影响,充满了对人性、青春、生命之美的赞颂,许多美女裸体描画得生动传神,丰富微妙,在构思上避开了敦煌的佛性,更多接近凡人。千佛洞中有条幽谷清泉,叫千泪泉,从后山一直流到前山,每逢夜深人静时,那泉水叮咚流淌的声音十分悲切,仿佛倾诉着一种难言的哀伤。

毛驴车在戈壁路上轻快地奔跑着,赶车的维族老人悠然端坐,慢摇着手中的鞭杆。那日本老人往前挪了挪,拍一下维族大爷的肩头,问:"千佛洞的,好吗?"

维族大爷竖起大拇指:"好的,大大的,想听吗?"

维族大爷晃着脑袋,用他那半生不熟的汉话说,古代龟兹王朝中有一个国王,膝下有一个漂亮非常聪明绝顶的公主,她大胆地与一个民间青年相亲相爱了,并且自做主张打算结为夫妻。但国王知道后坚决反对,百般刁难。他出了一个怪题,让这位青年上山凿出装有一千个佛的洞窟,才同意将女儿嫁给他。那青年集中全部精力,上山凿洞。凿了很长很长时间,终于凿出了九十九个洞窟、九百九十个佛像,最后劳累过度,力竭身亡。痴情的公主闻讯赶来抱尸恸哭,也伤心至极而逝去。那公主悲伤地涌流出来的泪水,就变成了泪泉,已经流淌几千年了,永远不会枯竭。

维族大爷的声音低哑了。

日本老人掏出一张10元的票子,塞在维族大爷的怀里。大爷点点头,揉揉眼,说:"谢谢,谢谢。"

鞭梢一声响,毛驴车加快了速度。四周是绵延不尽的大戈壁。尽头在哪里?千佛洞在哪里?车身摇摇晃晃,人有点儿昏昏欲睡。茫茫戈壁滩亘古寂寞,它的吸引力不是表面风景,而是潜在的生命力。多少年来,不断有人跋涉千里前来探寻先人生命的遗踪,越是在这人迹罕至的荒漠中,这些遗迹越是显示出永久的魅力。

车上发出一阵"呜呜呜"的哭泣声,我扭头一看,只见日本老人低着头,用手绢捂着眼睛,痛哭失声。一根隐隐的神经突然被深沉地拨响了。他的悲恸,引起我心头一阵酸涩。面对大戈壁,人容易感伤,容易落泪。大戈壁给人的感觉有压抑也有旷远,有忧伤也有壮烈,有浓郁的离愁也有紧迫的聚情。再无动于衷的人来到这儿也会情绪怅惘,再平静安详的人来到这儿也会呈现激动,再心胸狭小的人来到这儿也会博大宽容。大戈壁给人的反应太丰富太深广了。

快到了。毛驴摇紧的铜铃渐渐慢下来。

喀 什 噶 尔

乘长途高篷轿车,沿塔里木盆地北边缘戈壁滩上那蛇皮般油黑油黑的长绵无尽的柏油马路一直往西走,往西走,每天将日头驮出又驮落,沿途一样的荒漠,一样的景色,一样的感觉,一样的憋闷。就这么让圆圆的日头从车顶上滚过去四次。在人困极了、渴极了,在车喘极了、累极了的时候,在欲行不耐欲止不忍的时候,在绝望到顶的时候,眼前蓦然出现一抹绿洲,这就是喀什噶尔,享有突厥语"绿色的琉璃瓦屋"称号的一个美丽的小小的边城。

城建与名字十分相符,映入眼帘的楼房古朴高雅,结构拙厚,刷成银灰色、米黄色、浅蓝色、粉红色,通体雕刻着维吾尔族传统的花纹和图案。市中心那宏伟壮丽的艾提尕尔清真寺,设计得更是了不得,长方形门厅正中是龛形门洞,厅上耸起的白色拱顶与两侧两座高高的塔楼上铁制的月牙塔

喀什噶尔

尖站成三足鼎立,一副庄严肃穆、威武撼人的气势。小巷里那些连片成阵的挖着小小窗洞的土筑阁楼,更是充满了远世纪的遗风。

走在大街上,真疑心是到了国外,除了建筑的奇异,人们的服饰语言更能产生隔膜感。满目是色彩鲜艳、珠光宝气的民族打扮,充耳是不知所云的民族语言。身着长袍大摇大摆从面前晃过的巴基斯坦商人,则增浓了异城的气氛。一打问,喀什地区232万人口,少数民族占95%,想想,百人中只有五个汉人,早就被淹没了。

其实,在中国璀璨如星的宽阔版图上,喀什噶尔像一颗跳出圈子的顽星。它距前苏联边陲小镇萨雷塔什只有170公里,可以望见列宁峰,距巴基斯坦的巴勒提特城和阿富汗的兰加尔城只有200公里,但距新疆的省会乌鲁木齐却有500公里,距首都北京更有万里之遥了。

不过,在中国的历史上,喀什噶尔占有不可磨灭的位置,它是南北丝绸之路的会合点,是神州当年走向世界的驿站。在东西方文化的相互熏陶和渗透下,这个地区的维族人民有了一种别样的素质。尽管文化程度不很高,尽管对现代文明的接受能力比较迟钝,但他们感受民间文化、表现民族艺术的本事,的确独一无二。

古城的每条深街小巷都开有手工作坊,都有伟大的民间艺术家。在花帽作坊里,能看到心灵手巧的维女飞针走线,她们能在不到一尺的方布面上绣出二百多种图案做成花帽,绣工精细,各具特色,让人爱不释手。这里充分体现了维族妇女的审美才能和精湛技艺,劳作女工的美貌和她们手中的产品相映生辉,更拴住了旅人的行足。在刀具作坊里,能受到维族小伙子的笑脸相迎,他们会举起一把把英吉沙小刀让你观赏。这小刀造型别致,刀口锋利,刀把和刀鞘更为讲究。看刀把儿,有牛角的、黄铜的、白银的、彩木的等等,并且装饰着宝石图案或镶嵌着角质花纹。看刀鞘,有牛角鞘、黄铜鞘,有直接出鞘或者暗锁开鞘。它们是维族小伙子智慧和勇敢的结晶。在这个地区,几乎每个男子汉都在腰间插有一把小刀,既是生活用具更是英武的象征。外地来的男人们也几乎人人都购一把小刀带回去,因此销量很大。在乐器作坊里,年迈的白胡子老人让人感到高深莫测,那"热瓦甫"、"都池尔"、"艾介克"、"卡龙"奇形怪状,你称赞几句,老人会操起乐器为你弹奏一番。怪异的乐器发出别致的音色和绝对纯正的声响,再配上老人悠扬的歌声,使人进入梦境。

在深街小巷走一遭,你情绪的乐谱中会添一个新颖的音符;去喀什噶尔转一趟,你记忆的长卷中会卷起一条别样的曲线。

若赶上艾提尕尔清真大寺做礼拜,你会觉得更不可思议。那时节,德高望众的主持人站在寺顶上高声呼唤,成千上万的伊斯兰教徒们拥向广场,两手贴耳,虔诚祈祷。众口一声,山呼海啸,整个古城笼罩在一片宗教的肃严气氛中。

尽管路途十分遥远,尽管生活多有不便,却仍然有一批批旅客越过戈壁,越过沙漠,去喀什噶尔探求它的历史,它的神秘,它的悠久文化和永不褪色的美的魅力。

香 魂 犹 在

哒哒的马蹄声敲落了残存的星星,当当当的铜铃声摇出了满天的彩霞。一辆小马车载我驶离了喀什噶尔的老街,载我奔向鲜花芬芳的郊外。坐在用四根棍子撑起的垂着彩条流苏的飘逸瑰丽的华盖下,我俨然如一个从远道而来朝圣的小王子，再看看戴着一顶花帽留着两撇黑胡的赶车的维族老人，他那昂首挺胸目不斜视悠然自得的气派比皇帝的车夫还要神气十分。

出城十余里，马车拐进了一个叫做浩罕的小村。沿绿树掩映的村道钻进林荫深处，眼前一座尖塔高耸，琉璃生辉的高大门楼挡住了去路。

赶车老人嘴巴一撅，表示这就是我要找的香妃墓；手一拍车帮，头微微一点，表示他在门外等我。虽然语言不通，但意思尽在姿态里。

香妃安息在气宇轩昂的维式古建筑中。眼前这长方形的包砌着紫色琉璃砖面的"拱伯孜"显得晶莹素洁，分外肃然。方堂的四角各立一座砖垒圆柱，柱顶是精致高雅的"邦克楼"，楼顶高擎着一弯金属新月。望着上空那弯闪闪发光的新月，我想大概能将一切飘荡的游思都召唤到伊斯兰教的鳌下了。待走进墓堂内，我才发现这座华丽建筑的绝妙之处其实在内部，它外方内圆，屋顶中央是一个巨大的半球形穹隆，穿顶采用大跨度的土坯圆拱，根本不用一根撑木，光光堂堂，这样的设计可以给视角造成心理的博宽，让人有身在墓内，心在环宇的感觉。

墓台上排列着高矮不等、错落有致的58个坟丘，表面上一律用白底蓝花琉璃砖贴面，究竟哪个才是香妃的墓冢呢？你若认为是最大的那座，就错了。它既不是最大的，也不在最中心，而在前排右侧的不显眼处。这位置当然不是由名气而是由辈分决定的了。

且不论墓室修造得如何壮观，也不管坟丘堆砌得如何精细，更不说那墓冢排列得是否合理，最引我注意和动心的，则是被搁置在墙边一角的木架车。这辆木车有着彩雕的顶盖和门窗，车边还摆放着一具窄窄的薄木棺材，据说这就是当年运送香妃遗体的灵车。现在因年代久远，车的木质虽然已经陈旧，原貌也被灰尘厚遮，但我从它身上却分明体会到"香风十里安魂处，千载琵琶骨自香"的意境。

查起来香妃原本只是一名普通的维族少女，有着本地本族姑娘共有的姣丽面容，因家族之功才被召进京，偶然间皇帝发现了她身上有一股特异的香味儿，就被册封为"香妃"，变成一位不平常的女人。她死后，尸体被喷撒上药粉，由124人护送，人抬车拉，翻山越岭，历时三年半，运回故乡来安葬。也不知她进京受了多少艰辛磨难，单这死后那溢香的玉体在路途上经受三年半时日的颠簸，在戈壁荒漠上遭受风沙的袭击，烈焰的蒸烤与严霜的侵蚀，想想那受苦的芳魂也会让人涌起怜惜之情的。

其他不说，仅这从遥远的边地到京城的万里征程往返，对一个弱女子已是很不简单的了，并且她的背井离乡绝不仅仅是出嫁，还包含着更深刻的使命。她把芳香留在了漫漫的旅程，留在了众人心中。所以香妃后来成为各族人民敬仰的女性，自然是当之无愧。

古老的木架车应该为曾载送过香妃的遗体而非常自豪，薄薄的棺木应该为曾盛装过名女的香尸而甚感荣幸。我们的边远的维族兄弟，更应该为曾出生过香妃这样名传千古的前辈而十分骄傲。

步出门楼，坐上马车，老人扬鞭一声吆喝，哒哒的马蹄声敲起了鼓点，当当的铜铃声摇响了乐曲，我带着未尽的情思踏上归途。

在浩罕村头，两位漂亮的维族姑娘向老车夫打个手势，马步慢下来，姑娘们一侧身便坐在了我的身旁。她们并不因为身旁有了陌生人便拘束不安，仍活泼自然地谈笑风生。她们清脆的笑音搅得人心旌摇乱，她们特异的体香熏得人如醉如痴。高俏的鼻子，浓黑的眉毛，圆亮的大眼，苗条的身躯，彩色的裙裾和金饰耳环，一切都搭配得和谐优美。应该承认，在喀什古城里这样美丽纯真的姑娘非常多，除了我们在大街上看到的，还有一些我们看不到的藏在棕色头巾后面的面孔可能更杰出。

马车在街口停下，姑娘们跳下车，塞给老人几毛钱便走了，一股清香张扬了一下也飘走了。我突然想到，她们本来都是香妃的后裔，自然有香魂附体，用不着再夸张或收敛，美在她们是本来的，香在她们是本来的，亲热和善落落大方等等都是本来的，就像她们脚下这块先天就具有斑斓色彩的土地一样朴素自然。

她们消失在街上的人流中，与众多的姐妹汇为一体。哦，喀什噶尔的这条老街，是中国西北最边远的一条老街，也是充满民族气息美不胜收飘香溢彩的令人难忘的一条老街。

烽 火 台

　　烽火台,像一个个饱经沧桑、诚恳忠厚的老人,屹立在边疆的大道旁。当年,那著名的边塞诗人岑参曾为你们写下了"寒驿远如点,边烽互相望"的诗句,可以想象你们的盛年是何等威风和举足轻重。如今,你们已享千岁高龄,头顶秃了,体形变了,但依然面对戈壁沙漠,丝毫不退一步,坚毅地默默地注视着历史的进程,人间的变化,向一代又一代跋涉者做无声的倾诉。

　　你们在倾诉什么?

　　是回忆往事吗?

　　回忆张骞出使西域时的随从倒毙在你们身旁的惨状。

　　回忆细君公主、解忧公主和亲乌孙时于你们身旁洒下的香泪。

　　回忆马可·波罗游历亚洲腹地时对你们发出的由衷赞叹。

　　回忆斯文赫定探险塔克拉玛干大沙漠时在你们身旁疯狂地呐喊……

　　是思考现实吗?

　　思考沙漠中心原子弹爆炸时留下的兴奋余震。

　　思考劳改场里那些罪民们放出来时的可喜变化。

　　思考那高耸的钻塔为什么老往戈壁滩下打眼儿。

烽
火
台

思考奇形怪状的先进车辆跑起来比当年信使的快马神气多了……

是展望未来吗?

展现塔里木盆地大油田的迅速出现。

展望沙漠绿洲的壮大发展。

展望丝绸之路的重新繁荣。

当然也展望科学家、文学家、画家、摄影家来对你们进行考察、保护和进行公平的评价……

该回忆的太多了,忆起来心中就沉甸甸;该思考的太多了,思起来脑海就情无限;该展望的也太多了,望起来精神更振作。

烽火台,在一望无际的茫茫戈壁上看见你,任何跋涉者都会得到启示和鼓励。你不用说什么,博大的内容全写在你威武不倒的躯体上,让人们来读吧、读吧……

风月风雅 之

李白的咏叹和贵妃的迷香，
都已经成了历史的遗韵，
但长安城里的文脉与情调，
却不绝如缕地延续至今。
那些仅存的钟楼和城墙等等，
像世纪老人一样站在大地上，
看岁月穿梭，
人流浮动。
它们虽然不动声色，
但给后辈人带来一种
踏实感、信任感、依赖感。

指路的钟楼

每个城市的中心，应该有它的坐标。

每个人的心中，应该有他的坐标。

古都西安的坐标，是钟楼。

我心中的坐标，是文学。

一

钟楼是西安城里最有名的建筑。

陕南山区的很多孩子，不知道长安古都是何物，但晓得钟楼的伟大。乡下流传着一段民谣，说是几个省的人在一起比赛，浙江人说："杭州有个雷峰塔，离天只有丈七八。"河南人说："那不算高，河南有个少林寺，把天摩得嘎吱吱。"最后陕西人说："那也不算高，西安有个钟鼓楼，半截戳在天里头。"于是，最高的当然要数西安钟楼了。

长大后到省城，第一个心愿就是去看钟楼，结果很失望：并没有那么高大神奇嘛？

其实，钟楼只有36米高，不过它的年龄却超过600岁了。它不像洋建筑那么花里胡哨，也不似新楼房这样细身长腰，它四四方方、稳稳重重地坐落在城市的中央。它是西安城的中心点，然后，东西南北四条大街向外直线延伸，出了城门，伸向世界各地。

钟楼不炫耀，不欺人，耐看。有些建筑初看气势很巍峨，再看原来很简单，最后就没有什么新鲜感了。钟楼呢，却是越瞧越有味道，它那金碧辉煌的、曲折多变的外表后面，散发着文化的沉郁气息，显露着一个古老民族的审美精华。每次注视它，你都能读出不同的内涵来。

二

钟楼凌空出世时，是为了报时，也是为了指路。一个城市里街巷很多，如果没有显眼的坐标，就会迷失方向，陷于混乱。

我去过广州等城市，常常为街道的走向而迷茫，它们没有规律可循，线头很多，连接复杂，走过好几次也难以记准。可是外地人来西安，却很容易就摸着路径，因为钟楼站在那儿为你做向导。

多年前的秋天，我从陕南山城调入西安工作，住在莲湖公园后边小巷内的单位办公室里，不久，妻子带着6岁多的儿子来西安看望我。一天下午，我上班看校样，他们母子俩去逛街。突然，妻子从街上打来电话，惊慌失措地叫道："你快来，儿子不见了！"我问："你们在哪儿？"妻子说："在炭市街。刚才进商店，我在柜台前买东西，转眼就不见他了。"我叮咛说："你就在原地别动，我马上过来。"

丢下电话，我下楼蹬上自行车立即狂奔而出。在这个几百万人口的大都市，一个学龄前的又是初次进城的儿童很容易就迷失在人海中啊！

我飞出莲湖巷，穿越大莲花池街，拐过北院门，一边心急如焚地双腿蹬车，一边用眼光左顾右看地扫描搜索两旁的人行道。

在西华门十字口，我惊喜地发现了街那边儿子的小身影儿，就大声呼叫着他的名字。儿子听到叫声看见了我，急急跑过来，扑进我的怀中，哇一下失声大哭。从东大街的炭市街口到西华门，有几公里的路程，有十多个街巷口，

长安钟楼

他竟然向回家的方向走来。我擦干他的眼泪,问:"刚才害怕吗?"他点头:"怕。"我又问:"哭了没?"他说:"开头找不见妈妈,哭了,后来走着走着看见了钟楼,就不哭了,我记得从这儿拐弯。"

我的眼泪涌了出来。

望着远方默默屹立的钟楼,我感恩不已。

三

我常去钟楼下边转悠。从我的住处散步到那儿,也就是20分钟的路程。

钟楼下边有两处地方,是我生活中离不开的场所,一个是邮局,一个是新华书店。

给远方的朋友寄挂号信,要去钟楼邮局;取稿费,要去那儿;买新到的各种杂志,要去那儿……邮局东边就是新华书店,我常常在节假日走进去,半天才出来。我家中的很多外国文学新著,就购于此店。我的新书《行色匆匆》,在该店举行首发签名售书仪式。

现在,与朋友约会碰头,地点最多也是在钟楼下边,因为大家都熟悉。

西安城有了这座钟楼,才彰显出古都的气派,才衬托起历史的厚重。

钟楼照亮了这个城市的中心地带,也温暖了市民心底的情愫。

四

古老的城市都有它标志性的建筑。这些建筑历经风雨不改雄姿。

它们像世纪老人站在大地上,看岁月穿梭,人流浮动。从它们身边经过,后来人需要仰视。它们虽然不动声色,但给后辈人带来一种信任感、依赖感。

建筑是人类忠诚的伙伴。

守心的老墙

人这一辈子,要想做成点事儿,守心是非常重要的。

身之漂荡,可以停靠;心之漂散,难以归位。

静其心,凝其志,聚其神;集之力,是做事情的根本。

一

老墙顺城巷

我曾在西安市区搬过七八次家。

那时,刚从陕南迁入古长安,单位没有宿舍楼,我就住在简陋的办公室里。后来,老婆孩子都来了,10多平方米的小小的办公室中有我工作的案头,有全家就寝的床铺,有老婆的化妆盒,有孩子的文具、课本,是会客的场所,也是做饭的厨房……坚持了一段时间,觉得各项事情都受到影响,尤其是孩子的安心学习不能保证,就在附近的莲湖巷内租了一间房,将床铺灶具挪过去。老婆在城南上班以后,便开始在他们单位周边租房,出于各种原因,都住得时间不长,少则数月,长则一年多,就得挪窝搬家,先后住过五味什字,住过五星街,住过保吉巷小区……不敢添置家具,不敢布置环境,连我的书,都用塑料绳子扎成捆放着(书如果有神经,早喊疼了),目的是随时准备搬家。多年的租房钱加起来,都能买一处新房子了。

终于,我们在朱雀门内有了一套属于自己的寓所,它紧靠南城墙,位居市中心但又不喧嚣,可谓闹中取静。

那些年,工作环境也有些不如人意,便想去外地闯荡,我联系过兰州军区,联系过新疆生产建设兵团,联系过云南出版单位,但最终都未成行,可能这也是天意。

住到南城墙下来,我的浮躁慢慢消退了,竟逐渐喜欢起这座古城来。

这与古老高大的城墙有关。

西安现存的古城墙建于明代,它的周长有13.7公里,环护着整个城池。城墙的建筑系防御战争的需要,是市民人身安全的守卫,我觉得更重要的还是市民心理的守卫。因为有了高大的城墙在,就有了靠依,人心则不会慌乱,则能镇定地应对各种灾难,从而取得最大的胜利。

二

这城墙呈梯形结构,上宽12~14米,下宽16~18米,有3层楼那么高,在过去可以抵抗人为的争战,抵抗洪水的袭击,抵抗8级以上的地震。

墙的外围用厚重的

长安城南门

大青砖层叠砌起,中心为夯土筑就。据说是用糯米水,搅和着白土一寸一寸筑起来的,用尖利的长矛也扎不进去,绝不是豆腐渣工程。

城墙上能够行车,能够开展马拉松长跑运动,能够布置各种演出和大型展览,是多功能的立体形象。

前一时汶川大地震,西安有强烈的震感,有人就提议大家不必远跑,就睡在城墙上,肯定不会有事。

在灾难面前,人们又一次想到了身边的城墙。

凡是外地的朋友来,我首先推荐的景点就是城墙,因为它在世界上是独一无二的,不可重复的。那古长安遗存的雄风,只有登上城墙,尤其是在暮色苍茫中观望浑厚的城墙才能充分感受到。

三

城墙根是市民的乐园。

每天清晨,环城公园的树林中到处都是锻炼身体的人,有的打拳,有的舞剑,有的跳绳,有的扭秧歌……

每天傍晚,由许多群众自发组成的秦腔乐班开始演出,在锣鼓、二胡、笛子的伴奏下,男女角儿轮流出场,虽然周围只有几下零星的掌声,但灵魂有时就需要一些小小的成就感来激励。

常常是一块草地、一个话筒,就形成了一个舞台,你可以上来演唱自己喜欢的歌曲,你可以朗诵自己写的诗词散文,发泄、抒情,或是消遣。

有个瘦弱的老太婆,地上铺开塑料布出售小商品,以此来维持日常生活。

有个独腿老头,撑着拐杖销售图书。虽然大多是盗版书,但价格低廉,内容实用,也有着不错的收入。

还有绘画的、摄影的、理发的、卖小吃的等等,形成古城弥漫着人间烟火的生活圈儿。

当然还有谈恋爱的,寻求异性安慰的。

人是群居的动物,要有交流的地点,古城墙像一个横卧在大地上的宽厚的老人,用他的身躯为人们遮风挡雨。

四

自然季节变化对我的提醒,也来自城墙下。

那儿栽种着许多花木,它们不声不响地应时开放。

东南城角

每天来去匆匆,穿行于市井之间,突然看到城墙下迎春花儿绽苞开放,我意识到春天的脚步已经走近。

草色由黄转青,蝶儿飞舞,那是夏天的光景。

树叶红了,蝉声响了,那是秋意的暗示。

落雪之后,我爱去城墙根儿散步。满眼白茫茫,皮鞋踩在积雪上,留下一串长长的脚印,人有一种清爽履新的感觉。

五

城墙中开着许多门洞,供行人出进。

我们的院外是小南门,一条窄长的通道。

每次通过小南门洞,我都有一种经历时光隧道的错觉。从古貌井然的老城走进门洞,眼前突然阴暗下来,人仿佛进入了幽深的历史空间,须臾出门洞,抬头是强烈的阳光,蓝天下高楼耸立、华厦群起,我们来到了现代化的都市。

这是市政府保护古城的措施:城内尽量保持旧貌,石板铺街道,建筑要仿古,树木立两旁;城外高速发展,跟上时代前进的步伐。

西安是个旅游城市,外国人喜欢到古城里来看历史。有人会说西安城陈旧破烂,但到高新开发区、曲江新区、产灞新区去看看,那些地方可以与任何现代大都市媲美。

据说西安人恋家,去外地打工的人很少,这与古城墙巍然屹立有关。它高大、沉着、稳重,保留下一股特有的让人眷依的文化气息和生活气息。

一个地方的自然地理风貌,决定了一个地方人的审美特性和气质。

老实说,西安的环境过去是有些差强人意,烟灰浮尘多,晴朗天气少,但经过政府的大力治理,现在蓝天白云常见,绿树花木增多,使人另眼相看。

六

不管在外边多么忙碌、纷乱、生气甚至愤懑,只要回到寓所,面对着古城墙坐下来,我就会恢复平静。

在它的高大面前,我是多么渺小;在它的稳实面前,我是多么浮躁;在它的悠久面前,我是多么短浅;在它的声色不动面前,我又是多么患得患失。

其实,只要你本身强壮,只要你挺胸站立着,就不怕任何风吹雨打。

要紧的是保持自己不变的姿态,坚持不懈地做着自己的事情。

让我守心的老墙啊。

建国路的文脉

一

建国路这样的名字，在中国很多很多，常常于某个城市里溜达，抬头就碰到。

可西安市的建国路，在我心中是非常神圣的，不一般的。

说准确点儿，应该是建国路71号（现在叫83号），那儿新中国成立前是国民党84军军长高桂滋的公馆，南隔壁则是张学良公馆。不过高桂滋或者张学良跟我没关系，关键是，陕西省作家协会就在旧居里办公。

第一次走进省作协大院，我不由地肃然起敬。进门就是一个仿古的亭阁，有木门木窗，木栏走廊，一种旷远深邃的气息，从屋中幽幽飘出，让人不可捉摸。绕过青砖围砌的喷水鱼池，穿越小门，进入后院，是典型的四合院，砖铺的地面被踩得闪闪发亮，有小草从隙缝中钻出。我小心翼翼地前行，怕滑倒，怕碰了草芽儿，更怕惊动了修行的神仙。

那时，在我眼里，像柳青、杜鹏程、王汶石等这些大作家，都是神仙下凡。连传达室里坐着的那位老头，我都觉得学问很大。

四合院不止一个，后

高桂滋公馆

边还有,府府相连,层层递进,推向深处。

我心里赞叹,作家们在这儿办公,真是再合适不过了。人与环境,非常和谐。

恍然若梦,其实已过去了三十多个春秋。

二

1977年,我在南郊的陕西师大中文系读书。

那时,刚粉碎"四人帮",文艺大解放,校园里的文学空气十分浓烈。中文系创办了《渭水》铅印杂志,我们班也成立了"登攀文学社",编辑油印的"登攀文学小报"。第一期创刊时,想请名家给题写几句话,于是我想到了一个神仙,他是省作协主席胡采。

此前,我曾参加过全省文学创作会议,聆听了胡采老师的讲话,印象无比深刻。他个子高大,气宇轩昂,梳着背头,讲起文学来流畅自如,普通话声音悦耳动听。听说他参加过延安文艺座谈会,是资深的老评论家。

于是,我就冒昧给胡采写了一封信,说明请求。

一个礼拜后,我收到下边印着"西安市建国路71号"地址的来信,拆开一看,是胡老师的题词,用毛笔竖写在信笺上,同学们高兴得雀跃起来。

十几年后,我的散文集《这方乐土》在百花文艺出版社出版时,我请胡老为书写序。胡老以年近八旬的有病之身,写了2000多字的序文,最后几句话是:

"在前进途程中,会有困难,会有不少困难。

对困难,一定要克服,也一定能够克服。

一次次克服困难的过程,也就是不断开辟、拓展前进道路的过程,同时也就是不断增强胜利信心、不断积累丰富经验的过程。

更广阔更灿烂的前景,还在前头。

亲爱的朋友,加油吧!"

我站在陕南安康小城的汉江边,捧读着这位文坛大家对一位文学青年的鼓励和祝福,不禁热泪盈眶。

据说这是胡老亲笔写的最后一篇文字,此后他手颤得厉害,便停止了写作。

三

大学毕业后，我被分配到安康地区文艺创作研究室工作。

只要有机会到省城出差，就争取去建国路71号走一趟，一是给《延河》杂志送稿；二是见见老师们，取点儿真经；三是到作协的大院里感受感受文学的神圣和尊严。

有一次，在四合院里遇到了坐在藤椅上晒太阳读书的路遥，他站起来握手说：你写陕南山水的散文我都看了，不错，文笔清新，诗情画意挺浓厚的。啥时候有空，去安康看看。

我连忙说：好啊，欢迎你来指导。

那时，我在安康办"汉江文学讲习所"，就邀请路遥来给文学青年们谈谈创作。他到了陕南后兴致勃勃，讲课之余，去了汉水沿岸的很多地方。陕南的青山绿水，与陕北的黄土高原截然不同，对他来说是一种新鲜体验。

我请路遥给《汉江文学》杂志写稿，他说考虑考虑。

我一直盼着读路遥写陕南的文章。

可是，路遥早早地就丢下我们走了。他终于摆脱了创作这种沉重的劳动，把惊叹号留在我们心中，也留在建国路71号。

四

后来，我也到了省城工作，编《美文》杂志。

陈忠实接替了胡采，担任作协主席。

都在一个城里，距离也不远，但对建国路71号，我反倒去的少了，一是怕打扰他们上班，因为我体会到作家很珍惜时间，最讨厌别人来没完没了地闲诨；二是认识的朋友越来越多，见了都得打招呼，我这人又怯于应酬。

但有时候必须去。

那次，一位陕南老乡、文学青年找到我，想请陈主席给他题个词。于是，我给陈忠实打电话，他说：你来吧。

傍晚，我带着安康的朋友按照约定的时间提前一些走进建国路71号，在他的办公室门口等候。一会儿,又来了三四拨人,都是约好了来见主席的。

陈忠实上了楼,看见我们,就对别人说:你们等等,我先接待远路的。于是将我和老乡让进他的办公室,他按要求题了词,又送了我们他的新书,最后这位文学青年还申请与主席照个合影,他也答应了。

2004年秋天,受岚皋县政府的邀请,我陪陈忠实去参加该县举办的旅游文化节,攀登了南宫山、神河源等景区。在山村,陈忠实为农家患病的老人捐款,乡亲们很感动。我也认识到作家与社会,作家与人民,作家善良的本性、作家慈悲的情怀是怎样在陈忠实身上体现的。

再后来,安康电视台要拍摄《文化名人与安康》专题片,主持人程云女士欲采访陈忠实,我又打电话联系了数次,完成了任务。

陈忠实已是中国作协副主席了,但不摆架子不作势,很给文学界朋友的面子,让人心存感激。

五

由于事业的发展,城市建设的需要,建国路71号后边的几个四合院老房子陆续被拆除了,院中崛起了两座水泥大楼,很气派。

有一栋成了招待所。

有时去省作协,站在大门口,感到一阵茫然。

院子里边人来人往,车辆拥挤,显得乱糟糟。

一些熟悉的恬静的神秘的东西不见了。

连71号,都升涨到83号。

只有门口那个作协的牌子没变。

六

建国路83号大院内,那个仿古亭阁还在,好像是文物,要保护。

不过在高楼大厦的压迫下,它显得陈旧而低矮。

可是我看到它很亲切,仿佛见到一位熟悉的老朋友。

白鹿书院

一

白鹿书院成立于2005年6月28日,院长是陈忠实。忠实是我文学上的兄长。

西安东郊有一块平地崛起的白鹿塬,中国文坛上也有一部丰碑式的作品《白鹿原》,供奉着这部长篇

白鹿书院

小说的白鹿书院就坐落在高高的白鹿塬头,它平静地俯瞰着关中大地。

我参加了白鹿书院的成立大会,那天,曲江宾馆的场面十分壮观,名流云集,气氛热烈,像过节一样。

其实,白鹿书院成立的时刻,就应该是一个文学的节日。

此后,书院曾开展过一系列学术活动,但我没有参加,所以一直没去看过书院的实际布局,它在我的脑海中只是一个名称。喜欢摄影的人,比较注重具像画面的记忆。

两年后,2007年9月17日,陕西省作家协会第5次代表大会在西安古城的止园招待所召开,那天见了忠实,我把自己新印的摄影图文册《摄影诗》送给他,里边收有他的两张肖像,一为《烟民陈忠实》,一为《陈忠实的忧

郁》，系前年我们在陕南南宫山参加旅游节时所拍。下午散会后，听李凤杰说，他们坐在主席台的后排，忠实从包里掏出《摄影诗》闲翻，旁边的几位作协副主席也拿过去看了，都觉得我的摄影作品有味道。自己的孩子总希望别人说好，这是人之常情，我心里也高兴了一下。

第二天选理事，再选主席，最后在大会上公布结果。贾平凹当选主席，陈忠实因年龄原因(已65岁)退任，被聘为名誉主席。

平凹在闭幕式的讲话中说："在这里，我要特别提出，我们的上一届主席陈忠实同志，在十四年里为陕西文学事业作出了巨大的贡献，他以作品的杰出性和以文学为神圣的精神，对陕西文学事业劳心劳力的热忱和辛苦，为陕西文坛争得了荣誉，赢得了尊敬，为我们作出了学习的榜样。在此，让我们以热烈的掌声向他致以崇高的敬意和感谢！"

会场上响起了三次经久不息的掌声。

许多老作家热泪盈眶。

忠实上前与平凹握手，以示祝贺，并对大家说："平凹是一个有着广泛影响的作家，而且为人很谦和，祝愿他，也相信他，能把这副担子挑好，能团结全省的文学创作及研究队伍，把陕西文学事业发展得更好。"

陕西文坛的两位掌门人，用他们写出巨著的手，传递着文学的信息和希望。

散会以后，我心头涌起一个强烈的愿望：去朝拜白鹿书院。

因为那儿是忠实兄的精神所在。

二

西安这个地处黄土高原边缘的古都，今年的天气显得特别好，尤其是入秋以来，空气质量一直上乘，蓝天白云，阳光明媚，城墙上的旌旗也飘得鲜亮夺目。

中秋节前的一个下午，我带上照相机，前往白鹿书院。

出发时给邢小利打了电话(他是白鹿书院常务副院长)，问清了乘车路线。

我在火车站上了240路公交，车向南行，到兴庆公园折头朝东，中间经停了10多个站牌，最后跃上白鹿原的盘道。时令虽然已是秋季，但两旁的树木依然郁郁葱葱。在南方，可能枝叶都偏黄转红了，可白鹿原仍在夏绿的包裹中。

一个小时的车程，就到了西安思源学院的大门口。下车东行几百米，路南有一个铁门，门柱上挂着"白鹿书院"铜牌，是陈忠实亲笔书写。

小院内干净清爽，接待我的小李说，这儿是一个园林公司。

果真，院坝上月季花开得灿烂，红的黄的交织成一片锦绣，再远处还有培育苗木的暖棚，是思源学院学生的实验室。

小院的南边，坐落着两个连体青砖仿古式四合院，东头的那院，门顶悬着"白鹿书院"牌子。

大门是木头的，上边铆着圆铁钉、虎面门环。院内青砖铺地，有正房三间、偏房四间，方格木窗，竹帘遮户，一派关中农村古建风格。

书院的工作人员都进城办事去了，房门紧锁，无法看到内部结构。小李没钥匙，听他介绍，正房叫"上林春"，是陈忠实的办公室；门外是邢小利书写的"书香鸿儒至，云低高士眠"对联；里边三室，中为会客厅，置放着全套仿古家具，两侧一为卧室，一为书房。陈忠实不在书院住，只有开会和接待贵宾时才上来。偏房里住着副院长及工作人员。书院现有两位副院长、两位值班人员、两个司机师傅、一个财务管理干部、一个网站编辑，共约8人，活动经费由思源学院提供。

白鹿书院分两部分，一是这个办公用的四合院，另有一个"陈忠实文学馆"在思源学院的校园内。

我们出了四合院，出了园林公司的铁门，斜穿过马路，进了思源学院宽敞的大门，迎面是"金石广场"，那个石块中包藏金珠的大型雕塑颇有创意。越过广场，穿过几条小路，看到了一池水，叫"思源湖"，周边有不少学生在读书。校园最里边的高大建筑是图书馆，"陈忠实文学馆"就在东侧的二层附楼上。

上了楼，进馆最先看到一个"白鹿书坊"，出售陈忠实的各种著作以及陕西其他作家的新作。"陈忠实文学馆"以图片展览和文字说明为主，首先

白鹿书院正房

是序言大厅,有前言、馆主的巨幅照片、著作年表及获奖目录。主馆分六个部分,第一部分的标题是《踏过泥泞五十秋——陈忠实的生活道路》;第二部分的标题是《独开水道也风流——陈忠实的创作历程》;第三部分的标题是《一部民族的秘史——陈忠实<白鹿原>》;第四部分的标题是《原下的日子——陈忠实近年生活与创作》;第五部分的标题是《历史与世界——多维视野中的陈忠实及其创作》;第六部分的标题是《一个原,两个人——白鹿原,陈忠实与周延波》(周延波系西安思源学院院长,作者注)。

使"陈忠实文学馆"显出生动来的,是一组泥塑人物群。这是青年陶艺家李小超根据小说《白鹿原》中《白灵满月》一节的场面创作的,一院子的乡下人围着一张张方桌坐席吃饭,人物动态各异,男女老少夸张变形,使生活气息更浓郁原始。

我在墙壁上看到陈忠实书写自己的一首诗,很有意味,就抄了下来,内容是:"忆昔悄然归故园,无意出世图清闲。骊山北眺熄烽火,古原南倚灼血幡。魂系绿野跃白鹿,身浸滋水濯汗斑。从来浮尘难化铁,十年无言还无言。"这首诗道出了陈忠实的某些心态,他为了创作《白鹿原》,躲在乡下老屋一住就是数年,耐得住寂寞与清苦,终于结出硕果。

作家存世靠得是创作,作品才是无言的丰碑。

"陈忠实文学馆"是2006年12月启动兴建的,这样规模的当代作家文学馆全国不多,这无疑提高了西安思源学院的学术品位和文化含量。周延波院长说"大楼起而大师至,大师至则大学兴",真是一种卓见。

下课的铃声响了,学生们涌出教室,图书馆前的喷泉开始运作,水雾流动,造型独特,那种现代园林精巧的工艺智慧与巍峨壮观的图书大楼形成和谐的氛围。

三

思源学院围墙外就是倾斜下去的坡沟,校园则像一个高高在上的现代山寨。

站在图书大楼的顶层,可以俯瞰周围的远景,视野十分开阔。向西望去,古都西安的高楼密密麻麻层叠排列,呈现出一种国际大都市的宏伟气派。特别高跃的,是电视塔的塔尖,还有体育场的西北第一高楼的楼顶。向南望去,则是山的脊线,近处黑灰的凝重的是沟壑那边的少陵原,其后浅灰的稍远的朦胧的起伏的山齿则是秦岭了。

夕阳用金色涂抹着世界。

白鹿书院处于一个地理的高度,同时也处于一个精神的高度。

这是我参拜后的感受。

莲湖巷

一

在西安市城区偌大的版图上，要找到莲湖巷都很困难，因为它太小，总共不足百米长。有些图上只画了个"——"，没见写巷名。

还是条封闭的巷子，走进去然后调头再出来，那一头不通。不过也好，曲径通幽，能藏东西。

巷子里住着十来户居民、一个单位。

外地人来西安，在地图上看半天，也捞不出莲湖巷，向本地的朋友打听，也有不少人搞不清它的位置。我常接到电话，问莲湖巷怎么走？我在电波声中不厌其烦地解释：在老城内玉祥门里的莲湖路，莲湖公园东门口南隔壁，你乘出租到大莲花池街派出所门口下车，旁边有条小胡同进来就是。

巷里唯一的国家单位，是西安市文学艺术界联合会。一栋三层小红楼，默默无声地藏在巷里。

小巷的邮政编码是710003。单位传达室的电话是87272187。我的电话嘛，就不说了，留点个人隐私。

我的办公室在三楼角上，窗下就是公园。公园面积不大，但还算精致。我看书累了，就站在窗前看风景。有时公园里正在练舞蹈，一群人摆着好看的姿势；有时正在齐声歌唱，老人们手捧词曲夹子非常认真；有时也在这儿选外景拍摄婚纱照，反光板映在新娘的脸上美丽多彩；有时花开了，众多的蝶儿在那边肆意翻跹。树丛后面有一条露天长椅，经常见不同的恋人们坐在椅上拥抱热吻，他们自己可能觉得很安全，却被我居高临下地观

赏无遗。不过我是安全的，站在窗玻璃后边，外边瞧不见，这是隐藏的好处。但我没有偷窥癖，也无意于眼羡别

莲湖巷口

人，在三楼上办公那是单位给的"特权"。不过看着楼下火热的生活场景，人心里倒有一股温暖踏实的感受。

公园里有个湖，面积很小，然可以划船，看到有人在足球场般大的湖中荡桨，我就忍俊不禁，纯粹是小孩子的把戏嘛。

记得我们单位有人说，这个湖对咱们单位好，水是有灵气的。但一个权威的人用权威的口气说，湖水太小了，养不住咱们。咱们单位呀，龙多。

小红楼隐在莲湖公园的屁股后边，与公园仅一墙之隔，若在楼与围墙之间搭一块长木板，就可以直接进公园而不必绕圈子。但这只是我的个人想法，未被单位采纳，估计公园也不会同意的。据说这块地皮还是公园的财产，小巷也是硬挤出来的。那么，说不定哪一天，公园要扩大，我们就得拆迁搬走。这一搬，莲湖巷就彻底从城区地图上消失了。唉，建筑也有它的命运啊。

不过你放心，小巷即使被突然抹去，它曾经的辉煌，总会有人记住。

莲湖巷注定要在历史上留名，这是有原因的。

二

找莲湖巷的人，有一多半是冲着贾平凹来的。

小楼大概在1985年建成，此前，文联办公的老院子坐落在市中心的钟楼之下，因为要扩充新建钟鼓楼广场，据说是在一位大人物的关注下，才迁

建到这巷子里来。贾平凹是第一批上楼的人,那时,他只是一个编辑,低头看稿,埋头写稿,抬头投稿。20多年过去了,他成了知名作家、文联和作协的主席、杂志主编。一般的情况是,职务高升,楼层下降,但他的办公室,一直在三楼上没动。其实他也不需要动,大人物都是"我自岿然不动"。

可以说,贾平凹是从这小小的莲湖巷里走出去,走向全国,走向世界的。在他那闻名的小说《废都》中,就有关于莲湖巷及文联大楼周边地理环境的勾勒,有《西京杂志》编辑部的故事,有来去匆匆文化人身影的速写。尽管小说是虚构的,但环境描写常常会带些真实的影儿。

有文友看过小红楼曾说:这楼的造型与贾平凹的"凹"是一样的。这倒是真的,此楼结构奇特,南、西、北三面建筑,朝东留下了一面开口,活像个立体的"凹"字。不过当初建小楼时,贾平凹还没当文联主席,也没有现在这么大的名气和影响力。此乃巧合,亦或是天意吧。

来找贾平凹的人,有以下几类情况:

一是报刊出版社的编辑。平凹出名以后,不用自己再往外投稿了,只要有新作,各路编辑会上门索取。因为哪本杂志用了他的文章,此期杂志就好卖。他的长篇小说还未杀青,就有许多出版社的编辑住在西安静候,那几十万册的首印数,自然带来可观的经济效益,并且一不小心得了大奖,出版单位也会光荣榜上有名啊。

二是求字的各界成功人士。平凹的书法,已经进入了商品领域,成为特殊的礼物。很多单位或个人,想打通关系办事,就将贾字作为"敲门砖",别看那张宣纸又轻又薄,写上贾体书法以后,敲门的力量一点儿也不弱。平凹怕搅扰,便抬高字价,欲吓退求字者,却反倒有增无减了。酒好不怕巷子深,用在莲湖巷很合适。

三是文学爱好者。这种朋友最多,也最难招呼。他们不远千山万水而来,风尘仆仆,热情很高,就是想将自己的习作呈送贾作家评鉴指点一番,但平凹不可能一一接见,要不他就成了信访室的接待员。可那些文学痴迷者就是不走,常常坐在传达室里一等数天。当然,除了看稿子,还有想托平凹找工作的,介绍对象的,测字算命的……我只接待过一小部分,都感到麻烦无比呢。

有一天,我对平凹说:领导是不是该给我发加班费啊?

平凹笑了:请你吃饭,巷口羊肉泡馍一碗。

莲湖巷外边是大莲花池街,再往南走是麦苋街、大皮院街、北院门街,这一带系西安城内著名的回民坊,传统风味小吃集中区,洋溢着浓郁的伊斯兰文化特点,除了闻名的羊肉泡馍,还有羊肉小炒、水盆羊肉、灌汤包子、砂锅饺子、牛肉面、八宝粥、烤肉串、肉丸糊辣汤、蜂蜜凉粽子等。有时候上午开完会,大家就在附近填肚子,周围数十家饭馆,让我们吃遍了。平凹还带外地来的客人,也在巷外品尝地方特色。那小吃街上有些饭馆的名称,还是他给题写的。

三

莲湖巷里,先后出版了两种著名的文学杂志,一是《长安》,二是《美文》。

《长安》杂志1980年创刊,凭着新锐之气冲上文坛,当时与《青春》、《青年作家》、《广州文艺》一起,被称为市级文学刊物中的"四小旦",很是红火。那时兴办文学讲习班,莲湖巷是文学青年们钟情的圣地,全国各地前来拜师求教的人不少。后来刊物扩大通俗内容走向市场,书商们也在巷内出出进进,甚为热闹。《长安》坚持了10年,繁华了10年,闹腾了10年,到1989年由于特殊原因才停刊。

1992年,《美文》杂志创刊,举起"大散文月刊"的旗号,以厚重广阔的内容,高雅大气的品位,清新脱俗的面貌,在文学界刮起大散文之风,受到读者的欢迎。杂志至今已出版了15年,邮发的订数恒久不变,像一棵常青树,被喜爱它的读者拥戴入眼。很多从事文学写作的人,非常看重自己的作品登上《美文》,好像那是创作征途上的一个台阶、一个标志,在全国各地文化界,也常能听到"我是《美文》读者"的自白。有些爱好收藏的人,曾四处搜寻这本杂志的创刊号呢。

在原来的《长安》和现在的《美文》杂志版权页上，都印着本刊地址：西安市莲湖巷2号。

于是，一些喜欢文学的人到西安出差，游览了兵马俑、华清池、大雁塔、碑林、古城墙之后，往往要找到莲湖巷里的《美

《美文》杂志办公室

文》编辑部来坐坐，来聊聊，来看看这本精品杂志的办公地和制造者。但他们走进狭窄的小巷，爬上简陋的小楼，常常露出失望的神色，惊叹说：你们就在这么一条破烂小巷里办公啊？我们回答：是呀，我们就在这里，怎么了？接着便听到一阵感慨：唉，还以为莲湖巷是一个壮观美丽的大地方呢！

对于外地人的议论，我们反倒觉得奇怪。可能是我们生活在这儿久了，已经习以为常了吧。

看来，对什么事都不要期望值太高。一位先贤说："光吃鸡蛋就行，不必看那下蛋的鸡"。用在这儿很合适。

据说邻省的武汉市文联、成都市文联，甚至绵阳市文联、洛阳市文联等都有比较像样的院子和楼房乃至文学艺术大厦。

我们没有大楼，但我们有《美文》杂志，它已经是古都西安被外界关注的文化名片中的一张。

四

莲湖巷里，还有很多令人尊敬的精神食粮的劳动者、生产者。

老作家权宽浮，半个世纪前就写出了优秀的短篇小说《牧场雪莲花》、

《春到准噶尔》，得到了茅盾先生的好评。他从新疆转业来到西安市文联，担任作协副主席，又创作了《人世公关情》、《骊宫烟云》等一大批新作，最后依依不舍、满胸怅惘地从莲湖巷里退休回家，不久辞世。

老诗人沙陵，20世纪的40年代就开始出版诗集，后来从事编辑工作，培养了一大批年轻诗人。常常在文代会召开的时候，我就听到那些聚集在一起的诗人们说，咱们抽空去看看沙陵老师。这是一种发自内心的尊敬，一种潜入血脉的感情。到了沙陵老师家，只要谈起诗歌，谈起原单位，谈起莲湖巷，他眼镜后边的眸子就会闪闪发光，立即激动起来，说话的嗓门儿高了许多。这种纯粹的文人，多么可爱啊。

女作家叶广芩，原在某报社工作，写了不少东西，但影响始终有限，自从1995年调入文联，在莲湖巷里开始专业创作之后，好像找到了文源、找到了动力一样，艺术创造突飞猛进，其《采桑子》、《全家福》等独特的家族小说脱颖而出，蔚为大观，接着又写了《老县城》、《青木川》等纪实性文学。

诗人子页，原在政府机关工作，仕途看好，可他一心要献身文学，决然离开官场，到莲湖巷里来办杂志，其间风风雨雨，但文学之心不泯，先后写作出版了不少诗歌散文集，还有一部名叫《流浪家族》的长篇小说饮誉文坛。

其他有才华的同事还有很多，我这里就不一一列举了，反正在这小小的莲湖巷里，聚集着强盛的创作力量，会有不少好的精神产品喷发出来，源源不断地辐射到世界各地的文坛上去。

五

我有许多文章，最后的落款都注明：×月×日写于西安莲湖巷。

这是有意为之。因为我要记住这地方。

1991年深秋，我从陕南举家迁入莲湖巷，参加《美文》杂志的筹办工作。那时，一家三口挤在三楼上小小的房间里，既是办公室，又是宿舍，还是厨房、书房。常常在夜深人静，孩子睡着了，我在昏黄的电灯光下看稿、读书、写作。

有时郁闷，就半夜下楼，去公园里散步，听鸟语，闻花香，观湖景，心情就会安静下来，舒畅起来。

每到夏季，园里池塘中的莲花开了，碧叶摇动，蓬朵鲜艳，清香弥散，引来很多摄影发烧友架起长镜头在那儿瞄准。

公园里有个茶座，是我接待文友、谈诗论道的地方。

我庆幸这小小的莲湖巷里有我的居所，有我的位置。

尽管它是那样狭窄，汽车开进去调头都困难；它是那样短促，几分钟就走到尽头。但在我眼里，它是那么安静，占市心而不偏，闹中取静；它是那么优雅，居园上而观美景，赏心悦目；它是那么从容，远离商潮的逼压，洋溢着文学艺术的专业气氛。

如今外边有了住所，不用睡在小红楼上了，但我有时还一个人去办公室留宿，体味那独具的快乐。

我还常常走进小巷深处，那儿的一些简易平房里，住着朴实的小手艺人。他们有的是钉鞋工，有的是补锅匠，有的在外摆摊修理自行车，有的专事开锁配钥匙，有的蹬车运货，有的缝衣补裤，生活得踏实而健康。从他们身上，看不到知识分子那种寂寞或忧愁，有的只是勤劳和快乐。

其实，我们也是一些手艺人，书桌是我们工作的平台，笔纸是我们运用的工具，奉献精美的文字则是我们的责任。

六

城中有街，街中有巷，巷中有人。人是根本。

每个城市里都有一些著名的地方。

这些地方有古老的，也有新兴的。

能够著名，总是有一些特定的原因。

我坚持认为，莲湖巷在西安市，无疑应该算一处人文胜地。

古都的文化史上，它值得大书一笔。

案板街

一

　　西安城的很多地名饶有趣味，与人们的日常生活息息相关。比如钟楼东边十字口的两条小街，南头叫骡马市，是过去骡马牲畜的交易市场；北头叫案板街，是古时出售案板的专卖店所在。

　　给案板开辟一个市场，说明它的供需量非常大。关中这地儿生产麦子，少有稻谷，因此以面食为主，擀面皮就离不开案板，并且要宽大些好。过去妇女在厨房里忙活，最讲究一把好刀和一张大案板。刀利了切肉切菜省力，案板大了能挥洒得开，擀出的面条有筋儿。

　　现在的案板街，早看不到那些沉重的厚实的用上好木头制成的大大小小方方圆圆的各种案板了，我爱去那儿，主要是街头有家摄影器材店，街尾有个剧场。这剧场叫"易俗大剧院"，它的背后就是易俗社，也是我今朝写文章的兴趣点。

　　案是一个平台，有书案、画案等等，我觉得易俗剧院就是一个戏案子，专事唱戏表演的地方，当然这个案子很大，恐怕要用100张案板拼起来那么大吧。

　　前不久，易俗大剧院装修一新，高处站着一个大大的兵马俑，前

易俗大剧院

边墙壁上还悬着几排小兵马俑，也不知他们是在演出，还是在站岗，不过很有特点，有气势。

易俗社的新剧目都在这儿上演，主要是地方剧种——秦腔。

二

我看过一些史料，知道易俗社创办于1912年，那是中国新文化运动的酝酿阶段。当时军阀混战结束，中华民国政府成立，有个教师出身的同盟会会员孙仁玉，联合李桐轩等文化人士，发起组织戏曲社，用他们自己编演的新戏曲，来传播新观念，影响和改造社会。它的宗旨是"移风易俗，辅助社会教育，改良戏曲，救济贫寒兄弟"。

孙仁玉既是这个民间艺术社团的组织者，又是一个剧作家，他创作了大小秦腔剧目100多个，一上演就广为流传。那时，西安城周围的戏迷非常多，凡有新剧在当时的露天舞台上演，或者民间节日期间，观众便人山人海，曾发生过踩死人的意外事件。

易俗社有计划地普及了秦腔，并且给秦腔赋予了新的内容和思想。

新中国成立后，根据周总理的指示，易俗社被收为国营的演出团体。

如今除了陕西各地，甘肃、宁夏等西北数省尚有专业的秦剧团，说明了这个剧种的影响力和受欢迎程度。

易俗社保留了一种历史，承载了一种文化，传播了一种精神。它已有近百年社龄了，是国内传统悠久的正规剧社，也是世界上最古老的剧社之一。

现在，易俗社被国务院批准为全国重点文物保护单位，但它不是那种过时了的文物的僵化的陈列或展示，而是充满了当代生活的活力。

三

易俗社的成立和兴起，受到了社会各界的关注与支持。陕西第一任掌握党政军大权的张都督，就给易俗社捐过款，还被大家选为名誉社长。

1924年夏天，鲁迅从北京乘火车到河南，然后坐船沿黄河缓缓而上到陕西,辗转一个星期来到西安。他白天为西北大学暑期学校讲课,晚上到易俗社看秦腔演出,对西北这个地方剧种充满了兴趣,期间恰逢建社12周年纪念,就欣然提笔写了"古调重弹"的匾额赐送给易俗社。到社里参观的时候,听人说活动经费困难,便在离开西安时,从讲课所得报酬中拿出五十大洋,捐给了易俗社。鲁迅他们离开西安的前一天晚上,时任省长的刘镇华在易俗社设宴演剧送行。

易俗社除了演戏,同时也是一个戏曲学校,将培养人才看得很重要,他们先后招收了近千名学生,培养毕业后分赴西北各地,成了秦腔艺术的传承人、传播人。

孙仁玉经营易俗社22年,他因病去世的时候,著名京剧表演艺术家梅兰芳送了挽幛,上写"广陵绝响",杨虎城将军也送来挽幛,写着"令名不朽"几个大字。

四

我生活的城市,是秦腔的世界,剧院里上演着秦腔戏,电视上有《秦之声》专题节目,有关部门举办着秦腔大赛,连朋友们聚会时都有人表演秦腔唱段。离我住处不远的环城公园里,则有不少秦腔自乐班子,吹拉弹唱齐全,一些瘦瘦弱弱的人,看上去没劲儿,一旦开口唱秦腔,那种气势让人惊讶。唱秦腔又叫吼秦腔,它不是随意张口唱的,而是攒足全身力气从肺腑里喊出来的。

秦腔只能是兵马俑的后代来唱。

秦腔只能在西北的土地上升腾。

是秦腔,在全球化的今天,为这个城市的艺术保留了一缕独立特质,这种远古逸来的洪声大乐不会被其他外来文化所同融消解。因为它是特种元素,质地坚硬。

秦腔的发展和提高,离不开易俗社的贡献。

一条小街和一个团体,脉传着千古长安的煌煌神韵。

夏家什字街

一

夏家什字在西安古城内的西大街那块儿，从桥梓口向南走，第一个小十字口的西边就是。它不长，有200来米吧。古长安的老街很多很多，但与我有直接关系的，还是这条小街。

5岁以前，我在这条街上成长。那时，小街的两边都是老式四合院，透着古幽的气息。街面铺着大青砖，干净而整洁。我们全家住在南边的一个院内的一间厢房里，有时候下雨，站在走廊上，看那亮晶晶的一排细线儿从房檐上滴下来，织成巨大的雨帘子，神奇而壮观。我端着面盆去接雨，心里想着这天水可比井水珍贵呢。

幼年时人的大脑发育不成熟，能够记下的东西不多。我印象最深刻的是，我们隔壁的大院好像是一家戏班子，门前插着木刀木剑红缨枪，院里常有锣鼓声，气势很盛，这家的男孩子，就成了街道的娃娃头儿。我在这条街上身影是孤独的，但性格又是孤傲的，有一次，娃娃头儿带着几个小伙伴手挥刀剑向我冲过来，我一看势单力薄，急忙撤退，回到院内，关起大门。娃娃头儿将红缨枪戳进门内来刺我，我抓起枪头一拽，那木枪头就脱落了。武器被损坏，回家要挨大人骂，娃娃头儿在院外着急了，恳求我将枪头还他，从此，再没孩子敢欺负我。我得出一个结论：一般小事不在乎，关键时候不糊涂，威信靠自己树立。

可惜时间不长，20世纪60年代初，国家自然灾害严重，号召干部出城下乡，我们就跟着父亲，翻过秦岭回到陕南老家。

二

再来夏家什字,已是17年后了。

我在南郊的师范大学上学,星期天没事儿,就到夏家什字转转。

夏家什字变了样儿,南边的一排四合院已经拆除,盖成简易楼房,北边的那些大院还在,但门口成了菜市场。菜摊、垃圾、各种腐烂气味儿,阵阵扑鼻;叫卖声、鸣笛声、吵嚷声,声声入耳。眼前的景象混乱一团,人要走过去得绕圈儿插空儿。

我寻找自己住过的四合院,已不见踪影,只能记得大概方位。

幸好,泽秦大伯家的老院子还在,我就去敲门。院里有人回音,我报了自己的名字,院门打开,三姐说:是你啊,外边都是卖菜的,所以平时大门关着。

这个老院子是三进,前边几间平房里,住着三姐一家,穿过窄道,中间的院子很大,青砖铺地,幽雅静谧,靠里边一排灰瓦砖墙,木门木窗,雕刻精致,气质古朴的房里,住着大伯和他的小女儿一家。

那时,大伯在家闲着没事,每天就是看看书,看看电视,写写书法。话题当然是从回忆开始,大伯与我的父亲关系很好,一再说我们一家不该回陕南农村去。但当年父亲是党员、是干部,带头下乡的态度坚决,他也劝止不住。

此后,我常在星期天去夏家什字,与大伯聊天,其实也是学习。大伯知识渊博,是文物鉴定专家,是著名书法家,但他心态安详,淡泊名利,很少出外去露头展脸参加活动赶热闹,但他又不酸腐封闭,对当前的人和事常有自己独特的清醒的看法,并且谈笑风生,幽默自然,给人启发。

那时,四婆还健在,住在后院的一间小房里,我也常到后边去看她,陪老人说说话。四婆有退休工资,虽然不多,常常从枕头下摸出几元钱塞给我,让我买书或者买食品吃。

几年大学期间,夏家什字街17号院子,给孤独的在外求学的我带来许多抚慰和温馨。

三

又是 10 年过去，夏家什字街上的老房子全部要拆掉，地皮已卖给房地产开发商，商人要在这儿盖高楼大厦。

为拆除夏家什字 17 号院，闹起一场不大不小的风波。

17 号院的老主人是大爷爷陈振修，他号柏生，字树藩，毕业于保定陆军武备学堂，曾参加辛亥革命任军政府东路招讨使，民国成立，任陕南、陕北镇守使。他积极响应蔡锷讨袁，反对张勋复辟，后又任陕西督军兼省长，特授汉武将军陆军上将衔，掌握陕西省的军政大权。日寇侵华，京津沦陷，当时他已退隐在天津，伪满政权邀请他出任高职，他断然拒绝离津南下。后来，蒋介石派人送聘书，聘任他担任国民党军务要职，他亦拒而远之。他在当督军期间，曾在西安私资创办"成德中学"，送年轻人出国留学，还在安康创办小学，让家乡的孩子免费读书，为国家培养人才。

陈树藩是 20 世纪初中国近代史上的风云人物，17 号院是他的故居，被称为"督军府"。

为留下督军老宅，陕西许多报纸都刊发了呼吁保护文物的文章，但没有奏效。文物部门无可奈何，只好对这座百年老宅进行保护性拆迁。

现在从夏家什家街附近经过，我还会转进去看看。但见那围墙上贴着大幅美丽的房产广告，价格很是昂贵，我只能摇头喟叹了。

古都漫步

甜 水 井

　　甜水井是一条街名,在西安古城内的西南角。过去,全城只有这一个地方的水是甜的。以含光门内的马路为界,马路的东边,冰窖巷、报恩寺街的水都是苦的,怪不怪,自然界有很多事情真是说不清。新中国成立前,西门里有一口大井,4个辘轳,8个大桶,不停地打水,供全西安的商号使用。周围的居民,自然也享福了,就是那些过路人,也要绕进街旁的四合院里去讨水喝呢。

　　现在,家家户户都用的是自来水,统一供水,味道一样,那些四合院也拆了。为拆那边陕西督军陈树藩的旧宅,曾闹起不大不小的风波,但最终高楼还是林立了。我小时候,曾跟随父母在甜水井旁的夏家什字街住过几年,于砖铺的巷道上游戏,于深大的老院子里捉迷藏,如今砖失院没,面目全非。

　　但我与甜水井的缘分,似乎割舍不断,几十年后,又住到离它不远的四府街上,并且常去甜水井街附近买东西。那儿有个比较大的菜市场,品种齐全,时鲜价廉;那儿有个超市,各色成品食物任你挑选;那儿有西安城里最大的天主教堂;那儿还有茶行、咖啡、干洗店、杂货铺、幼儿园、修车配锁等等,总之,家常生活的味儿浓厚,又随意方便。在现代化的都市里,这点特别使人留恋。

　　有一度,甜水井那边显得混杂脏乱,地面不平坦,房屋不整齐,道路拥挤难行,后来,政府下决心治理西南城角的垃圾场,将洼地平了,烂屋推了,重新规划一番。一条大道宽直通畅，几个小区优雅整洁，角上还搞了个公园，面积虽然不大，可小巧安静。最值得称道的是，西南城角出现了一个"无极古玩城"，一溜儿二三层高的仿古建筑，楼前那些拴马桩、石狮子、石门墩、旧木车，散发着旷古幽象。每到周末，各家斋号陈列的，地面小摊铺展的，全是文物古赏，几千年的民间遗存，都在这儿出现了。不管是真是假，反正摆在汉唐的长安城里，它就具有了真实的意味。

我常在周末空闲的时候，散步到古玩城去看文物，也买过小玉件。

古玩城大门的北手，有一家"青都里"炭烧店，一层是烧烤饭庄，二层是茶秀酒吧，地下一层是棋牌室，装修典雅个性，偏重于日韩料理。楼侧还有个很宽敞的平台，摆数排木质桌椅。夏夜，坐在平台上品茶饮酒，闲谈历史，一旁是安稳高耸的古城墙，一旁是树木葱郁的小公园，惬意极了。

那冲茶的水，标明来自"甜水井"，也不管是真是假，反正你现在就坐在真实的古老的甜水井街的边上。

寻找"汉唐驿"

走在古长安城的西大街上，寻找"汉唐驿"。老街已经圆寂，这是新街，可我思绪中仍将它幻想做千年前的模样。头顶的雨，是汉朝的；身边的风，是唐朝的；岁月在更迭，这风这雨这夜啊亘古不变。

我脚步匆匆，着急地寻找"汉唐驿"。尽管霓虹代替了油灯，水泥块代替了石板，可雨夜朦胧依旧，赶路的人焦心依旧。今晚，大旗网下的博客大会，号召各路盟主相聚"汉唐驿"，老夫也是行走江湖的大侠之一，不可失约而毁了多年的清誉。

一间一间看过去，就是不见"汉唐驿"的名号，只可惜我动身仓促，既忘了带剑（照相机），也将联络锦囊（电话号码）丢失了，真是聪明一世，糊涂一时，在自己熟悉的西大街上，竟然找不到一个叫"汉唐驿"的房子。

无奈，只好上前请问一位正要关店门的姑娘，她黛眉一抬，轻撩长袖，纤手指西，说道：就在前边几十米，一个小偏门便是。谢过姑娘，折身向西，专看小偏门，果然在城隍庙东手，文理学院的旁边，一间一米多宽的门洞上方,找到了"汉唐驿"几个小字。颜色是暗红的,底色也偏红,因此不十分醒目。都怪老夫,刚才只看大门面、大名号,倒忽略了"汉唐驿"本来应该是个特别的去处,怎么会混淆于明堂俗馆呢。

进了门,但见走廊两旁的白壁上写满了字,有汉语,有洋文,用笔不同,字体不一,一看就是各方游士随意所书,倒也趣味盎然。上到四楼,一张长条大桌旁,围坐着十多条大汉和五六位侠女。与大家拱手见过,落座于中。

这是一次网龙聚会。各位博友先自我介绍,有人严肃、有人诙谐,来路不同、职业各异,但都是身怀绝技的武林人士。然后大家发表高见,就如何宏扬古长安的博风而众说纷纭,期间闪光灯时时亮起,情态都一一记录在镜头中。

"汉唐驿"备有茶点、小吃、水果,供来客享用,还有客房可以留宿,常有中外"驴友"频频来住,陌路相逢,饮酒喝歌,古风暖人。

在竞争激烈的世俗社会里,大家都希望留一份清爽的纯真,留一个阐述真我的境地,搭一个与外界沟通的桥梁,邂逅几位兴致相近的知己,这就是当今网络博客的吸引力。

在网络这个江湖上,没有领袖,没有英雄,没有局限,相遇便是兄弟,分手各走东西。但是,见过了,认识了,就有一份情谊埋在心底。

博友会开在"汉唐驿",这是情状与环境的暗合。

夜深了,该辞别了,大家振衣而起。

"汉唐驿"外的长街上,清风如箫吹过,余音袅袅……

贝币的故事

最近,古城西安又出现了一个新的博物馆:钱币博物馆。站在馆内的橱窗前,望着那些精致的展品,我怦然心动。

中国货币的最早形式,是一种指甲盖儿般大小的贝壳。那是远古时期,人类的肌体很发达,不需穿衣服,不需化妆,最多只用一片树叶或兽皮挂在腰间遮住隐秘处,并且人的大脑思维也才刚刚启动,众人皆为兄弟姐妹,有好吃的东西大家共同分享,有洪水猛兽大家共同抵抗,有壮丽的景观大家共同欣赏,没有地界的划分,没有人与人的争斗,没有心与心的算计。

后来有一个聪明爱美的人,在海边的沙滩上,捡到一枚非常精致漂亮的小贝壳,它有指甲盖儿那么大,呈现着天然纯净的象牙白色,隐约可以看见暗藏在深处的血丝儿。它一面是浑圆隆起的丘状,另一面则椭圆扁平,中间裂开一条长缝,两边排列着整齐精细的齿态,凑在耳边一听,缝隙中还发出细微的声音,似乎在传送什么幽曲。这爱美的人就用一根树皮绳儿拴起来挂在胸前。没想到,这小贝壳引起了不少人的喜爱,你瞧瞧,我摸摸,成了小宠物。这人脸上有了光彩,心中有了骄傲,他又去海边上拣了不少类型相似的小贝壳,挂满了胸前,十分的炫耀。同时,占有欲使他心态发生了变化,谁想要小贝壳,就得帮我找吃的喝的、帮我干活、在我面前讨好。

慢慢地,到了奴隶社会,小贝壳就演变成货币。奴隶主占有人力,自然也占有了货币。他们用小贝壳交换女人,交换食物,交换自己想要而又没有的东西。再后来,人们可能觉得小贝壳做为货币太自然,太随意,太唾手可得,就用手工制造起石币、布币、铁币、铜币、金币、纸币来。美丽的小贝壳被抛弃了,女性生殖崇拜的时代也过去了,人工、暴力、男权越来越强大。

端详着这些小贝壳,我沉思良久。它们本来是大自然的产物,是纯洁的精灵,是美的象征,只因人为的原因,它们变成了货币,染上了血迹,印上了风尘,注入了邪恶。我仿佛听到一缕缕如泣如诉般的幽怨之音,正从贝壳中飘荡而来。

历史千万年,人们争夺占有的中心,就是货币的积累。从这点上来说,小贝壳的贡献实在太大了。

金泉钱币文化公司的董事长告诉我,他们收集了近10亿枚钱币,约占世界上古钱币总量的70%。我大吃一惊,因为每一枚钱币,都经过了多少人的手,都印上了多少不平凡的故事?那么10亿枚啊,该蕴藏着数不尽说不清的历史沧桑、人间悲喜,这真是一座宝库!

可是,宝库之门我们怎么来开启?

人在历史面前总是回天乏力。

或许展示就是一种无可奈何的好办法。

美丽的吸收了天地之气的小贝壳,你还这么楚楚动人。

温 泉 彩 虹

以前在陕南的山峦间行走,经常会于雨后看到彩虹,它突然在空中飞架起来,那由红、橙、黄、绿、蓝、靛、紫七种颜色组成的半圆形状,与青山绿水构成壮观的画面,给人以惊喜和浮想。有一次在青藏高原上,为了拍摄彩虹的照片,我们驱车追了好远。

我总以为彩虹是与山野、草原、湖泊有关,可是最近看到的彩虹,环境不一样。

9月中旬的一天早晨,我们到新开发的大唐华清池观光。过去,华清池已来过多趟,对于李隆基与杨玉环的爱情,已看不出什么新的感觉了,所以这次没有进园里去,主要看外边。原先那杂乱的房屋、纷繁的摊点、狭窄的包围,都被整洁的广场、优美的雕塑、良好的服务设施取代。我的感想是:江山还要文人捧,媳妇也须巧打扮。

参观的第一个大型雕塑是《春寒赐浴》,杨贵妃站在高处,下边有侍女环围的平台,她们都被温泉水的雾气裹遮着,有一股朦胧的意境。

大家站在远处,听讲解员叙述那段千古闻名的《长恨歌》,还有镜头对着他们录像。我拿着小相机悄悄走出人堆,靠近池边,准备拍一些雕塑的细部。就在我用镜头取景的时候,眼前出现了一道彩虹,闪烁在水雾上。这个池子只有几米宽,彩虹也就几米长,但它的颜色与山里的彩虹一样,鲜艳夺目。山里的彩虹很大、很高、很远,但眼前的彩虹精致而小巧,几乎伸手可触。

我对着彩虹按下了快门。浴女雕塑在云雾虹影的衬托下,更显出一番风韵。

大家都赶来围观,拍照,皆称奇。

有人说:是不是故意设计的,用灯光打出的效果? 景区人员说,并没有

温泉彩虹

这样的安排。雕塑已建成多天了，今天是第一次出现彩虹。

我说：如果能经常现出彩虹，这就是一道天然的特殊的景观了。

但彩虹的出现与时间、地点、季节、气场、光线、温度等诸多因素有关。

以后还能不能看到彩虹，看到几次，谁也说不准。

能看到彩虹的人，是幸运的人；能出现彩虹的日子，是好日子。彩虹象征着天空晴朗了，视野亮堂了，道路平坦了。

今天就是个好日子，我们又去看了正在开发的临潼旅游度假区，只见骊山半坡的凤凰谷上，有虹桥飞跃；芷阳湖畔，有曲径通幽；荒野之中正现出点点意趣，让人流连。

回到家里，我说今天在华清池门口看到了彩虹，家人不信。我说有照片为证，家人说现在的照片也可以作假。

不过，今天同游的还有宗奇、克敬、朱鸿、庞进、范超、少樊诸君，他们可以作证。

香 积 寺

一条空旷的村道，将我渡引到神禾原的尽头。那儿，静静地坐落着一个古寺，它就是香积寺。

哦，香积，多么富有诗意的名字。香味儿本来是一种随风飘浮的气体，能如氧气一样囤积起来吗？假若这古寺能积聚香氛，该是一个怎样别致的所在了。

我翕动鼻孔，使劲儿闻着，有土香、草香、烟火的香味儿钻了进来，这是一种来于大自然的混合清爽体，将我从城里带来的煤气、废气、忧郁之气冲洗得干干净净。可是，这与我想象中期待中的"香积"，还是有距离的。

我是冲"香积"二字来的。

拜见了该寺的住持本昌法师，终于弄清了"香积"的由来。原来，神禾原上的这座千年古刹，过去一直受到皇家的重视。唐代，礼佛是一种风尚，是朝廷提倡的行为，唐高宗李治与武则天就常来这儿燃香拜佛。每年春天，皇帝会派人送来数以万计的鲜花供奉在寺院，那时节，百花争艳，彩蝶飞舞，芳香弥散，风景奇异，于是就有了香积寺的盛名。

唐代诗人王维曾有一首《过香积寺》的诗描述了此地的清幽："不知香积寺，数里入云峰。古木无人径，深山何处钟。泉声咽危石，日色冷青松。薄暮空潭曲，安禅制毒龙。"

按照诗的写意，这儿应该有高密的松林，曲折的小径，潺潺的流水，悠悠的晚钟。当然，千年已逝，旧景不再，唯有佛钟不变地敲打着岁月的鼓点。

站在香积寺前，面对高耸无语的终南山，一派美景跌入我的眼帘。香积寺建在神禾原的西畔崖头，南临清细蜿蜒的滈河，北接秀丽朦胧的樊川，滈河与潏河在寺前交汇，河谷里云畴烟树，小村掩映，宛若水墨画卷，真是个幽而不僻、静而不寂的仙地啊。

此地离西安古城只有30余里，交通又很方便，可显得特别安谧。我曾问周围的朋友：去过香积寺吗？朋友摇头说不知在哪儿。那么，知晓佛教净土宗的人恐怕更少了。

呵,净土,又是一个多么圣洁的名称。在物欲横流的社会上,何处才能觅到一方净土?有人说,西藏是目前世界上剩下的最后一块净土,于是很多人去那儿寻找安慰,虽然你可以飞越崇山峻岭,但你能飞越心中已驻的篱笆吗?

香积寺是净土宗的祖庭,寺中还有善导大师的供养塔。当年,他为了传净土法门,走东奔西,艰苦自励,一心向佛,不问名利,心血凝成著述,弟子不可胜数,以身蹚过苦难的泥淖,将净土这门心智之教传颂下来。

神禾原、香积寺、净土宗,这些美妙的名字在我心中叠印。

归来的路上我突然悟到:你去哪儿寻找"香积"?其实它更多的是一种心理感受。

"只要胸中猿猴歇,不怕窗外车马喧。"让我们在心中保留一寸净土,一份香氛,在世俗的红尘中就不会迷失自己。

香积寺

西安老城内的朝圣之地

冬日的早晨,有些薄雾笼罩着世界。今天是周末,起床时我有了一个想法:步行去城内的各个宗教寺院看看,来个身边的朝圣之旅。吃了早餐出发,9时许,太阳挤破雾纱露出了有点儿朦胧的笑容。我居住的朱雀门,离五星街上的天主堂最近,那么就由近及远、由西向东开始吧。

天主教圣地——天主教南堂

天主教堂的高大巍峨是令人震惊的,站在气势宏伟的大殿前,走进宽阔华丽的颂经堂,环境促使人产生一种敬仰之情。古城西南处五星街上的天主教南堂,是西安地区天主教的总堂,系主教坐堂处。南堂始建于康熙五十四年(1716年),堂面高17.45米,教堂占地面积700多平方米,教堂以西欧罗马式与中国宫殿式相结合,用砖、木、石材料建成,堂内外既有雕刻,又有壁画,属于中西合璧的典型。

南堂过去自己办有学校、医院等服务设施,新中国成立后由政府接管。今年城市建设规划

天主教南堂

后,学校迁走了,教堂周围一下显得宽阔起来(据说总面积有100多亩)。一些修女们在广场上打扫卫生,看

来以后的环境会更好。前不久过圣诞节,南堂搞了一次教友音乐晚会,据说挺不错的。

南堂除了为西安教民服务,还与海内外联系筹资,支持陕南贫困地区的赈灾、救济、教育等事业。

每天早6时、晚7时,周日的12时,教堂里免费举办讲习活动,前来听讲的民众很多,其中有不少是年轻人。

在教堂里,不管男女老幼,职位高低,穷人富人,大家都是平等的。忘掉化外红尘,忘掉一切纷争,心灵得到解脱。哪怕是暂时的,有这块净土总能给人一些安慰和舒缓。

佛教尼寺——云居寺

云居寺(又称西五台)与我供职的单位同在莲湖路上。我们藏在莲湖公园后边,云居寺藏在洒金桥街口古都大酒店后边,都属闹市中的净土。

云居寺之大让人叹奇,东西长约500米,在狭长的台地上,沿地势起伏建了五座佛殿,相传是唐太宗李世民为其母修的朝佛燃香之地。

云居寺佛学院

云居寺一边重建,一边接待信众。每月的农历初二至十一,十六至二十五,都在寺后新修的壮丽的内观禅院(又称佛学院)举办为期10天的内观禅修学习班,信众可自由报名参加,每天交住宿及伙食费100元,修习和听课是免费的。

云居寺开展的内观禅修活动,其规模在国内独一无二。究竟什么是内观禅修呢,寺内有说明:"每个人都在追求安详与和谐,但紧张的生活却让我们疲惫的身心无法安顿。生命宛若一串连续不断的忧虑之锁链,并因此而使得我们的步伐失掉其原本的安然,多想也为心灵放一个假……内观(Vipassana)是印度最古老的禅修方法之一,其意思是如实观察,也就是观察事物真正的面目。它是透过观察自身来净化身心的一个过程。开始的时候,借着观察自然的呼吸来提升专注力,等到觉知渐渐变得敏锐之后,接着就观察身和心不断在变化的特性,体验无常、苦以及无我的普遍性实相。不管什么人在任何时间、地点都可以修习,没有任何限制不会因为种族、背景和宗教的不同而有所冲突。内观,让我们去认识和体验生命中的奇迹,让疲倦的心灵去旅行。"

云居寺的住持吉祥法师曾远赴印度、泰国、缅甸求法,在内观法的禅修上有深切体悟。

云居寺的南侧,将修建一座占地约35亩的唐式府院,前台计划修建一条约200米长的唐人文化街。将来,这里会是西安城内最大的风景独特的佛教旅游区。

藏传佛教圣地——广仁寺

广仁寺最近很热闹,前不久从西藏迎请回的释迦牟尼12岁等身佛像和文成公主像,就供奉于寺内,瞻仰的民众很多。

广仁寺

广仁寺在西北城角,沿玉祥门内的顺城巷往北走到头就是。该寺创建于康熙四十四年(1705),至今有两百多年历史,是全国唯一的绿度母主道场。当时,西藏、蒙古、青海、甘肃等地区的活佛、喇嘛前往京城路过陕西时，均住寺瞻礼。

广仁寺系藏传佛教寺院，寺内用藏语诵经咒，每逢农历十月二十四和二十五日，举行纪念宗喀巴成道日灯会，钟鼓齐鸣，梵呗振耳，灯火辉煌，香烟缭绕。

广仁寺面积不大，只有16亩，但寺内的大雄宝殿、藏经殿、法堂三重殿堂，以及两侧的配殿、厢房、跨院等画栋雕梁，十分富丽。院内苍松翠柏，花草葱茏，环境优雅。

广仁寺里保存着文成公主当年带走的佛像的莲花宝座，栽植着百年双叶柏等奇树，点燃着灿灿不灭的长明灯。

唐贞观十五年（公元641年），文成公主带着印度国王送给唐王朝的国宝释迦牟尼12岁等身佛像，远赴西藏和亲。文成公主赴藏后终身未能再回故乡，死后在藏传佛教中被认为是绿度母化身，受到藏族同胞极大崇敬。如今，等身佛像和文成公主像重回西安，其意义十分深远。

伊斯兰教圣地——清真大寺

从鼓楼内北院门民俗文化小吃街向西拐进化觉巷，穿过琳琅满目的工艺品店铺，就到了清真大寺。此寺是中国建筑最早、规模最大、保存较为完善的清真寺之一。寺内有四个院落，占地12000多平方米，建筑面积近4000平方米，布局上采取了中国传统的中轴建筑为主、左右建筑对称为辅的形式，寺内处处是亭台楼阁、雕梁画栋，因而整座寺庙既有中华民族的传统风格，又有伊斯兰教清真寺的格调和特点。

据说，西安有六万多穆斯林，大都居住在清真寺周边。这儿有浓郁的宗教气息，还有比较完整的生活系统，回民办有幼儿

清真大寺

园、学校、医院、浴池、饭馆等等,西安有名的小吃,像羊肉泡馍、灌汤包子等诸多美味,都是回民经营的。

前几天是开斋节,西半城的小巷里彩旗飘扬,戴着白帽子的人们纷纷走向清真寺,气氛热烈而又肃穆,挺感染人的。

佛教古寺——卧龙寺

从端履门拐进柏树林街,中部东侧一条小巷里,是卧龙寺,系国务院确定的汉族地区佛教全国重点寺院。卧龙寺历史上以禅宗道场为主,所以门匾上写着"卧龙禅寺",但也传播其他宗派的经典、教义,被称作"各宗并弘道场"。

卧龙寺创建于

卧龙寺

汉灵帝时(168~189年),隋朝时称"福应禅院",距今已1800多年。1900年,八国联军入

侵北京,慈禧太后与光绪皇帝避难西安,太后施银千两重修殿宇,并建立石牌坊一座,宏大精美。慈禧还亲书"慈云悲曰""三乘叠耀"匾额赐寺,并为山门书额"敕建十方卧龙禅林"。当时西藏、蒙古的喇嘛,王公们千里迢迢送来各类真品、佛像,其中佛像均诏令送卧龙寺供养,所以,卧龙寺曾经是很辉煌的。如今,寺内还珍藏着佛足迹碑、唐吴道子画观音像碑、明洪武十五年卧龙历史碑、明英宗正统十年(1445年)颁赐藏经碑、明武宗正德十六年(1521年)重修碑等碑石以及古印度贝叶经、宋咸平年间所铸铁钟、西藏喇嘛留赠的大理石香炉等,皆有很高的文物价值。

现在的卧龙寺面积不大，只有15亩，从南往北有山门、天王殿、大雄宝殿、大悲殿、法堂5座殿堂，寺内古木葱郁，雀群在枝间停歇，进香拜佛的人们络绎不绝。

站在卧龙寺内充满古意的院落中，我恍若进入了另一个境地，因为院外数十米处便是车水马龙的街道，想起在西安这座拥有数百万人口的热闹的大都市里，竟然隐藏着好多处幽静的宗教圣地，也是一种奇迹。

道教圣地——湘子庙

南门里西侧的湘子庙街，众人是知道的，但湘子庙，许多人过去不清楚。今年10月，此庙修复后开放，以宏扬湘子文化的全真道观而成为热闹的朝圣之地。

其实，此庙历史悠久。据有关资料记载，传说湘子庙是"八仙"中的韩湘子出家得道成仙之地，创建于宋，道教界亦说创建于五代，金元时毁于战火，现在湘子庙的格局是定于明代的。自明末到民国初，湘子庙一直香火鼎盛，后经战乱，其殿堂或被占或遭毁。

修复后的湘子庙面积很小，占地2亩半，东西长88米，南北最宽处7米，但形状特别，像一只船泊在街中。街道从前边过来，被菱形山门广场一分为二，人们捧庙而居成巷。现庙内有韩湘子"化苦为甜"的"香泉"，有一年两度花开的古槐，有奇特的"混元石"和"阴阳石"，还有灵官殿、湘祖殿等。

湘子庙是西安老城内现存的唯一道教祖师庙，谓之"一脉道源"。

天临傍晚，我的朝圣之旅结束了。西安是个文化气息浓厚并包容性很强的古城，各种宗教都在这儿有所发展，都在这儿寻找到教义的响应。其实朝圣，重在心灵的虔诚和感受，不一定就要去国外、去西藏、去远方、去名山大川才行，身边的圣地，同样会给我们带来精神的抚慰。

有空就去这些圣地走一走吧，在那清静肃祥的环境中，在那香火飘拂的殿堂里，你灵魂中的浮尘，多少会被过滤一些。

风尚风范 之

一江清水送北京，
源头在秦岭。
生活的动力石油、天燃气，
从黄土高原输出。
文学艺术的西北风，
席卷大江南北。
执着地追索，是高原人的个性；
创造和奉献，是高原人的理想。
风沙吹老了面孔，
吹不老坚毅的人生。

源头人家

在风和日丽的秋日,我们去探访汉江源头。

关于汉江源头,我国第一部地理书《禹贡》上曰:"嶓冢导漾,东流为汉"。 说是当年禹王爷治水来到嶓冢山,他手持利斧"开嶓冢以导漾",漾水导出汇成汉江。人们为了纪念大禹功绩,还修了一座禹王宫。30年前,我曾探行过嶓冢山的汉源。那时,从汉中坐车到大安乡烈金坝,在乡政府住一晚,第二天早上,从国道边禹王宫遗址前那枝繁叶茂、形若华盖的古桂树旁上山,沿着小溪前行,约10多里后,来到一座高峰耸立,半山腰有一片白色岩石的山崖下。攀至半壁,发现一个高5米、方圆10米左右藤木掩映的石洞,一股细流从洞里淌出来,这就是汉源之水。

由于古代科考条件所限,再加上嶓冢山又叫汉王山,传说刘邦曾在那儿练兵,出于对皇家的敬仰,所以古时将汉江源头定在此处是可以理解的。

现在,汉江源头又有了南源之论。科学家根据"河源唯远"为正源的标准,确定县城南边、玉带河的起点为汉江源头。

我们去踏行的,就是这个新汉源。

汽车出县城沿108国道南行10公里,到达高速公路大桥下一个叫黄家岭的地方,看到右侧沟口一面上书"汉江源头水源地保护区"的水泥塔,从此处离开大路,右转上山。河沟边的公路很窄,只有3米多宽,仅容一辆小车独行。山越来越高,一边是悬崖,一边是峭壁。爬了10多公里,山顶出现一个挖开的口子,状若山门。进了山门,眼前突然出现一个群峰环抱的谷地,地上散布着几十户人家,农家的屋顶炊烟飘升,鸡犬争鸣。农家的房

前屋后，置种着木耳架群、香菇大棚。谷地中央有一大片水田，有人正驾牛托耙耕田，吆牛的鞭声时而凌空爆响。面对着一派世外桃源样的美丽风光，我们都叫好起来，同时嫌自己手中的照相机镜头不够宽广，无法拍摄下这幅人与山水、与自然和谐相生的全景画面。

车下到谷地，来到简易公路的尽头，便是汉源镇马家河村6组，一个叫朱家河的地方，这是汉江源头第一村，它安静优雅的田园景色，是我没有想到的。

问了群众，得知源头之水在村子后边的一个窄长的山峡中，我们便弃车前行。从村中穿过时，几间土房前有一位老大娘正收拾院中的杂物，见我们到来，热情地招呼客人歇脚，并端来木板凳，提出电壶，为我们泼上热茶。休息期间，我与老人交谈起来。

老人名叫张清莲，家中有6口人，住着3间土墙瓦顶旧房。她有一个腿是残疾的儿子，但自学成才当了厨师，现在县城里的饭馆打工，还在城里找了一个不是残疾的媳妇，生的孩子已一岁多了，在城里租房安了小家。现在，就他们老两口住在村里。今天，老伴进城看孙子去了。

我问她：知道南水北调吗？

老人摇摇头：不知道。

我又问：知道一江清水送北京吗？

老人捂着嘴笑了：那当然知道。

我问她怎么知道的，老人说，乡里村里干部天天讲呢。这几年退耕还林，国家每亩地给补贴200元，家里有13亩山地，每年要拿到3000多元的补贴款，已经4年了。现在林子密了，野猪很多，有时下山来吃庄稼，赶不走。有的野猪还钻进圈里与家猪交配，产下的猪崽生长快。野猪肉虽然不好吃，肉丝粗，还有一股怪味道，但交配后生下的猪崽肉质好，瘦肉多。

听到这儿，我们哑然笑了。这老人比较善谈，表述也通俗生动。她又告诉我们,前年"5·12"地震时,她也是一个人在家,忽然听到灶房里的锅盖叮当响,地面在晃动,于是就跑出来,抱住院中一棵大树稳住身子。但见房上的瓦一片一片滑下来,掉在院子晾晒的苞谷堆里。听到地底下吼着响,就像过汽车,轰隆隆一片。眼看着墙壁裂开一尺宽的缝子,但还好,没倒。灾后政府给了600元,让把房子重新收拾了一下,现在住人没事。

谢过张清莲老人,我们继续前行,来到靠近山根的村子南边缘,门牌是"汉源镇马家河村6—1号",这就是汉江源头第一户,也是国家南水北调中线水源地的第一户人家了。

院子里,两个老人在扫地。男的名叫张邦贵,今年71岁;女的叫张俊芳,65岁。他们有两个儿子、一个女儿,都在城里打工。两个老人身体健康,自食其力,他们养着6桶蜜蜂,这儿花粉好,每桶可收10斤蜂蜜,每年收入1000多元。他们还喂了13只鸡、5只鸭子,鸡蛋和鸭蛋也能卖不少钱。

我问张邦贵老人,知道自己家是汉江源头第一户吗?老人说,知道。这两年,有不少西安人、四川人、湖北人还有北京人来寻找汉江源头,就在他们家吃饭,说是汉江源头第一家的饭菜没有污染,自然生香,完了还买些鸡蛋、腊肉、蜂蜜、柿饼等土特产带走。有的还专门用矿泉水瓶子去河里灌满清水,说是要带回去给亲人品尝。前几天有个城里的80多岁的老太太也来了,还住了一晚上,不想走,说这儿空气养人,水土好,舒服。

那你们搞农家乐呀。有人建议说。

张邦贵说,朱家河村有30多户农民,130多口人。这几年死了20多个老人,新添的孩子不多,村里人口在减少,并且年轻人都出外打工了,留在家里的全是老弱病残,经营意识不强。

老人说的是实话,但我觉得,随着南水北调工程的完成和通水,这个风景如画的小村,势必会引起外界关注,前来探望源头的游人也会越来越多,发展农家乐,应该是很有前景的。到时候,出外的年轻人可以

汉江源头第一家

回来经营,外地的商家也可以来此地投资发展。

我们请张邦贵老人带路去峡谷中的源头,他爽快答应了。出了村子,开始进沟,沿着沟边的茅草小路前行一公里后,到一面宽阔的白色岩石前,水没了,路断了。张邦贵老人说,水在地下流呢,路有,在坡上的草丛中。于是他带头攀岩,手脚并用,上了70度的陡坡,我们跟着他,在东拐西歪若隐若现的岩坡小径上找地方下脚,出了一身汗,气喘吁吁地爬到崖顶。我们瘫在地上,老人却轻松无事,还笑着说:你们年轻人缺乏锻炼。休息片刻,继续前进。崖顶上的路平坦许多,不久,前方出现了一段几十米长的河谷地,还生长着一片整齐的鲜嫩的松树林子,一阵"丁零丁零"的清脆响声从林中传出,正疑惑,但见两头花脸黄牛嚼着草儿转出来。这沟里没有人家,又在崖坡之上,怎么会有牛呢?张邦贵老人说,主人把牛赶上来放在山坡上,就不管了,牛会自己吃草,自己睡觉,过一段时间,主人再把它们牵下山去。这真是一种自然放养,牛们很幸福吧。

过了林子,踩着溪流上的石头跳跃前行,终于来到一面峭立的岩壁下,再也无法举步了。张邦贵老人说,这就是汉江源头。我们抬头望去,看到几叠细瀑从数十米高的崖顶飞溅而下,岩下是一个积水潭,水质清澈见底,用手掬起一喝,凉爽甘甜,沁人肺腑,清肚洗肠,十分舒服。这时又看见,潭边岩石上有人用红漆写了"汉江源"三个大字。

悬崖顶上不知还有什么?我问。

张邦贵老人说:上边只有采药人能攀登,我曾跟他们上去过一次,风景很好,站在顶峰能望到山那边,就是四川地界了。

看到水从哪儿出来的吗?

从草丛中冒出来的。咱这儿都是树根水。

至此,我终于明白,汉江的水属于地表水,它在树林中、草丛中、山体中滚动奔流,充满活力,一路吸收了许多生物元素,因此富有营养,不像城里抽上来的地下水,已经沉浸了不少对人体有害的成分。

汉江水要送到北京去了,你有什么感想?我问老人。

老人说:北京人要喝上咱们的水,那好啊!咱这儿的水多得很,好得很,随便喝。

听着山区老百姓简单而淳厚的话语,我心中涌起一股崇敬之情。

油田肖像

正是桃花盛开的五月,我来到延安近郊的河庄坪。

这儿是长庆油田第一采油厂机关所在地,也是安塞油田的中心指挥部。

大院里干净整洁,绿树掩映,飞鸟跃枝,闻不到石油的气味。

这是油田吗? 与我的想象相差太远。

大院里,穿红工衣的人相遇,打招呼的常用语是:今天上山啊!

上山,上山,上山。

文化科的田春亚告诉我:上山就是去工地,我们的油田都在黄土高原的顶上。

那我们就上山吧。

站得高,看得远。

好 汉 坡

好汉坡位于安塞油田腹地,紧邻王三计量站后侧,是一座山坡,其海拔约1300米,坡度70多度,当地老乡称它"阎王坡"。因山势险峻,沟壁陡立,常有人和牲畜不小心滚下坡去,摔伤摔死。因此群众中流传着"上了阎王坡,十人九哆嗦,从上往下看,吓得魂魄落"的顺口溜。

1990年8月2日,王三计量站建成投产,管理着东西两面山上的16口油水井的生产计量工作,这些井全在山坡上。当时全站有8名职工,平均只有21.4岁,他们以管桥越沟,以羊径登山,酷暑坡上爬,阴雨坡上过,狂风不停留,飞雪照旧走,硬是在上坡下坡的往复中,踏出了一条创业之路,一条希望之路。由于坡陡、山高,巡一次井爬一次坡,必须要有"不到长城非好汉"的勇气。久而久之,王三计量站青工们自称自己是"好汉","好汉"爬的坡也就理所当然地成了"好汉坡"。

当时,处在油田大规模建设初期的职工队伍,大专以上文化程度的仅占职工总数的5.9%,技校高中文化程度的占26.4%,而初中及以下者占到职工总数的58.5%。一线青工占职工总数的59.44%,平均年龄只有23.7岁。35岁以下青工平均保持在职工总数的66.9%,最高时达到76.2%。

油区那时没有柏油路,晴天尘土飞扬,雨天稀泥四溅。在这种生活、工作条件下,一部分青工信心动摇了,有的新分配毕业生到基层队后,经不住考验,不辞而别;有的刚到作业区,看到沟壑纵横、满目苍凉的黄土峁,行李未开,调头就走。有人形象地描述说:"安塞油田苦不苦,一天要吃四两土,白天吃不够,晚上还得补。"有限的生活空间,贫乏的文化生活,与现代都市生活形成强烈的反差。

在这种非常艰苦的环境里,怎样教育青年正确树立坚定的人生信念、投身安塞油田开发建设,显得尤为迫切和必要。

于是,王三计量站这种"好汉坡"现象,被发掘提炼为"好汉坡精神",得到宣传和推广,并在实践中逐渐形成一种宝贵的精神财富。它的内涵是"艰苦创业,勇攀高峰"。

"好汉坡"精神集中体现了长庆人攻坚啃硬、拼搏进取的优秀品质和优良作风。2000年,好汉坡被共青团中央授予长庆首家"青年文明号",被长庆油田确立为"三爱"思想文化教育基地;2004年被集团公司确立为首批"企业精神教育基地";2007年,好汉坡又被中国延安干部学院、解放军西安政治学院、西安石油大学等院校确立为社会实践教学基地。

1994年,原中国石油天然气公司总经理王涛视察安塞油田后,挥笔提写了"安塞油田出好汉,好汉坡上好汉多"的题词,号召广大干部员工发扬好汉坡精神,为祖国石油事业艰苦奋斗、勇作贡献。

小 军 井

安塞油田的数千个井站,地处老区延安的黄土山峁中,平均海拔1100~1500米,站位分散,地理环境复杂,管理起来有一定难度。

原油是国家财产,保护它是每个油田职工的责任。但随着国际原油价格的飚升,社会上的不法分子受利益驱动,采取各种方式盗窃原油,破坏油田生产设施。在2000~2008年间,发生涉油案件16000余起,造成直接经济损失7600余万元,安塞油田有150多名员工在护井护油中流血受伤,其中,陈小军英勇牺牲。

陈小军是湖南隆回人,1980年11月出生于陕西吴旗县张坪村,2000年元月退伍后到采油一厂侯市作业区采油14队当上了一名采油工。他肯干肯学,帮助同事,大家认为这是一位有理想有前途的年轻人。

2009年6月9日晚,陈小军和同伴们一起去巡井,到塞90井组,已是第二天凌晨2时多。塞90井组是高产井,日产原油6吨。在井组外,陈小军闻到一股浓重的原油味,立即警觉说:情况不对,可能有人偷油。然后第一个冲进门去,其他同伴则从两侧围墙包抄过去。小军进去后,发现水渠旁有三袋尚未被运走的原油,而不法分子呢,听到声音已从围墙砸开的豁口逃跑了。陈小军说:快追,他们肯定没跑远。追了将近一里路,拐过一个山弯,借着手电光,发现深渠边还有6袋没来得及运走的原油,并且袋后还藏着一个偷油贼。陈小军抓住那人,但那人叫起来,于是,一伙暗藏的偷油贼蜂拥而出,挥舞棍棒,与护油矿工展开搏斗,但陈小军抓着那人并不松手,于是,一根木棒狠狠地砸向小军头部,他当场倒了下去……尽管小军被送到西安西京医院抢救,先后进行了三次大型开颅手术,但他始终处于昏迷状态,103天后,抢救无效,20岁生命逝去。

2000年10月26日上午,延安河庄坪采油一厂基地上空彤云密布,哀乐低回,群山萧瑟,延水呜咽。职工俱乐部被挽联、花圈和白花装点成了一座巨大的灵堂,主席台上方悬挂着为护油而英勇献身的"油田卫士"陈小军的巨幅照片,主席台上陈小军的骨灰盒上覆盖着中国共产党党旗安放在鲜花丛中。长庆油田公司、第一采油厂、第一采油技术服务处的党政领导,延安市公、检、法机关的代表,油田各单位广大员工、家属、学生、公安干警以及自发赶来追悼的父老乡亲1000多人,在悲壮肃穆的气氛中,胸佩白花,眼含热泪,默然肃立,向陈小军同志的遗像默哀致敬……

杀害陈小军的凶手被绳之于法。

为纪念陈小军,塞90井组改名为小军井,成为油田公司"三爱"思想、文化、教育基地。每年的清明节和小军祭日,广大员工都会自发地赶到这里,缅怀英雄。

郭 秀 玲 站

安塞油田过去有一个王十六计量接转站,位于海拔高达1600多米的贺家沟梁上,此地一年四季大风不停,沙尘不断,被人们称为"布达拉宫"。

2006年12月17日,小站外飘着雪花,气温零下二十多度,可小站内热气腾腾,有一个命名仪式在这儿举行:王十六计量接转站更名为郭秀玲站。

用一位在世的员工名字来命名,这在长庆油田的历史上是首次。

接牌的人,就是28岁的女采油工郭秀玲。

1978年,郭秀玲出生于陕西神木,父亲是钻井工,她从小就跟着父亲跑了油田很多地方。她从陕西省医学高等专科学校毕业,又上了长庆驿马技校,然后回到大山的怀抱,成为安塞油田的一名普通女工。

当年,接转站还没有完工,满院子砖头、泥沙、废料,连一个像样的值班室都没有,郭秀玲就和站上的女孩子们端着小凳子在注水泵房值班。因为没有降噪设施,三台注水泵那巨大的轰隆声震得她们耳膜嗡嗡乱响。十几个女孩子同住在一间狭小的活动房里,由于床位不足,每天睡觉就像挤草袋子一样,两三个人窝在一张床上。吃饭是烤馒头,就点咸菜,还没个准点,几乎什么生活设施都没有,不要说洗澡,就连上厕所都要偷偷摸摸地找个山洼结伴而去。

可是,郭秀玲和这帮姐妹们没有退缩,下班后就继续收拾站内的环境,栽树、浇水、清理路面,用钢刷子打磨花砖,后来连钢刷子都磨秃了,就用树枝、木棍,甚至用脚蹭,用手抠。手上起了好多的水泡,有的还伴着脓血,脚肿得穿不上鞋,就用绳子绑上。

为了适应环境,她一边帮老师傅们干活,一边学习专业技术,还发挥她曾学过的医护知识,为受伤的姐妹们止血包扎,看病打针。在她的带动下,全站的女工都像好姐妹一样相互帮助、友爱、和谐地工作着、快乐着。

2003年年终,工作一年半后的郭秀玲,在业绩考核中被评为优秀员工。于是,她更加努力,每天第一个进站接班,第一个做完每日的清洁,并成为站上第一个学会修注水泵的女工。2004年年初,在民主选举站长中,她以最高票数当选为第一个女子站的站长。

担任站长以来,她每天都要到站里逐个项点巡检两遍,无论严寒酷暑,都从不漏项,从不走样,发现问题和疑点从不放过。由于经常给员工纠正操作中的失误,久而久之就形成了一本《易犯错误备忘录》,并根据这些记录,制作了点检卡,标出容易出错的环节,让员工按照点检卡完成巡检工作。

她创新运用了一套新的管理方法,即以占控管理、岗位循环培训、岗位立体考核以及关爱、尊重、和谐的温情管理为主的女子站"四法"管理模式,取得了成功经验。

王十六计量接转站是个集来油计量、脱水处理、净化油外输和污水回注等职能的大站,每天回注污水540立方米左右,处理原油1700多立方米,承担着400多口油井的计量及净化油的外输任务。郭秀玲带领着全站17名女工,刻苦学习,提高工作质量,努力完成了任务,因此,2004年年底,该站获得了厂"HSE优秀班组"、厂"先进女工集体"、厂文化建设"示范窗口"等荣誉称号。消息传来,郭秀玲与姐妹们在站外的山坡上跳跃拥抱,相互激励,共同庆祝。

郭秀玲说:"油田的大发展为我们展现自我提供了广阔的舞台,我相信,平凡的生活因为爱而富有,卑微的生命因为奉献而美丽。"

现在的郭秀玲站,女工宿舍漂亮温馨,洗澡设施齐备,食堂饭菜可口,院里院外绿意盎然,水果花木飘香。

郭秀玲站因此获得陕西省"巾帼建功示范岗"、长庆油田公司"巾帼建功的典范"等荣誉,她本人也先后荣获全国五四青年奖章、集团公司劳动模范、陕西省劳动模范、中国石油榜样人物、油田公司劳动模范等多项荣誉。

人们把穿着红工衣的郭秀玲，比做"陕北高原上盛开的一朵山丹丹花"，形象而生动。

领 头 羊

采油一厂的厂长吴志宇，不愧是一个专家型的领导，他神态镇静，话语舒缓，但其一股内在的力量感人至深。

一些很复杂的科技问题，他几句话就可以解释清楚。

比如我问到什么是子母井？吴厂长说：1990年以前，征地比较困难，另外也不能破坏周边的树木、水源、土地，还有陕北高原上的平川本身就很少，所以我们在主井旁边又打一口井，称为子母井。后来又发展到多式井场，现在已经是丛式井场。吴堡作业区的午107井场，有44口井，是全国陆上最大的丛式，这是安塞油田的创新和贡献。

吴厂长在纸上画了一个"L"形图标，说明丛式结构。我看了很疑惑，因为在我过去的概念中，在一块地上打一口井，采出这一块地下蕴藏的石油，那么如今在一块地上打下几十口井，这块地下能有多少石油可采？

吴厂长挥手比划说：这几十口井，不是垂直下去的，而是伸向了四面八方，地下最长的油管可以达到2000米。

我又问：打井的时候，钻头在地下能拐弯吗？

吴厂长说：可以。我们安装有万能导向轮，在地面上指挥它的方向。

现在的采油技术已经达到这种程度，让人不得不佩服。

吴志宇是陕北吴旗县人，1981年参加工作，在安塞油田工作了30多年。他先后在钻井队、野外队、地质研究所、采油厂工作，一直从事安塞油田的勘探、开发、地质研究和技术推广工作，曾先后担任过油田开发室主任、地质研究所所长、采油厂总地质师等职务。陕北恶劣的自然环境锻炼了他艰苦奋斗的品质，攻克低渗透的重任磨练了他迎难而上的毅力，挑灯夜读、加班加点、查找资料、对比分析、现场试验，对他来说就是家常便饭，有时为了完成科研任务，每天晚上在办公室里查阅有关资料，进行课题研究,常常加班到深夜才休息,有时甚至到天亮。正是凭着这种厚积薄发的毅力,吴志宇汲取了多学科知识,较好地掌握了物探、地质等多种理论知识,为他做好科研和技术创新奠定了坚实的基础。

在油田全面开发阶段,他和技术人员精心研究,反复论证,先后攻关形成了以"三分"精细注水为主体的老油田稳产技术系列,以重复压裂、酸化解堵、套损井侧钻等为主体的老油田增产技术系列,以区域滚动扩边、查层补孔等为主体的老油田增储技术系列,有效解决了油田开发中的突出矛盾,实现了安塞油田的高效开发,使安塞老油田连续15年保持Ⅰ类油藏开发水平。

"十五"以来,安塞油田进入了快速发展阶段,每年保持着较高规模的高速增长,保持如此规模的快速发展,需要大量的后备资源基础,而安塞油田没有新增探明区域,这是摆在每个油田地质技术人员面前的难题。针对这种情况,吴志宇以"三个重新认识"为指导,大力推进精细储量评价,探索出了以"两找一推法"、"两先两后法"为主体的储量分析评价技术和老油田滚动扩边技术,取得了油田增储的突破性进展和产能建设的高效性建产。如今,安塞油田已成为全国重要的采油厂之一,正保持着可持续发展的良好势头。

30多年来,吴志宇多次参与了国内外多项重大科技课题研究,获得了多项突出的科研成果,先后有20篇论文在省部级以上刊物发表,7项科研成果获省部级以上荣誉,12次获长庆油田公司科技成果一等奖。其中《安塞特低渗透油田的开发》、《安塞油田水平井开发技术》等3篇论文被国际石油工程师协会(SPE)杂志录选。特别是为了能在油田产能建设过程中有效提高土地资源的利用效率,他创新性地发明了"子母井场"丛式钻井建产技术,该项技术实施后不但解决了制约油田发展的土地瓶颈问题,而且取得了较好的社会效益,成为油田建设"资源节约型、环境友好型"企业的一个成功案例。2005年"子母井场"建产技术被作为中国石油集团重点创新项目参加了全国建设节约型社会展览会,并获得全国发明展览会银奖,引起了中央领导的高度关注。

同时,为了不断扩充新知识,开阔新视野,他先后在西北大学、西安石油大学、中国科学院等院校进修石油勘探、石油地质学等专业，完成了相关学业，取得了中国科学院理学博士学位，并成为西北大学兼职教授。他先后获得了中国石油集团公司先进科技工作者、延安市劳动模范、长庆油田公司优秀科技工作者、有突出贡献科技专家等荣誉称号，入选长庆油田公司技术专家行列。2010年荣获《企业管理》杂志社授予的第五届全国十大企业管理创新人物奖；2012年，荣获"全国五一劳动奖章"。

吴志宇被公认为"一名奉献型的专业技术人员、执着型的科技工作者、学者型的技术专家"。

老胡的老毛病

在吴堡作业区应急一班的院子里，我见到了胡成带。

他黑胖的脸庞，戴着眼镜，今年已经52岁了，是作业区年龄最大的职工。

老胡是天津人，父亲毕业于清华大学，当年支援大西北来到甘肃玉门油矿，后又转入长庆油田。老胡出生在大西北，原在庆阳的路井公司上班，是电气工程师，谁知人到中年竟患上了高血压、心脏病、糖尿病、哮喘病，有一次还晕厥在路上。

2011年4月，原单位解散，他被安排到安塞油田来。原先一直坐办公室，现在从事的是体力劳动，在站内维护设备。全站有输油泵、注水泵、管道泵共30多台，每天输液量900多立方米，注水量1000多立方米，所以这些设备需要两个小时巡护一次。有时半夜巡查时发现问题，就立即维修。尤其是冬天，高原上气温低，污水泵又在室外，杂质多，经常坏，修起来很辛苦，但老胡没有一声抱怨。

有一次污水管线烂了，查出来在墙根的一米深土层下，得要挖个洞人才能钻进去修理，但冻土板结坚硬，老胡挥镐挖了半天，终于钻进去把烂的管线补好。

还有一次装污水，冷风劲吹，寒气逼人，老胡抢先爬上车去，从中午12时装到夜里12时，中间只吃了几口饭，有人劝他下来休息，但他还是坚持到底。

那次，老伴在庆阳的家里病了，孩子又在西安上学，他也因为加班很长时间没有回家,于是写了请假条,走到站长办公室门口时,忽然听见注水工在里边说父亲病危,要请假立即回去。老胡便将请假条收进口袋里,返身而回继续上班。

老胡说他刚上山来时因哮喘随身带着呼吸机,还要每天吃降压药、活血药,但我发现他现在精神很好,丝毫不像病人。就不解地问:你的那些病呢?

老胡哈哈一笑,说:奇怪,病都轻了。

我问:为什么呢?

老胡说:我也不知道,可能是过去一个人待在办公室里,心情郁闷,病就重了。现在与大家在一起,心情畅快,病就轻了。记得医生说:你这些是慢性病,休息去吧。但我不干活闲着反而病缠身,出些力气浑身舒服了,病也走了。

我感叹说:看来,在高原上干活还能治病呢。

老胡摇摇头:说不清楚,说不清楚。

其实我明白,这是劳动锻炼、心情愉快,再加上精神达观的综合作用。

多么可爱的老油田职工啊。

小葛的日子

吴堡作业区的午107井场,位于陕西省志丹县吴堡乡北洼村境内,是全国陆上最大的丛式井组,有几十口采油井,全集中在一块海拔1000多米的坡顶平地上。

在阳光的照射下,红顶蓝身的采油树排列整齐,分外好看,它们有规律地低头抬首进行工作,显示出一种现代油田的集团式作战气派。

这几十口井,只有一个小伙子看管,他名叫葛慧军。

小葛是山西人,生于1991年,招工来到油田,他全程参与了午107井组投产投运工作,并成为值守在这里的第一位员工。午107井组产出液采取密闭输送的工艺流程,杜绝了因原油拉运形成的污染风险。采出水100%回注利用,伴生气实行回收发电,应用节能新技术,打造资源节约型企业,确保清洁文明生产。井组道路修建导流渠和涵洞,井场修砌砖混结构围墙,井场内建设"三池一渠",井组周围种植花卉树木,创建良好的生态保护环境。

独自看守着这个井场,我问小葛累不累,他憨厚地一笑,说:不累,习惯了。

小葛每天早上6点起床,7点准时向作业区报告注水、憋压情况,然后开始巡护。设备的运转、出油、电机、连杆等,齐齐检查一次需要两个小时,不管是烈日暴晒,还是刮风下雨,他的工作程序不变。完成了例行巡护,小葛还要平场、种草、擦拭井口。马上就要刷漆了,为这些采油树换一次装需要一个星期,而且每季度要刷一次。这儿是重点检查对象,道道工序都不能马虎呢。

井场外有间彩钢房,是小葛的宿舍,10多平方米的室内,一张桌子,一个架子床。桌子上摆着管钳、扳手、锉刀、毛刷等工具,从小到大依次排列,像接受检阅的武器,小葛是它们的主人。

门背后有块小镜子,用胶带粘在那儿。看来,虽然只有一个人,但他还比较注意自己的仪表。

身高只有1.68米的葛慧军,上中学时喜欢体育,想当搏击运动员,但没机会实现。

在这儿上班,40天倒班一回。与小葛轮休的,是大学生刘斌,学计算机专业,已36岁了,妻子在西安,孩子才3岁。

在安塞油田,两地分居是常事。当然也有夫妻井,但只要提起孩子,守井的女工就会哭,因为照顾不了孩子和老人,内疚。

丛式油井

小葛还好,年纪小,单身。

不过一个人有一个人的好处,也有一个人的苦闷。

小葛攒了一年钱,买了一台联想笔记本电脑。他的偶像是《非诚勿扰》栏目的主持人孟非。

问他一个人寂寞吗,回答说:有时寂寞。郁闷了,就大声唱歌;看见放羊路过的乡亲,就与他们说话,留他们喝茶。

问他找媳妇了吗? 他说:那是第二位的。

又问:那第一位是什么?

他说:首先要转成正式工。

原来,葛慧军现在还是劳务工,如果连年能评上先进,几年后就可转成正式工了。

祝他的愿望能达到。

小寇的婚礼

寇永峰今年4月18日结婚,是杏南作业区应急三班的大喜事。因为他已经38岁,才有机会当了新郎。

以前也谈过几次对象,但由于他在工地,常与人家不见面,缺乏沟通交流,容易吵架,一吵就分手。

他的父亲以前是一个井队的指导员,有一次在钻井平台抢修时,被钻杆打下来,跌落十几米,成了残废。母亲身体也不好,患类风湿。

去年,母亲又突发脑溢血,住进西安医学院,小寇请假回去看母亲,主治大夫见这小伙子人诚实,就把同事小黄介绍给他。小黄是消化科的护士长,开头觉得找个石油工很新鲜,便答应了。他们通过电话、QQ谈起恋爱来。但时间一长,聊的多,见的少,别的女友逛街、看电影有人陪,自己孤单一个,小黄就有点儿动摇。寇永峰是个直性人,有一次两人在电话中吵起来,他差点儿又要分手。但小黄自己是个敬业之人,毕竟还是喜欢敬业的男朋友,最后两人终于走进了婚姻的殿堂。

婚礼这一天,寇永峰的同学都来了。在长庆驿马石油技校同班同学中,寇永峰是最后一个结婚的。连17年前的班主任老师,也应邀而至,还发表了热情洋溢的讲话。

结婚后,大家觉得寇永峰的心更细了,院子里的花木、小鱼池,在他的照料下充满勃勃生机。

5月3日,小黄从西安出发,要到工地来探亲,同事们开起寇永峰的玩笑。但小黄走到厂部河庄坪,还没来得及上山,就接到医院电话,说是有外国的代表团来访,让她速返单位。敬业的小黄只好回去了。

寇永峰望着山下,理解地摇摇头。

鲜艳的红衣裳

探访安塞油田的过程中,我常看到黄色的土地上,闪动着一团团红色的火焰,呈现出一种生态油画,工业美学的效果。

我很喜欢石油工人的红工装,特地要了一套留作纪念。

后来,我了解到,这红色与通常的红色不同,它是以90%的红色颜料加10%的墨色颜料染成的纯棉质衣料,防火防静电。鲜艳、大方,火红,安全警示;橘红,微黄,表示吉祥如意。

其实,这红色象征石油工人对事业的赤诚,对生活的热情,有一种审美情感在里边。

杏南作业区的李晓卫书记说:我们要建设生态家园。

为此,今年他们去甘肃买了半车黄花,去延安买了375棵梨树,去西安买了350棵核桃树,还有枣树等,分给大家栽种,到秋天每个职工可以分到一定数量的桃、梨、枣。有一次去银川出差,李晓卫顺便用车拉回了18只鹅,给6个井区分下去,还让每个站养20只鸡,自己收蛋吃。有个站养了一对野猪,老百姓每只掏3000元要买,他们还舍不得。有个站养了几只藏獒,还产出十几只小藏獒,每只藏獒值一辆小车。

杏南作业区有个摄影协会,起名叫"视觉风尚工作室",李晓卫自己带头买了尼康单反相机。他们利用休息时间去周边采风,拍了照片回来大家在一起交流、研讨、提高。

还有乒乓球协会,起名叫"你弹我弹大家弹",也经常举行比赛、颁奖。

李晓卫说:这些举措看起来是闲事,但使业余生活丰富多彩。

过去,青年职工下班没事,晚上就喝酒,喝多了免不了就会滋事。要不

高原落日

就打麻将，分成很多摊子。现在好了，每个人都有兴趣爱好，井区整洁干净，生活有条有理。

在吴堡作业区，我看到大部分油井都被绿色包围，形成了"井在景中，景在井中"的美丽风景。该区综合管理室刘永丽说：我们是安塞油田海拔最高、距离最远、条件最艰苦的作业区。但风景也最好，春天花香扑鼻，夏天绿树成荫，秋天红叶灿烂，冬天银装素裹。由于地形高，眺望日出日落非常壮观。

村民李世龙说："石油工人的到来，给我们当地村民的生活带来了翻天覆地的变化，现在电通了，路宽了，山绿了，每家都用上了自来水，现在不用出远门，在家门口给油田打个临工就可以养家糊口了，这一切真的要好好感谢油田。"

绿色通道

一

公元 2010 年 8 月 19 日，照样是一个酷热的天气。飞机在天上飞，汽车在地上跑，鸟儿在树梢上叫，鸭子在河水中笑，太阳公公在众物之头顶认真地值勤。人有两条腿，车有四个轮，地球有转动的轨道，世界正常地运行着。

中国铁路 K165 次列车，从古都西安出发，越过关中平原，一头钻进苍莽的秦岭腹中，在状若曲肠般的铁路线上辗转穿行，时而山洞，时而峡谷，时而江畔，时而崖头，经过几个小时的奋进，终于出了大山，驶上美丽的成都平原。

人们说秦岭是中国南北分界线，果真如此，岭北的陕西炎阳普照，岭南的四川却大雨倾盆，气温亦下降不少。

连接在车尾的中国邮政车厢内，西安邮区中心局火车邮件转运局的三名押运员正忙碌地工作着。他们整理着刚从德阳站送上来的东西，又把满车中对成都方向的邮件进行复牌移位，做好下件和接件的准备。

他们是西昆 4 班的班长李新民、机要员刘征宇、押运员刘胜利。他们都有 20 多年的押运经历，是一个团结的、和谐的、能吃苦肯干的小集体。

刘征宇偷闲喝了一口茶，说：还是成都好啊，凉快。

刘胜利说：我还是觉得西安好，热是热，但干爽，这边雨水多，潮湿。

李新民望了望窗外，担忧地说：今天这雨真大啊，下得人喘不过气儿，不知哪儿又会遭灾！

其实在不知不觉中，他们正在走向灾难。

二

　　火车头像一个巨大的飞梭,犁开厚厚的雨帘,往前疾驶,下午3时许,慢慢地接近石亭江大桥。

　　石亭江发源于九顶山东侧,流域虽然不大,但变化多端。温顺时它像一个飘逸的玉带,缠绕在山间;可到雨季,洪水暴涨势若狂龙,吞噬着下游的一切障碍。此刻,由于山中连降暴雨,汹涌的浪头不停地冲击着石亭江大桥,平日宏伟结实的桥墩,也开始颤抖起来,出现裂缝。这座大桥建于20世纪50年代,毕竟有点年迈体衰了。

　　列车内却很平静,有些旅客读书看报,有些旅客尚午睡未起。偶尔有几下手机短信传递的"嘟嘟"声,扬起生活情味的颤音。

　　而那挂在车尾的邮政车厢里,李新民等人正在忙碌地整理着邮件,迎接成都大站的来临。突然,"咔嚓嚓"一阵爆响,列车剧烈地晃动起来,物件迅速滑动,人也摔倒在地,十几秒钟后,终于刹车不动。

　　李新民爬起来,嚷道:"在桥上紧急停车,肯定是出事了!"

　　他们拉开边门一瞧,天啦,只见两个桥墩垮塌,桥面折断,15、16号车厢已经悬空,车体呈"V"字形,正在下沉。桥下洪流滚滚,巨浪滔天。眼看着17号车厢也有一半开始倾斜,随时都有坠江的危险。

　　李新民叫道:"不好,火车要沉,快行动。"

　　话未落点,机要员刘征宇已经冲到保险柜前,打开柜门,抢救机要邮件。押运员刘胜利双手抓起满地散乱的邮包,向车厢两边堆放,腾出一条安全通道。李新民则冲到车厢的连接处,拉开和17号车厢相连的车门。

　　车门刚开,列车乘警长已带着16、17号车厢的旅客拥了过去,老人嚷着,孩子哭着,惊恐的尖叫声不绝于耳,死神像无形的大网,笼罩在众人的头顶。"快,从这边走。""别急,都能出去。""把孩子给我。""小心老人跌倒。"三位身着绿装的邮政押运员此时变成了抢险队员,拉的拉,扶的扶,协助旅客迅速撤离到地面。

　　就在最后一名旅客转移出来时,只听一声巨响,那悬空的15、16号车厢轰然断裂,掉入江中,在洪流中翻了几个滚儿,卷到200米开外的下游。

站在岸边的人们齐声惊呼起来,好险。

幸好,由于反应迅速,撤离及时,无一人伤亡。

三

雨还在下着,桥梁摇晃不已,其他车厢尚在危险之中。

李新民三人分别用自己的工作服,将14袋机要邮件包裹起来,背到邮政车下。

他们找到桥头一个小小的废弃的巡道房,勉强将邮件塞进去,人却只能站在雨中。

正喘气儿,李新民左顾右盼,发现头顶的一根高压线,被狂风吹落在不远处,晃动飘浮,他立即说:"这儿不安全,赶快再转移。"

于是,他们又背起邮件,转移到另一个废弃的工棚里。经过核对清单,点数查验,所有的机要邮件安然无恙。这时,避雨的旅客,抢险的人员来来往往,拥挤不堪,场面十分混乱,三人便用自己的身体,将机要邮件包围起来。

6个小时后,德阳市邮局的同行们赶来相助,他们才舒了一口气。

晚上9点多,他们与邮政车厢内的1335袋邮件一起,被铁路部门拖回德阳车站。但是,李新民并未下车休息,他说:按规定,邮政车上始终要有人值守,我是班长,不能离开工作岗位。

四

事后根据统计,"8·19"桥断车毁突发灾难,短短几分钟时间内,经过邮政车厢的绿色通道,安全撤离了219名旅客,其中包含老人、妇女、小孩、病人等。

邮政押运员在危急中没有光顾自己逃离,而是挺身而出,抢险救灾,发挥了极大的作用,受到群众好评。

因为这次救援相当成功,创造了全部旅客"零伤亡"的奇迹,几天后,国家铁道部召开大会,对在这次事故中勇救旅客的K165次列车车组人员进行了表彰,乘务组被铁道部命名为"抗洪抢险勇救旅客英雄列车"、"全国铁路先进基层党组织",给予记大功一次,同时授予"火车头奖杯"荣誉称号。列车上的乘务人员也各获得几万元奖金。遗憾的是,名单中并没有这3位邮政押运员,大概他们不属于铁路序列吧。

李新民说:那种惊心动魄的瞬间,让人永世难忘。

还说:这种危难时刻,对我们平时的紧急预案演练是一个检验。

又说:表彰不表彰无所谓,干好工作才是主要的。

他们继续行进在铁道邮线上,为人们默默地传递着生活的信息和绿色的希望。

去登笔架山

一

　　1994年春季,贾平凹是在医院里度过的。

　　写完长篇小说《废都》,他已感到精力耗尽,身心空前的疲惫,麻烦的肝区又开始作怪。更没想到的是,《废都》的出版惹来了许许多多的非议,各种压力铺天盖地而来。尽管他的作品以前也有过争议和批评,可都没有这一次来得强烈。社会上已经有了谣传,说贾平凹犯了错误,被抓起来了等等。今后文学这条路能不能走下去,他自己也说不清楚。

　　与此同时,家庭生活也发生了变故,其中的酸甜苦辣真是一言难尽,反正他现在是一个人漂泊在外,过去那安静祥和的港湾不复存在。他只好将自己的病身,暂且交给了人人可以为家的医院。

　　睡龙眠了一冬一春,初夏来临,云开雾散,天气晴得真好。安康地区青年文学报的负责人黄正彦先与陈长吟联系,然后一同来医院看望平凹,并对他说,准备在陕南举办一个"瀛湖笔会",请他去给文学青年们指导指导。

　　平凹在此时刚好有出门的欲望,并且去的又是生他养他的可亲可爱的山清水秀的空气新鲜的陕南故土,于是就一口应允下来。接着,安康铁路分局的团委书记谭宗林也告诉他,岚皋县有座笔架山(后改名为南宫山),风景绝好,正在开发为旅游区,山顶上还有一具百年不腐的老和尚的躯体,你如果去参加笔会,顺便去游一下笔架山。他一听"笔架"两个字,心中叹好,这是养笔的地方,当然是应该去的地方了。

　　5月22日,出差北京的黄正彦绕道来到西安,热心的谭宗林也专程赶来

余秋雨、贾平凹、龙应台在西安

迎接,于是,平凹办了出院手续,与老费、长吟一起,登上了去安康的火车。

由于谭宗林是铁路部门领导,列车上专门为平凹数人安排了一个软卧包厢。车上,大家神聊了一阵,然后就打起扑克牌来,平凹与长吟联手,宗林与费教授对家,玩得很高兴。平凹离开沉闷的古城,情绪不错,手气也好,连连获胜。宗林说:你的此行一定顺利。

二

笔架山在陕西南部的岚皋县城东南方向的数十里处,属于大巴山腹地。因为景区目前正在开发,公路只修到半山腰,并且石块未平坑洼难行,小越野车像跳舞一样,摇摇晃晃地驶到公路尽头,已是半下午时分了。

大家下了车,只见一条茅草掩蔽的小路弯弯曲曲地伸向森林深处,带路的县林场张国华场长指着云雾缭绕的山顶说,从这里到金顶不远,我平常一个多小时就爬上去了,你们城里人没走惯山路,两个多小时也差不离的。

眼前的山峰看起来并不高,众人兴致勃勃地上路了。茅草路踩上去很舒服,路旁的奇树异花让人大开眼界,大家都钻进去照相。参加笔会的陪同上山的两个女孩子小洁和小丽更是天真活泼,一会儿唱歌、一会儿呐喊,惊得山雀展翅乱飞。走着走着,小路几乎消失了,行人只能在树林的隙缝间钻进钻出,脚前常常碰到倒塌很久的已经腐烂的老树,一派原始森林的气氛,那上山的坡度呢,也越来越陡。

富有经验的张场长拿出一把随身携带的砍柴刀,为每个人削了一根柴棍子拄路。然后他挥动柴刀,在前边破枝开路。大家上一阵,歇一阵,宗林问平凹:"行不行?"平凹点点头:"莫问题。"又扭头对落在队伍后边的老费喊:"教授,咋样,要不行我来拉你。"费教授笑了:"我要你个病人来拉!告诉你,上山就应该慢慢来,逞能一会儿就爬不动了。"

平凹并不听教授的忠告,仍然爬在前头。跳越一段小溪时,小丽姑娘的柴棍折断了,平凹将手中的棍子给了她,自己赤手前行。

这支队伍爬山的整体素质太差,两个小时过去了,还没钻出森林,还没看到山的主脊,此时夜幕已经悄悄降临,又黄又亮的圆月从山顶升起,挂在天上很近很好看。平凹说这么清的月亮西安看不到,就让长吟拿出相机,将他和月亮一起拍下来。

张场长要提前赶到山顶的护林人的房子去为大家准备晚饭,就蹽开大步先走了,带路的任务,交给了县委宣传部的一个小伙子。谁知他带着大家越过山脊又下了一段坡路,才发现路走岔了,只得折回来,沿着山脊上的平路继续向右行进。

众人在隆黑中,后者跟着前者的脚步踏行,担心再迷路,就一边齐声喊:"张场长、张场长,你在哪儿?"

平凹揿着打火机,用那微弱的光亮在前边照着路。

过不久,前方有了回音,还闪烁着一柱忽明忽暗的灯光,有人迎接过来。

晚上9时许,登山队伍终于走进了护林人的土房。

三

山顶上的夜晚气温很低,冷得人打战,大家围在一盆殷红的炭火前,边取暖边吃晚饭。

山野菜炒腊肉香气扑鼻,许是爬山累了饿了吧,大家的胃口都很好。平凹先吃了一大碗米饭,觉得肚里还有空儿,便又吃了一大碗面条,连说突破记录了。

饭后,围在火盆边,大家的兴致仍很高,微弱的蜡烛光亮照耀着一张张生动的脸庞,小洁提议每人出一个节目,获得众人赞同。先是小洁和小丽,分头唱了几支流行歌曲,有台湾电视连续剧《包青天》的插曲"鸳鸯蝴蝶"等等。轮到平凹时,他挠挠头说:"咱不会唱流行的,唱个民歌吧。"

于是,他的传统保留节目《后院有一棵苦李子树》又响起了,这次不同的是,他反复唱了三遍,尽管歌词是重复的,但一遍比一遍曲调悲怆,感情深沉,打动人心。在静夜的深山中,他的歌声是清晰的、深厚的,渗透着野花的旷达之气和苦艾的味道。

夜深了,该休息了,土房里只有一间木板楼,于是男的睡在楼上的通铺,女的睡在楼下的竹床上。平凹坐在床沿说:"其实这样的气氛很温馨,想想还是多年前在蔡家坡睡过大通铺呢。"

旁边的费教授翻了翻有点儿潮湿的棉被,担心有臭虫。平凹介绍经验说:你不要脱掉衣服,浑身睡,可避免虱子咬。费教授便和衣躺下,一会儿又觉得不舒服,翻起来谴责平凹说:你害人哩,不脱衣服咋睡得着呢。

平凹笑了,披着衣服坐在床头抽烟。费教授问:身体咋样,累不累?

平凹回答:还可以。我以前从未爬过这么高的山,对名山也没多少兴趣。就说华山吧,去了三次都没上去。这次还可以。

费教授理解说:可能与心情有关。

平凹没吱声,继续大口大口地抽烟。烟头上的光亮,在暗夜里一闪一闪。

四

清晨起来,云雾在山间缭绕,空气十分清新。院地上,费教授面对山谷,手舞足蹈地练气功,吐纳自如。平凹说,这山上只有教授最贪,他吸收的氧气最多。

人说山中的天气是孩儿的脸,说变就变,果真不假,刚才还是一派晴霞,正吃饭间,大雨又倾盆而来,群山被浓雾遮得严严实实。费教授说,这雨是他发功引来的。早晨练气功时,感觉自己飞到了云头上,云团儿在脚下挨挨挤挤,就挥手把云赶了过来。平凹说:那你再发功把雨赶走吧。费教授扶了扶眼镜,无以作答。

一下雨就更冷了,简直觉得寒气侵骨,让人不由地浑身打战。山上的几位农民将他们家里所有的毛衣、棉袄都贡献出来，供大家御寒。平凹穿上一件黑棉袄，看上去像个乡下的土老帽儿，惹得人们哄声大笑。可为了身体，谁在此时还顾照自己的形象呢。

山上的老妇也捂着嘴巴，在一旁偷笑这些有趣的城里人。长吟发现了摄影的好素材，就让平凹与老妇合个影。平凹同意了，老妇也很大方，他们并排站在院子的晾衣竿前，各自笑得闭不拢嘴巴，一张有特别意义的历史照片便在长吟的镜头中诞生了（后来有外地人看到这张照片，瞪大眼睛说：平凹和他妻子就是这个样儿啊）。

雨时下时停，大家抓紧去参拜了一百多年前圆寂于石阙间莲花木盆中至今不腐的法众达鉴和尚的肉身，攀登了险峻雄奇的金顶，观看了美丽的莲花峰，又到小庙里去打卦，还喝了庙侧那能治百病的神泉水。正待游览其他山景，大雨又来了，只好躲回土屋。

中午时分，雾散云歇，天边露出一抹亮丽的阳光，但大家已被瞬息万变的天气所教训，决定吃了午饭就下山。

午饭摆在露天院子里，有肉丝炒竹笋、烟熏豆腐干、酸菜魔芋块等农家食品，味道奇香，引人上口。填饱了肚子以后，踏上归途。

常言说上山容易下山难，雨后下山就难上加难。草是湿漉漉的，土是稀洼洼的，鞋是滑溜溜的，一不留神就跌跤，仿佛坐着划雪板儿蹓很远。宗林跌倒了，费教授跟着响应，两人屁股上腿脚上都是泥。平凹拄着竹棍子站在路旁哈哈大笑，费教授解嘲说：你是人小身子轻，所以能撑住。平凹说：我是有下山的经验哩。

跌跌撞撞在陡坡上滚下来，忽听平凹喊：嗨，我拾到一块手表。果真见他弯腰去

笔架山金顶

泥地上,拾起一块发亮的手表,仔细看了一下,又说:还是"西铁城"牌子呢。

众人泥一身、水一身的来到停车处,平凹又张扬地叫道:我拾了一块手表。

是我的。铁路局的小车司机举起胳膊应声,刚才掉在哪儿了,我都没搞清楚。贾老师啊,先谢谢了,回去我请你喝酒。

谭宗林拍了拍屁股上的泥巴块儿,望着平凹身上干净的衣服,说:贾老师,你今天算是创造了奇迹。

南宫山之行对平凹来说真是个奇迹。

这种登山的勇敢、毅力、心情以及身体状态他以前很少有过。

究竟是什么样的因素支撑着他呢?

一下子说不清楚。

五

回到安康城的第二天,谭宗林拿来刚冲洗出的照片,请平凹在背面随便写几句话作纪念。他看了看合影,高兴地笑了,提起笔来,在一幅众人排立山顶的照片后边写道:

持笔上南宫山,放于笔架上,时极冷且疲倦,穿山民衣,有憔悴容,可能是专为衬出旁边女子之秀丽也。

又在另一幅大家站于柴门前的合影照片后写了一首打油诗:

一行上南宫

脚下生轻风

柴门九条汉

一女在其中

红衣谭宗林

黑袄作山翁

平凹记之

九四.五.三十一

(诗中提到的女子即小丽,这张照片就交给小丽保管了。后来小丽出嫁时,又逢平凹到安康,就专门去看望了新嫁娘,这也是一段缘分。)

晚上，有一位在安康工作的大学同学来招待所拜访平凹，他有点儿兴奋地告诉学友：我来安康的前夕才出的医院，已经八个月没出西安了，这次选择安康，图了安康这个吉祥的名字。

他又告诉学友：上一次来安康，曾有人邀请去镇坪县，我没去。镇坪镇坪，那儿压咱呢。后来到平利县去了，平利嘛，对咱有利。

说来说去，总之，他对陕南这块土地有很深的感情。

六

返回西安不久，平凹的散文《游笔架山》就在报上刊登出来，其中描写南宫山景色的文字很精彩："早晨云就堆在庙门口，用脚踢不开，你一走开，它也顺着流走，往远处看，崇山峻岭全没了，云雾平静，只剩些岛屿，知道了描写山可以用海字。崖窝的左边和右边各有一簇石林，发青色，缀满的白的苔，如梅之绽。手脚并用地爬到石林高端，石头上有许多窝儿蓄着水，才用树叶折了斗儿舀着喝干，水又蓄满了，知道了水是有根的却不知道石头上怎么能有水根？庙前有一棵老树，树上生五种叶子，有松、柏、栲、皂、枸，死过三次，三次又活过来，知道了人有几重性格，树也有多种灵魂。"

上述这段文字，是他的观察和思考，读者是否能够从中领会出一些意味呢。

接着，他又投入了长篇小说《白夜》的准备和写作。

他以一个勇敢者的姿态，坚毅地攀登着一座又一座文学的高峰。

激情旬阳

书记的《兰草花》

我们在傍晚凉风的吹拂下，来到山间的农家乐。

正值熟夏时节，小院内外郁郁葱葱，绿树像忠诚又可爱的守护神，佑护着农家院的清爽和安谧。

枝头的枇杷肥黄肥黄的，桃子呢努着粉红的小嘴，诱得我们直流口水，主人见状，干脆摘一堆下来。

于是，大家一个个都变成了馋猫儿。

散文笔会结束时的晚餐，由县委书记钦定在农家乐举行。

这很对文化人的口味儿，大宾馆里的饭菜千篇一律，没有多少特色，更不会带来多少记忆和回味。

而农家乐则就地取材，全是绿色食品。

更重要的是，还有一个绿色的氛围和环境。

露天场院，木凳柴桌；清泉泡茶，山风送爽。

凉拌山野菜、清煮老豆腐、土豆炖土鸡、红苕粉蒸肉……道道香醇可口，吃得人嫌肚子太小了。

喝的是农家自酿的拐枣酒，度数不很高，用铜壶温热一下，那酒香就挤着跑出来，专朝善饮者的口鼻里钻。

酒过三巡，书记开始敬酒，他端着杯子，站起来，唱起了本地民歌《兰草花》：

兰哟草花，不哟会开，

开在那个高山陡石崖。

叫了一声哥,叫了一声妹,

带妹那个一把上高台。

他唱得很动情,嗓音浑厚悠扬。

他方正的脸上沁出细汗,眼镜片闪烁光亮。

酒醉人,歌也醉人。

书记唱着,其他人也合唱起来。

局长、科长、司机会唱。

洗菜的小姑娘会唱。

端盘子的大嫂会唱。

倒茶水的老爷爷也会唱。

这是一块歌声荡漾的土地。

书记曾说:我们要打造民歌民舞,让乡村有动感,让农民快乐起来。

他是一个脚踏实地的实践者。

他是一个名副其实的领唱人。

这民歌的歌词比较简单,但曲调优美动听,平易入心,好演唱,好掌握。

作家们也跟着学唱起来。

歌声在夜空中回旋。

一幅和谐的画面。

餐罢,夜深,乘车回城。

在下山的路上,我们意犹未尽,继续学唱着《兰草花》。

兰草花是一种不起眼儿的小花,但它开得随意,开得自然;开得浪漫。开得快乐;开得无拘无束,开得招人喜爱。

这是陕南的兰草花,这是旬阳的兰草花,这是一个山区县委书记唱的《兰草花》。

花与歌相生,歌与人同行,发自泥土的声音动听无比。

我们要把这歌声带到四面八方去,让它感染更多的朋友。

老百姓的"神"

神有时是具象的。

神有时又是无形的。

神有无所不可的能力。

神有慧通世界、预感未来的法性。

神活在信奉它的老百姓的心中。

神州—陕西—旬阳—红军乡。

有一条苍翠的山沟,树木参天,绿草茂盛,小溪从沟底穿越而来。悬崖下的山地上,堆砌着一座坟墓。

坟墓四周的坡岭上,挂满了长长的迎风飘舞的红绸带,漫山盈野,气势壮观。

鞭炮声时常响起,香烛时常点燃。

这是一块神地。

前来朝拜祭祀、烧香磕头、求神许愿的人络绎不绝。

有人求健康,有人求平安;有人求子嗣,有人求婚嫁;有人求财富,有人求前途。

据说很灵验。

这儿是什么神?

是"红军神"。

许多年前,有一支红军队伍在这里活动,他们为贫苦百姓求幸福,其中那个戴五星的班长,用山上的中草药,为乡亲们治好了不少疾病,被大家呼为"神医"。后来,他和另一个战士牺牲在这条山沟里。

本地的老百姓为纪念他们,称之为"红军老祖"。

红军生前为大家服务,死后变成了"老祖",还在佑护着我们。

我们逢年过节,就给"红军老祖"进香。

我们有心事,就向"红军老祖"倾诉。

我们有困难,就求"红军老祖"帮助。

我们把内心一切的秘密,一切的喜怒哀乐,一切的生身大事,都请"红军老祖"来裁夺判定。

"红军老祖"是百姓信任的"神"。

神就是这样诞生的。

诞生在老百姓的尊敬和信仰中。

诞生在老百姓的口口相传中。

"红军老祖"越传越神,于是,周围几个省的山民,都来朝拜,都来有所寄托,都来祈求幸福。

这是群众的一种自发行为。

这是对红军最好的纪念。

红军乡的那条山沟,自然植被、生态环境保护得十分良好。

它慢慢成了旅游景点。

电源来了,公路通了,车辆多了。

老农们用朴素的语言和朴素的感情,向游人讲述着"红军老祖"的故事。

他们的生活条件也发生了一些变化,日子比以前好起来。

他们说,这是神佑的。

是红军在继续为怀念他的山民们造福。

民间传奇就这样简单。

却又这样悠远。

汉水神女舞旬阳

旬阳城的地貌造型很独特,老城在一个山包上,河水在脚下环绕成趣,站在对面的山顶俯瞰望来,俨然一个"金线钓葫芦"的画面。后来,新城崛起,各占南北,双城对峙,形成一个大"S",酷似天然的太极图,所以又叫太极城。从卫星地图上看旬阳的河流,显得更开阔逼真,那是一个长袖善舞的神女形态。汉江上游干道是神女的身躯,老城圆山是神女的头颅,弯曲的旬水河流是神女挥舞的一根长袖,那汉江下游干道则是神女扬起的另一根袖管。

　　旬阳是汉水中上游的重要县份,是汉水文化的富集区,这儿民情醇厚,乡俗浓郁,秦风楚韵荡漾其间,蔚为大观。每到逢年过节,这块土地上载歌载舞,民间的戏剧曲艺表演此起彼伏,令人陶醉。旬阳是全国文化工作先进县,旬阳民歌也列入了陕西省非物质文化遗产。陕西省首届陕南民歌大赛,就在太极城里拉开帷幕,来自汉中、商洛、安康三地的100余位歌手,纷纷登台展艺。乡村文化工作者整理排演的《汉江号子》歌舞,受到各界好评,成为经常献演的保留节目。近几年,"民歌民舞,塑造动感乡村,让农民快乐起来,让农民热爱自己脚下的土地"是政府工作的基调。

　　从长袖善舞的汉水神女到歌舞升平的文化大县,该是如何的天启和对应哪。

旬阳太极城

艺术需要"一根筋"

拍摄电影《千里走单骑》期间,高仓健学会了句汉语"一根筋"。他说张艺谋:"你是一根筋。"

"一根筋"是陕西话,有多重内含,褒义是说有主见,有毅力,坚忍不拔,认准的道路就要走到底,轻易不拐弯;贬义是说固执己见,头脑板滞,缺少灵活。

在生活中,处事待物中,"一根筋"并不值得完全称道,但在艺术追求上,就是需要"一根筋"的精神。

我想起了几则小故事。

张艺谋卖血买相机

张艺谋出生在1951年,他初中毕业时正值"文化大革命",便于1968年去农村插队劳动,几年后被招到陕西咸阳国棉八厂当工人。那时,由农民变成工人,拿工资,吃商品粮,也算鲤鱼跳龙门了。其实工人也是个苦力活,拿钱极少,仅够糊口而已,可张艺谋偏偏爱上了摄影这个烧钱的勾当。搞摄影没照相机是不行的,买相机银子何来?于是他只有拿身体这个属于自己仅有的资本来赚钱,卖血最快,硬是存了几个月的血钱,换回了一台"海鸥"相机,就拍起黑白照片,自己又钻暗房冲洗。

张艺谋在摄影上可以说是自学成才,几年工夫,技术大长,还获得了全国性大奖。我存有一本当年的《大众摄影》杂志,就刊登着他的获奖杰作,那是一个梳着大辫子的漂亮姑娘,纯白的底色托出黑色的倩影,有着素描的效果,人物神态的展现和暗房处理的效果都比较成功,当时获奖是必然的。

到了1978年,大学恢复招生,张艺谋去报考北京电影学院摄影系,可他的年龄超了6岁,不允许参加考试,他在负责招生的老师面前磨了很多次,无法通过,那时执行规章制度严格,也不兴送礼走后门(估计张艺谋那年月也没有后门关系)。张艺谋急了,抱着他的摄影作品斗胆去找了文化部部长黄镇。黄部长看了他的作品理解他的心情,就批了一个纸条下来。电影学院领导一时并没照办,且让人去摸探了底细,知道艺谋与部长并无亲戚关连或其他私情,纯属部长惜才掖后的举动,这才破格录取了这个来自黄土地的小伙子。

张艺谋后来成了世界闻名的大导演,与他当年练就的摄影基础、与陕西愣娃身上那种"一根筋"精神是分不开的。

贾平凹的投稿之路

每个作家的创作之路,都从默默无闻地投稿开始,写了东西想发表,这是自然规律。贾平凹如今在读者中,都快成写作之"神"了,可他当年四处投稿的故事,又有几个人还记得。

话说公元1972年,贾平凹离开陕南修水库的工地,背着被卷儿走进了长安古城墙外西南角西北大学的校园,一接触大学,一接触文学,他就疯狂地爱上了创作,每天晚上写个不停,手稿积了不少,但光自我欣赏不行啊,得要社会承认,要发表出来。

当时西安刊物不多,一个《群众艺术》,一个《工人文艺》,后者门槛最低,还是内部发行,那么,就先给最低的投稿。

这天,平凹与同样热爱文学的和谷商量好了,借了一辆自行车,去工人文化宫送稿。为了与编辑老师处好关系,两人凑钱买了一包烟,准备见面给老师抽。收拾停当,吃了午饭,和谷蹬着自行车,后座载了平凹,怀揣烟与文章,丁零零急驰而来。

正飞奔间,忽听有人大喝:"下来,站住。"两人抬头一瞧,原来是骑车载人闯了十字路口的红灯,交警先生挥棒命令他们停住。两人推着自行车来到了岗亭下,交警先生伸手"咔嚓"就将车子锁了,又拔出钥匙装入自己的口袋,然后继续去指挥交通,将两位文学青年晾在了一旁。平凹与和谷急了,这自行车可是借别人的,值不少钱,他们赔不起,立即端着笑脸给警察大人说好话,承认自己带人,又闯了红灯,下次再不敢了。可警察阴着脸并不睬他们,平凹只好掏出原本给编辑老师抽的烟来孝敬警察,气氛这才缓和下来,接着他们又没话找话地陪着警察说笑。后来,香烟快抽完了,太阳也快落山了,警察终于掏出钥匙说:"你们写个检查,下次一定注意了。"钥匙返还了,检查是必写的,找不到纸张,平凹便将烟盒的内装纸抽出来,垫在岗亭的铁皮上,匆忙地写了检查书。

天晚了,烟没了,精气儿泄了,编辑老师也来不及拜访了,两人骑着自行车返回学校。

这是贾平凹投稿之路的一次剪影。其实很多老编辑都记得他背着书包来杂志社送稿的瘦弱的身影,也都看过他如雪片般投来的稿件,他就这样"一根筋"地写稿,"一根筋"地投稿,终于成长为一代大家。

陆南别致的书法

初见陆南,人们会有两种看法。他将满头长发束扎于脑后,一身休闲穿着,曾有人说他"背后看是大姑娘,前头看是老太婆,仔细一看才是个老头子。"这种奇异装扮,传统的人会心有微词,视为怪异;新潮的人则称其独特,时髦的叫法为"酷"。无论怎样审视,有一点效果是共同的,就是他会在大家心目中留下较深的印象。

这些都是外在的,只要看了陆南的书法,相信大多数人都会另眼相加。他的书法重在奇和秀。"奇"指的是字的结体丰富与布局的变化和谐,黑墨在他的笔下,粗细轻重浓深浅白没有固定的规律,完全根据所书的内容和篇幅来调整。他写字打破了法帖的陈式,渗进了国画的韵味儿,重在字的意义及造型。"秀"指的是他的字常常很瘦,尤其是隶书,似坐禅的老道,有一股清俊的书卷气。

陆南没有专门学过美术或书法,他一直在纺织系统工作,严格说,是书界圈外人。他的头顶没有耀眼的光环,没有镶金的招牌,也没有可以凭借和支撑的师承。多年前我们认识时,他只是一家小报的记者,偶尔腋下夹着一些自己的绘画作品,看不出有多大的"势",但人却幽默有趣爽朗。后来他消失了,数年不见踪影和声息。

当他再次出现时,竟拿着准备出版书法集的样品,交谈中才知道,他这几年一边在外地云游,一边潜心于写毛笔字。刻苦钻研使他对书法有了较深的理解,沧桑的经历加重了他笔下雄沉的墨色。外地人开始并不知道陆南是何许人也,现在奇装异服的酷哥儿多了,可是看了他的字,竟立即收购热情礼遇。他靠一管竹笔,征服了热爱书法的受众,支撑起不同凡响的品位,勾勒出自己人生的轨迹。

世事可以变化,为人能够群分,地域存在差别,但艺术欣赏是共同的。艺术家就是要用作品说话,这是亘古的准则。

陆南现在书无定法,行无常轨,他回西安只是短暂的停留。他的足迹向四方延伸,他的笔毫也在浸蘸着四海的风尘,人道与书道都在不断地长进。

一管竹笔走天下,这是多么好的人生状态啊。

陈忠志的颤抖画笔

国画家陈忠志的一幅作品《黄河儿女》,在北京的拍卖会上以418万元的高价成交,顿时震惊了画坛。

大家关心的是画价,可这个七十多岁的老教授老画家如今全家还住着70平米的旧房,并且他还身患高血压、帕金森症等多种疾病,了解的人就少了。

帕金森症俗称"舞蹈病",就是手臂要不由自主地不能间断地动来动去,这对手握画笔的人来说可是致命的隐患。

看过陈忠志作画的人都发现了一个特异现象,他平常手臂舞动颤抖不宁,可一旦抓住画笔来工作,那只手就正常了、听话了,奇迹出现了。原来是他身上的"一根筋",控制了手臂上的神经,可这控制的过程,该是多么艰巨啊。

这就是"一根筋"的力量。

才女们

且听那瘦瘦的叹息

霏霏细雨中,王春撑着一把花伞走来。

宛若一只高冠的、细长的花蘑,缓缓向前移动,最后,停在了我的面前。

我要出一本书。她说。

好事。我点点头。

我自己设计,自己插图,按照自己的想法编这本小书。

那更好啊。

你猜叫什么书名?

我费心了一下,无法确定地摇摇头。因为她比我年轻,比我新潮,比我敏感,比我有才气。

请你来爱。一声叹息,从她那瘦长的身躯中发出。

请你来爱,这其实是大多数人心中的渴望。

但将这句话定做书名,是需要一些勇气的。

不过,在我的理解中,这里的"你"含义很宽泛。宽到广大读者,窄到个别知音。这里的"爱"包涵也深远,可以是爱我的整个世界,也可以单指爱这本小书。

王春伉俪都是我的朋友。

在这个前提下,理解她的叹息,我就从容一些。

慷慨高歌是文学,婉转低吟是文学,轻轻叹息更是文学。

高昂让我们激动,低吟使读者沉迷,而那叹息,则把些许淡淡的忧愁,点播在人的心头。

其实,生活中,高歌是很少的,低吟是偶尔的,叹息倒是常有的。

王春的作品,是叹息的产物。

她的散文都不长,并且她喜欢写那些只有数行文字的短章。

最先读到的王春的作品,是几年前,刊登在西安中国画院院刊上的那篇《梦游青海》。

高原上浓重的大气的风景,在她的笔下变得很轻很淡。因为她不着意于现实环境的渲染,只阐述客观事物于自己心中引发的反映。我们透过那重重叠叠的景观,看到的是一颗善心轻微的细致的感叹。

读完文章,有些不过瘾的遗憾,可这正是她的克制。

作为编辑,编发她的第一篇稿子则是《流年》。与前相比,此作显得平实一些,深厚一些,饱满一些。因为是怀念父亲,她不用抑制地让感情汩汩而出,在内心的冲动中达到高潮。此文显露了她创作过程中深遂厚重、浓烈流畅的一面,与我供职的刊物风格比较接近。

但这种文字在她是很少的。只是偶尔地迸发。

后来,读到她陆续写的一连串的短章,她比较偏爱这种类似随笔、杂感、诗句、音乐意象般的简洁文体。似乎这种格式更贴近她的生活状态,符合她的内心起伏,便于她的笔墨倾泻。表面上读起来杂乱无序,实则是一个敏感心灵的阵阵叹息。

这种叹息需要静静地进入,需要默默地认同,需要知音的共解。

所以她说:请你来爱。

王春有一枚闲章:人淡如菊。

这正是她做人的写照。

生活中的她静静地来,静静地去,不带来一点喧嚣,也不带走一片惊诧。她那瘦细的腰肢上,总裹着一袭淡色的或浅格或浅花的衣裙,很少大红大紫的俗艳。不事化妆,素面示人,本色如新。

偶尔一个电话,是暖暖的问候。

有一个词涌上心头:善解人意。

王春撑着花伞款款离去。

留下一串瘦瘦的叹息。

我们就来读读这真诚的忧郁的女孩子的叹息吧。

阿拉旦的草场

阿拉旦的草场在祁连山中。那儿云白天蓝,风轻林密,溪水潺潺,绿草充盈。这草场没有内蒙古大草原那么广袤辽阔,但绝不像高山草甸那么狭小单薄,也不似茫茫草地隐藏泥沼。这草场充满传奇的浪漫的富有人情味儿的色彩。

在祁连山北麓,河西走廊的南边缘,游牧着裕固族。这个民族只有一万多人,他们有自己的辖区———肃南裕固族自治县。裕固族没有自己的文字,因而他们那复杂的坎坷的历史就只能代代口传。他们骑着马,赶着牛羊,曾经浪迹了很多地方,最后在祁连山的怀抱里驻扎下来。祁连山的峰岭给了他们隐蔽的屏障,祁连山的雪水给了他们永不枯竭的滋润,当然还有他们赖以生存的丰茂的草场。这一切都是苍天之意,祁连山在匈奴语中就叫"天山"。阿拉旦是裕固族的女儿。

小时候,阿拉旦跟随着父母在山中放牧牛羊。她曾帮父亲挖掘窖洞累得胳膊红肿,她曾翻冈越岭去寻找失踪的羊儿苦得倒地痛哭,她曾几天几夜骑在马背上赶着牲口转场颠得头晕脑涨。十六岁那年,她骑着马儿到县城买盐,在书店里发现了一本文学杂志,就用买盐的钱买了杂志。回到牧场自然少不了挨父亲一顿骂,但这本杂志在她的眼前打开了一扇窗口,她躺在草坡上读着那些小说、散文,心想着一定要让自己的名字也出现在上面。经过几个月的打磨,终于弄出了一篇小小说,就斗胆寄给了那本杂志的编辑部,结果竟然刊登了出来。她在草地上打滚儿,与牛羊接吻,用冰凉的雪水浸洗发烧的脸庞。就在那时刻,草地上开出了一朵异样的花。

几年后到兰州,她想给文学杂志编辑部的老师打电话,可不知号码怎么拨。求助别人拨通了电话,又不知话怎么说。她心中的话太多,别人能听懂吗?一个裕固族小姑娘不标准的普通话,城里人会不会认为是胡言乱语？

如今，她在城里工作了，可她不习惯城市的灰尘与嘈杂，不喜欢高楼的压抑和人情的多变。她思念帐篷的羊粪味儿，渴望奶油的清香，需要牛羊的哞叫。时间一长，脑子郁闷，身体也不舒服起来。幸好她找到了一个自慰的办法，就是把思念转化成文章，寄托自己的心事。

阿拉旦的文章里洋溢着草场的气息，泼洒着阳光的灿烂，弥散着奶子的馨香。她笔下的牛羊骏马，显示着劳动者对牲口的怜悯及关爱；她叙述的草原人物，夹带着创造者生存的艰辛和忧伤；她描写的山水大地，闪露着赤子对上苍的敬畏与感激。

祁连山中的裕固族栖息地，有着阿拉旦的草场，这也是她的文学场和精神场。

夏日的草场上，开满了缤纷的野花。现在，有一枝文学之花正在绽放，这是裕固山区少见的奇特的花。土地来爱护，雪水来爱护，阳光来爱护，大家都来爱护，小心地来爱护吧。

顶楼的女人

唐卡穿着时鲜的新衣，站在她那百米高的顶楼的窗口，向下俯视着街道中来往奔驰的如小甲壳虫般的汽车，并心里揣度着车上各种人物的情态。

唐卡早期写诗，还出版过一本名字叫《沼泽地的吟唱》的诗集，我记得有一首诗的标题就叫《在伸手不见夜的顶端》，这个"顶楼的女人"也是她的小说题目，看来，她对"顶"是情有独钟的。现实的生活中，她也是个对人对物对事要求极高的女人，凡事有自己的主见，毫不妥协。我们曾就某些问题争论过，她的固执让人能拍案而起，但如果真拍桌子，她的响声会比你大，所以我就只得一口气好忍。我觉得在唐卡的精神世界里，能与她对话的人其实不多。

虽然后来不写诗了，但她把诗的高贵气质带进了小说。我总觉得她的小说的主人公，尤其是女主人公，都有些不流俗的因子。《你是我的宿命》中的韩子嫣，《荒诞也这般幸福》中的上官玉子，《顶楼的女人》中的锦秋与欧阳淑君,《魔匣,别打开》中的关美书,《你在找谁》中的几位青年女知识分子,都追求着生活的质量,情感的归属,灵魂的安妥。无论命运的悲与喜,她们都是梦想的实践者。

顶楼的女人,虽然陷身在生活的泥沼中,可精神仍在高处。

唐卡有时候也会脱下淑女的衣着,奔赴广阔的乡野。那时节,她是一副旅行者打扮,太阳帽、双肩包、运动鞋,笑声朗朗,丝毫也找不到顶楼的忧郁和叹息了。她走到哪里,都有较好的人缘,甚至连遥远的陌生的藏区,也有她结交的朋友。一个穿袈裟的喇嘛,半夜还给她打电话,不过人家是纯洁的出家和尚,可别歪想喽。唐卡每年都要外出几次,去那些荒凉的地方,在她的内心深处,诗人的浪漫冲动从未停歇。

她的身上有着淑女和浪女的双重秉性。

不过我觉得她今后的小说,淑女应该再淡些,浪女应该再浓些。

估计她又要站起来批驳我了。

晓 看 云 起

王晓云是汉江的女儿。她出生在陕南汉水的岸边,那儿的山岚水汽给她的生命中注入了诗意的成分,后来升腾为对文学的喜爱。

在陕南山中的时候,她就开始了文学写作,大多是一些小小说、小散文,虽然清新可读,带着泥土的芳香,但局囿于生活的素描,犹如村姑未见过大世面,单纯固然可爱毕竟眼界显得狭窄。尽管她很努力,可文坛上空的云层太厚,何时才有光明沐浴的喜悦,尚不得知。在每个酷爱文学写作的人的面前,都有一段长长的隧道需要通过,有些人很快走出黑暗,见到蓝天白云;有些人却一辈子都在隧道中摸索,找不到出口。

一个偶然的机会,晓云来到了上海,打一份文化工,其中数年的艰辛与曲折可想而知。在打工族中,有些人收获了金钱,有些人收获了爱情,王晓云收获的是文学。

她的第一个中篇小说《别人住过的房子》,在上海的一家刊物发出后,影响甚好。小说娟丽流畅的语言,从容不迫的叙述,带有神秘色彩的渲染,吸引读者一气终卷。此后,她连续写出一系列关于城市生活的中短篇,那种细致的观察、个性的塑造、当代气息的捕捉,让人耳目一新。

2003年,晓云的第一个长篇小说《梅兰梅兰》由花城出版社出版。读完《梅兰梅兰》,我觉得晓云已经走出文学初步的阴霾隧道,开始在文坛上空舒展自己潇洒的风姿了。小说塑造的梅兰,是一个带着鲜明的时代气息的转型人物,她从单纯、沉沦,到清醒,显现了当今生活中一部分女青年的曲折历程。小说写得开阔、厚实、故事性强,部分细节和语言描写也比较精彩。其视角、文笔,以及对生活层面的开掘与展演,露出了大气的端倪。女作者写东西,最怕的就是过于细碎、狭窄、单薄。还好,晓云一出手就摆脱了某些不利的局限。

我去过晓云寄居上海的住所,那是一栋旧楼中的一间窄房,破家具是房东留下的,只有一台较新的电脑闪烁着兴奋的光泽。晓云是个动静相宜的女子,静的时候,手捧书卷一言不发,可谈起文学的时候,神采飞扬滔滔不绝。那时节,望着她兴奋的面孔,我心中暗暗叫好。我一直认为,凡在文学上有成就的人,必须具备两个条件,一个是天赋,一个是狂热。光有天赋没有执着则经不起成长期的风吹雨打,浑身热情缺乏天赋则是先天性营养不良。

在晓云身上,这两种素质都呈现汹涌状态。

有蓝天,有醺风,云的风姿一定会变幻不已了。

一个女孩的泥塑梦

我只要一拿起泥巴,一捏起作品,心就能静下来。季夏说。

只要能让我坐下来安安静静地捏泥人,什么都好说。季夏又说。

泥是有生命的。我觉得我的泥塑艺术正在开出灿烂的花儿。季夏再说。

夜色正浓,清风拂人。一个动听的声音在诉说。

江水默默地流淌,几点渔火闪闪烁烁。

陕南—安康—桥南—上河街—汉水风情园—泥艺坊。

六岁那年,季夏看电视,有一个专题片将她震撼了。

电视片介绍的是天津的"泥人张"艺术,那老头儿能在袖子里捏泥人,神看完电视,小女孩失眠了。她身上隐藏的某根神经,被霍然弹奏和激发:我也要捏泥人,见到啥就能捏啥。

于是,泥艺之旅,从此启蒙。在学校里捏,在家里捏。别人说这小女孩中魔了,整天玩泥巴,不爱干净,不务正业。父母骂,邻居嚷,她只好背着人捏,更深夜静时捏。睡前将捏好的泥人藏在床底下,半夜醒来,拉亮电灯,摸出作品又欣赏一遍,有着莫名的兴奋。为了励志,她用小刀在自己手腕上刻下了"捏泥人"三个字。

终于,她的倔强,被父母接受了,当然是没办法地接受,是无可奈何地认同,是任其自然地叹息。那次,她捏了一个男孩子,背着竹笼去打鱼的情景,妈妈看到这生动有趣的"玩意儿"后十分惊讶,便认真对待和支持起女儿的爱好来。泥塑是美术的一种,捏泥人是观察能力和绘画造型基础的锻炼。后来她考上师范大学艺术系,是良好的发展也是必然的结果。大学毕业后,她又回到小城,回到汉江边,回到梦想之舟起航的地方,一边教书育人,一边聚神玩泥。

汉江的水好,清纯无杂质;安康的泥好,经过了千万年的沉淀。陕南的民间艺术丰富而生动,有着取之不尽的创作素材。她从江中打取最干净的新活水,又从地下挖出最深层的老黄土,加以食盐、蛋青、棉絮等材料,糅合出自己特用的软泥。接着,童年的记忆在脑中浮现,熟悉的情景在手中成型,那逢年过节时乡亲们耍狮子、舞龙灯、跑毛驴、采莲船等民俗生活,都被她捏成泥塑,一个汉水风情系列正在形成。

陕西是文化大省,艺术界的大师人数众多,他们也喜欢去安康看水品茶,深入民间。季夏有着得天独厚的条件,于是她又开始了一个名人系列,陈忠实、贾平凹、赵季平、刘文西、张艺谋等都被她捏成惟妙惟肖的泥塑。季夏用她美丽的手,灵巧的手,又把心血和汗水拌进富有灵性的汉江泥中,为艺术大师们塑造了另一种特殊的形象和生命。

隔壁的茶馆里,一阵"麻友"的喧闹之声泛出。

门前的石板街面上,一个醉汉哼着小调儿晃过。

现在,作为人子、人妻、人母的季夏,要专心致志地捏泥人,并不那么简单。

由往昔小女孩的泥塑梦,到今日的主妇生活,有多少青春可以挥霍,有多少理想能够夯实,有多少辛酸可与人说。

我不会放弃泥塑。季夏说。

泥塑是我的生命。季夏又说。

请大家理解我、支持我。季夏再说。

汉水静静地流淌,昼夜不息。

一方水土养一方人。

汉江人的血液中奔流着倔强的精神。

季夏是汉江女子,柔中有刚,泥中有骨,安谧中藏隐着激越,浮荡中自有一股从容。

我们期盼她成功。

远方的诗意与忧愁

在生活中,蒋书平是一个乐于探寻的女子,她从故乡那小小的大坝河出发,跟着河流的踪迹,穿过峻岭峡谷,到达汉江。在汉江边停留一阵,迷惘一阵,感慨一阵,又溯江北上,翻越高高的秦岭,来到长安。

在长安城中,蒋书平像个独来独往的红衣隐士,以笔当剑,挥去各种生活的浮嚣烟尘,舞出了自己的韵律和节奏,这就是文学创作。

在创作上,蒋书平同样也乐于探寻。她写过诗、散文、长篇小说、理论文章。题材上,也同样是从故乡的河流出发,写山、写水、写乡亲、写地理,然后进入城市,写市井风情,写各种人物及艺术现象的评论。

这册《河流传说》,是蒋书平的第一本散文集。平时,我们与蒋书平聊天的机会不多,只看到她匆匆忙忙地行走于西郊北郊,在变化多端的生活轨道上辗转奔波。通过这本书的阅读,我们才走进蒋书平丰富的内心世界,知晓了她的执着,她的锦心,她的才情。

浏览《河流传说》,最让我感动的,是第一辑《逝水流年》中的文章。那篇《大雪深埋》,可以说是她的人生自白。在很小的时候,每当看见白茫茫的雪覆盖村舍,她心头总升腾起一种莫名和忧伤,想走过雪到远远的地方去。长大后远走他乡,母亲总希望能常见到她,可她不愿回家,不愿与母亲多待。后来,母亲去世了,最后一眼没能看到她。如今,母亲深埋地下,上面又被大雪覆盖,再也没有一条道路可以通往母亲那里。于是一种内疚、一种忏悔,便深深留在了她的心中。文章在写亲情的时候,注意了细节的运用、环境的渲染、场景的描写、内心的独白,以及社会不同背景的呼应衬托,因此厚实而感人。

还有《白杨树》、《雪地上的乌鸦》、《隐隐约约的水响》、《上山,下山》、《草葩淖纪事》等篇章,也呈现出一种委婉沉郁的质象。

我希望蒋书平把这类风格的作品继续写下去,再浓一些,再厚一些,再广阔一些,再强烈一些,演化到极致,便是一种好散文。

每一个作家都有自己的生活领域,自己认知世界的角度,自己抒发情感的方式。有些作家很幸运,一开始就找准了自己的路子。有些作家则费力一些,需要经过长期训练才能走上正道。

蒋书平的起步是饱满的,她与河流为伴,目标自然流向远方。

在《大雪深埋》一文中,她曾这样写道:

"远方有什么,我追逐着什么?"我常常这样自问。

"远方什么都没有。"我又常常这样自答。

其实,远方有诗意,这是散文。

远方有忧愁,这是散文。

远方什么都没有,这还是散文。

散文表达一种情绪,而情绪升腾在我们心中。物质的有,演化为精神的有;物质的没有,在精神中还是有;即就是远方苍茫大地混沌一片,我们心中的感受却会清晰如丝。

我相信,蒋书平的探寻不会停止。

有诗意,有忧愁,有无尽的远方,蒋书平的文学河流自然会奇妙多姿。

素描吴文莉

那天,曲江新区办书市,我们应邀去签名售书。

因头一天下小雨,主办人将签名地点放在了大雁塔北广场的"红木阁"里。铺着地毯,摆着书案,还有高档沙发、茶桌等布置,环境很是优雅。我一看,这分明是书画家挥毫表演的场所,而文学书是要普通读者来购买的、阅读的,还是平常一些、大众一些、离老百姓近一些的地点好。

我提出换个地方,到广场上去。

刚好,外边雨停了,天上露出太阳朦胧的可爱的影子。

主办人说,外边只能摆小桌子,可能简陋一点。

我说,有桌椅就行。其实嘛,作家写作就只用一张普通桌椅,与豪华阔气无关。

于是,临时在广场上摆了一排条桌。《紫香槐博客散文丛书》的七位作者,于桌后坐好,面前放着他们各自的书。

这时才看到,现场签售著作的其实是9个人。东边坐着老爷子孙见喜,售他的长篇小说《山匪》;西边坐着一位纤秀的女子,也摆着一部长篇小说。

这女子就是吴文莉。

苗条的身材,恬淡的笑容,清新的气质。

她用坐在银行的柜台后边数钱的细手,写出了厚厚的长篇小说。

名字还叫《叶落长安》,很感沉重的题材。

更没想到,吴文莉还是个画家。

那天签名售书结束时,她送给我们每人一本画册。

我把画册带回家来欣赏。

欣赏文莉,需要安静。像赏花,心中不可浮躁。

她的国画,以工笔为主,以花鸟见长。我最关注的,还是那些取材于长安的画面。古老而沉雄的长安古都,在她的笔下变得凄清细致。但她的命题又是厚重的,比如《苍茫长安雪》、《叶落满长安》等,大气的标题与精细的笔法形成对比,自有一股深意在其中。

正如她的人,表面是恬静的,思想深处却是激越的。

吴文莉网上的博客名,也叫"叶落长安"。

她与古长安有解不开的情缘。

博客里有她的画,她的一系列文章。

在文章里,她叙述了创作小说的艰辛过程,令人感慨唏嘘。

还有她写画家写老师的散文,文字凝练传神。

我以我的方式爱我的西安。她充满感情地这样表白。

写作中的吴文莉,是疏朗开放的。

后来,她来我的办公室,翻阅着我的摄影小册子,莞尔笑了。

怎么啦？我问。

她指着那幅名叫《宫墙上的小野花》的摄影作品说,我也画过这种角度。

她又翻开她的画册,把《长安一片月》指给我看。

我拍的是大雁塔老围墙上长起的一朵小黄花。

她画的是小雁塔的塔影、圆月、宫墙、花丛。

英雄所看略同。

审美比较接近。

我用文学的目光在看摄影。

她用文学的目光在看绘画。

现在,关于吴文莉的发展,各有所论。

美术界的人士说,你要多画,绘画是你的专长。

文学界的人士说,你应多写,你的文笔很好。

我说,这不矛盾呀,画家吴冠中、黄永玉、韩美琳、陈丹青等都写得一手好文章,作家中也有不少丹青高手。现在,艺术越来越边缘、多元化,不必强行划界。

她笑了,点点头。

其实,当初从待遇丰厚的银行辞职,她的心底就有了坚定的选择。

过几天,她发来一则手机短信。

内容是:感谢你的支持,我会多写一些散文给你看。

我回了一信,内容是:

阅读吴文莉,这是一种美好的期待。

南窑面孔

南 窑 头

南窑头,在西安市区的最南头。

为什么叫窑头,可能古代这儿是烧窑的地方吧。想那鼎盛的周秦汉唐时期,这儿一定炉火熊熊,长夜不熄,供应着古长安城人们生活使用的陶器,以及建筑所需的砖瓦。西安的很多老地名,都与民间的日常用品有关,好记。现在,我们通过这些地名,可以想见古长安城当年的庞大格局和散布四野的生活气息。

我有几个朋友喜欢收藏秦砖汉瓦,比如作家朱鸿,摆了一屋子的瓦当。他的珍藏中,一定有出自南窑头的产品吧。

现在,南窑头早就不烧砖瓦陶器了,那些高高突起、颜色深红、容貌沧桑的古窑,也早就拆成平地了。

但南窑头仍然很热闹。从西安市中心钟楼出发,就有29路、512路、608路公交车抵达那儿,可见行人往返的频繁。

如今的南窑头,实际上是一个城中村,它藏在高楼大厦的怀抱中。

那地方大范围被称做"西高新"。公交车出南门,过南二环,进高新区,挨近西安软件园,驶到科技四路,但见摩天林立的楼宇之中,突然出现了一个四方形的低矮区域,这就是南窑头了。

南窑头村民的土地,已经被政府征用,但中国人眷恋故土,并不愿意迁走,于是政府就在高新区中划出了几百亩地,统一盖成一排一排的三层小洋楼,分给老村民使用。

虽然土围墙已经被铁栏杆代替,砖瓦房也变成了钢筋水泥结构,家家户户的门脸一模一样,但南窑头的房主们仍然是农民身份,他们的心仍离不开乡野自然,离不开五谷的芬芳。

市井小照

失去了土地,没有了庄稼,生活只能靠出租房屋的费用来维持。于是,自家住一层,其余两层全部隔成小间出租。

在南窑头租房的,以单身为主,大部分是年轻人,有大学生,有刚上班的白领,有等待机会杀出江湖的青年,有做小生意的男男女女,有打零工的强壮汉子,有开发廊的美丽小姐……组成了南窑头独特的充满朝气的小社会。

南窑头分东区、西区两部分,中间由一条行车的马路分开。全村共有近百排楼房、965户人家,容纳着一万多流动人口。

南窑头是个各种生活设施齐全的独立社区,有小学校、幼儿园,有食品商店,五金商店,有东南西北口味的饭馆、小吃摊铺,有购物超市、邮电超市,有书吧、话吧……不用出村子,就能解决全部生活所需。

南窑头依旧火热,不过这个火不是烧窑的火,是社会之火;冶炼的也不是砖瓦,是经历着生活考验的人们。

现在,南窑头是西安市区的十大名村之一。这些半城半乡的城中村,是中国西部地区新时代的新产物。土地面貌的转化、居民身份的转化、消费心理的转化、生活方式的转化,不断地涂改着我们眼前的画面。

婚介所所长

博爱婚介所所长老常,是社区里出名的人物。

他个子不高,好像小时候干的重活儿多了,压得变了形。面目似乎也没长开，鼻子眼睛离得太近。许多熟人见面就喊他"常大郎"，他也不生气，乐呵呵接受。

但老常的婚介所人气很旺，前来登记求偶的俊男美女不少。原因是老常工作认真，他全身心扑在这事儿上，不厌其烦地为孤男寡女们牵线搭桥。他就住在婚介所后边的半间房里，几乎是二十四小时营业。单身男女如果心里郁闷，可以深更半夜给他打电话来倾诉，他会耐心地进行精神安慰。结了婚的夫妻假若斗气吵嘴，也可随时上门来找他聊天，在他的如簧巧舌下得到劝解。

婚介所每周末晚上举办交谊会，开头由常所长进行一番人生演讲，结束时他会即兴献唱一首流行歌曲。别看他个子矮，但嗓门很洪亮，一开口就技压众场，博得雷动掌声。然后是自由结伴跳舞，常所长带头下场，他专挑高个子美女做舞伴，小头凑在人家的乳房上，倒有一种戏剧性的效果，惹得众人仰怀大笑。但音乐一响起，老常身材灵活，姿势优美，舞伴反倒显得笨拙了。越到高潮，老常越是激情澎湃，浑身都是热点，看得众人目瞪口呆。于是，很多女人喜欢找老常做舞伴，一来他是公众人物，没有嫌疑；二来能够跟老常学习技巧，求得进步。

人与生活，不在乎外部条件优劣，和谐了就好。

有一次社区过年搞聚会，大家出节目，一位教授编了段快板，题目是《常大郎独占众金莲》，说的就是老常的事儿，演出后效果极好，老常还带头鼓掌。人们问其原因，老常说："能让大家高兴就是我的快乐。"

但老常身上留着一些疑问，让人不理解。

比如说，他今年57岁了，还是只身一人。

他一直没有成过家。

一个婚介所所长，认识那么多女人，也促成了一对对夫妇，为什么不给自己介绍一个老婆呢？

有人关心所长，老常笑哈哈地说："缘分天成，缘分天成啊。"

只有极个别的朋友知道，老常阳萎，他少年时就得下这病根，没法享受男女之欢。

有一次,老常问朋友:"下边硬了是什么感觉?"

友人无言以对。

一个书法家的爱情

老路早年离异,然后出门东奔西走,靠卖字为生。

老路能写各种各样的字,有豪放的草书,有秀朴的隶书,还有飘逸的行书。他的书法作品有市场,一是他的书路比较宽,二是有"见客发货"现场编诗句的本事,三是嘴巴能煽风点火,善于推销自己。

我喜欢与老路一起喝酒,听他聊江湖奇遇,聊风流韵事,聊书法艺术。但他不谈爱情,可能是受的伤害太深了吧。

老路去陕南紫阳县城游玩。

他一个人扎着长头发,穿着宽松肥大的T恤,背后印着"艺术家老路"。他还提个女式花挎包,一副时尚夸张的装束。老路是个喜欢张扬的人,他说:我要在与人见面的第一分钟就留下深刻印象。

老路在县城的街上随意走着,不时举起手中的照相机,拍摄山城的建筑。那些吊脚楼、石板房、高高的台阶、窄窄的巷儿,在他看来都是艺术品。

他想拐到汉江边去,可找不到出路。看见街头站着一个面带微笑的大姑娘,就上前去打问。姑娘伸手给他指了方向,他说:我到这山城里就搞不清方向了,你能不能带我一下? 姑娘就带他走到岔道口。分手时,老路说:你是个好姑娘。姑娘说:我们这儿的人都好。老路说:对,都好,都好,你叫啥名字? 姑娘说:我叫香儿。老路从女式小挎包里摸出一张名片,递过去:我是艺术家老路,来这儿写生,住县招待所617房间,你下午有空过来玩,我请你吃饭。

傍晚,老路正在房间看电视,有人敲门,是香儿来了。

我在家没事,觉得你是个好人,就来看看你。香儿说。

快进,快进,我当然是好人。老路意外惊喜。

香儿带来了洗好的杏子,有点酸,有点甜,有点说不清的味道。

说不清是什么原因,老路在山城里多住了几天。

天天请香儿带路去拍照,天天请香儿吃饭,这个见识过众多女人的老江湖,为一个乡下姑娘留住了脚步。

香儿身上那种纯朴、正直、豪爽、快乐的气质感染了他。他给她讲自己的经历,讲书法艺术,讲西安城的生活现象。在她面前,他没有顾虑和防范,心灵自由舒展,有一股倾诉的欲望。他心里明白,香儿不是往事中的同龄,也不是艺术上的同道,但她那善解人意的大眼睛,给人以接收、同情、鼓励、信赖。

香儿也讲了她的经历,别看她年纪小小,别看她快乐无忧,其实,她心底隐藏着极巨的苦痛的忧伤。

香儿家贫,17岁辍学,沿汉水而下,出外打工。

她在湖北十堰市找到一份工作,为一家服装店站柜台。老板是个中年人,他给香儿生存机会、生活技巧,给香儿温情的安慰,也给香儿留下了一个不该有的种子。

生下儿子之后,老板突然消失了。香儿按照身份证上的地址,搭车到南方的一个乡村去寻找孩子的爹。地方找到了,但从来就没有这么一个人。原来,身份证是伪造的。

人海茫茫,再也无从找起。

香儿没法,只好带着儿子回老家。她给父母说,这孩子是拾来的。老实的父母亲相信了,就是不相信又能怎样?生活的道路,经常是无法改变的,你只能接受。有时抵抗会带来更大的伤害,接受反而会好过一些,长远一些。

现在儿子3岁了,将她叫姑姑。

香儿跟着老路来到了西安。

尽管年龄相差几十岁,但他们有心心相映的感觉。

他们在南窑头租房住下来。老路为人写字,香儿担当通讯员。

香儿说:老路是好人。我不要求什么,只要他对我好就行了。

老路说:香儿是个善良的、温柔的姑娘,我喜欢跟她在一起。

老路还说:爱情是什么,就是无条件地接受。什么门当户对,志同道合,那是条件的对等对立,相持相争。其实男人不需要那些外在的看起来美丽的条件,只渴望一份默默的理解和安慰。哪怕这个女人什么都不懂,只要她知道心疼男人就行。

老路再再说:男人天生是流浪狗,一辈子都在寻找收养他给他铺狗窝的女人。

有一天,老路喜滋滋地对我说:香儿怀孕了,医生说是个女儿。

祝贺,祝贺。我也为他高兴。

老路脸上绽开花:明年我60了,花甲之年得"千金",大喜啊!

我说:是个大喜事。这下子,你该结束流浪生涯,好好地养女儿了。

老路点头:告别江湖,认真做事,从此像个好男人。

一个有病的画家

山水画家老甄,晚年患了帕金森病,双手会不自觉地抖动。

但老甄精神很好,每日坚持作画,还参加各种采风活动。

有病之后,老甄的画风发生了明显的变化,有人说是进步,有人说是倒退,还有人说是病态。

去年美协组织到新疆写生,老甄也在其列。10多位画家乘了一辆中巴车,边走边画,丝绸之路风光独特,大家收获颇丰。陕西是"长安画派"的发源地,美术创作的实力受人景仰,画家们每到一地,都得到当地政府和艺术界的热烈欢迎。当然,酒不是白喝的,画家们在酒足饭饱过后,总要留点墨宝给当地。

在乌鲁木齐,盛大的宴会之后,陕西的画家开始表演。像这种应酬性的场合,大多数画家都是草草几笔交差,不会拿出真本事来认真对待。老甄则很严肃,他没法应付,打从患病伊始,他的人生态度也有所改变:自知有病在身,凡事加倍努力,争取做完做好。诸位画家的作品一一完成,10多张全晾摊在会议室的地上,结果,围在老甄的山水画面前的人最多,一边观赏一边议论。有人欣赏这幅画风格独异,别人画的树是直溜溜的,他的树是疙里疙瘩的(老甄手颤就画不直);有人评价这幅画有筋,有内在的节奏和力量;有人甚至惊叹他把中国画的传统与西方的印象派手法结合得惟妙惟肖。于是,其他画家受到了冷落,心中嫉妒不平。

表演之后是联欢舞会,主持人特别看重老甄,将最漂亮的维族女郎安排为老甄的舞伴。谁知跳到半截,女郎甩开老甄的手,提前下来,将老甄一个人尴尬地晾在场中。主持人询问怎么回事?女郎气愤地说:这人跳舞不规矩,手在我腰上乱动乱摸。有个画家在旁边乘机插了一句:这是老毛病,他就好这一口。主持人顿时不高兴,脸吊起来。采风团团长一看玩笑开大了,连忙解释说老甄患帕金森,手指是不由自主地乱动,可不是故意的,这个误会才算解除。

此后,这个故事成了美术界的一段笑谈,人们常常提起来调侃老甄,他现出一脸苦笑,也不知是兴奋,还是难受?

一个陪酒女的自述

我最大的本事,就是喝酒。

你问能喝多少?给你说吧,我不晓得,反正没喝醉过。

喝酒挺费钱!那当然,不过,我喝酒是赚钱。

怎么赚?方法多着哩。有一个基本点,就是陪男人喝酒。

想听故事,好啊。为了感谢你送我这包好茶叶,就给你讲一个。

这是前天的事儿。

那个周日的下午,闲着没事,我用"害怕孤单的女人"的网名,在网易聊天室"钓鱼"。知道什么是钓鱼吗?网络是茫茫大海,活动在其中的人就是游鱼。我摆着钓竿等待,不一会儿,就有一个名字叫"寻找暖心的小妹"的男人来搭话了。他问我从事什么工作?我说是私企文秘。我问他呢,他说是大学教师。他问我多大?我说25岁。我问他多大,他说人到中年,你把我叫大哥吧。他又问我个子多高?我说1.65,身材合适(其实我只有1.60,偏瘦)。他说请我喝酒。我说可以,喝完酒还有什么安排?他问你是不是处女?我反问他现在还有处女吗?他嘿嘿笑了,说,那你会不会做爱?我说凡是女人都会做爱,并且都喜欢。于是他就约我晚上7点钟在南大街的肯德基门口碰头,我知道这条好色的鱼上钩了。我撒娇说,大哥,我喜欢吃西餐,喝红酒啊。他说没问题。我说那你可把银子带足。他说你放心。

傍晚7点过几分,我收拾了一下,按照约定穿着黑衣黑裙,提着黑色小包来到肯德基门口,但见阅报栏前,有个40岁左右的上着蓝色短袖的男人站在那儿左顾右盼,我绽开笑颜走上去,他立马就认出来了。握手之后,他说咱们边吃边聊,去哪家西餐店呢?我说这旁边的粉巷口,有家"奥斯丁西餐",里边环境还可以。他说那行吧,走。

这家餐馆在地下室,里边很大,装饰典雅,有钢琴伴奏,气氛比较好。餐费说起来也不贵,每人48元,自助形式,中西风味都有。我们各自去挑了菜肴,然后坐下来边吃边聊。他的确是个大学教师,家庭生活不和谐,分居在外独住。人看上去还比较本分,但眼神中透露着性饥渴。他也打听我的情况,我说大学毕业两年了,在一家房地产公司上班。他问我有男朋友吗,我说有一个,是外地人,最近刚分手,人家回上海去了。

晚餐吃了多半个小时,出门来,才8点,他试探问,咱们先去宾馆登记房间吗?我说还早,先去酒吧吧。他点头说好。餐厅外不远处就是德福巷酒吧咖啡一条街,我带他去了那家有关系的定点酒吧。上二楼坐下,服务生捧来酒单,他说你点吧。我就点了一瓶780元的法国酒,加雪碧是800元。

两人举杯,有了酒,气氛就更暧昧了。我扬着脸,媚笑着问他,你觉得我有魅力吗?他说有,挺性感的。我又问,你觉得我能打多少分?他想了想,说,80分。你虽然长得不十分漂亮,但懂风情。我说谢谢夸奖,干杯。

一瓶酒,几下子就没了。我说再来一瓶吧,他说行。于是服务生过来收钱,上酒。

我们又举杯,他说你的酒量不错啊。我说我只喝红酒,有品位,有情调。我的酒量是锻炼出来的,老板见我能喝,常带我出去应酬。我借着酒劲儿朝他放肆地笑着,我知道这种本分的男人,他们并不喜欢淑女的忸怩,渴望的是一夜情的放荡。

第二瓶酒又完了,我说情绪还没培养上来啊,他说改天再喝行吗,咱们该去宾馆了。我说才9点半,去宾馆太早,还没到我休息的时间,没意思。

他说那咋办？我说酒没喝尽兴呢，再来一瓶吧。他犹豫了一下，只好掏钱又上了一瓶酒。

这次举杯，他不敢喝了，说醉了。其实我知道他是心疼钱。一瓶800元，是刚参加工作的大学生的一个月工资呢。他是个教师，能挣多少钱，就算在外边兼职多拿些讲课费，也经不起这样的消费呀。可他上了钩，春心晃动，退不出去，也不愿在女士面前丢面子，只好硬撑着。

第三瓶干完，他央求说，咱们走吧。我假装不懂问，去哪儿？他说去宾馆呀。我说酒还没喝好，"性"趣没上来啊，再来一瓶吧。他说钱不够了，便掏出口袋里的钱让我看，只有100多元余钱了。

我脸一沉，不高兴地说，给你说了请我喝酒，让你带足银子啊。你们这些男人，只图一夜情快活，又舍不得花钱，虚伪得很。他脸红着说，西餐请你吃了，酒也请你喝了，花了2000多元了，还不够吗？我说你请我吃了饭，喝了酒，我就该跟你去宾馆，陪你上床吗？咱们还有个认识过程，现在我觉得你啬皮、小气、虚伪、自私。我的那些朋友，都比你大方。

在我的数叨下，他很尴尬，不好意思起来。

我拿起包说，算了，不说你了，我很失望，走了。

我下楼，他跟到楼下，但我知道这种好面子的人是不会有过激行动的。我上了出租车，看到他站在酒吧门口发呆。

这就是我陪男人喝酒的一次故事。

你知道我怎么赚钱的吗？那家酒吧给我有30%的提成。第二天，我就去吧台拿了钱，三瓶酒总共2400元，其中的提成费快够我一个月工资了。

你说我不道德，是有点不道德，但我一没偷，二没抢，三没卖淫，只是利用了男人的好色心理，引诱他们进行了奢侈消费而已，这不犯法。

走上这条路，我也是迫不得已呀。在房地产公司做接待员，每月底薪800元，刚够租房和吃饭。我又没有社会关系，拿不到售房的提成，并且地震过后，高层楼房也不好卖了。以前在大学学的是旅游管理，专业现在根本用不上。

有一次陪客户喝酒，这家酒吧的老板精得很，看到我有几分姿色和魅力,关键是酒量大,就动员我为他们拉客人,然后给我提成。喝酒养颜还能拿钱,多好的事。

这个故事你可以写,但不要写我的真实姓名,也不要写那家酒吧的真实名称,否则就没钱赚了。

故事多着哩,今天到此为止。

藏药店里的画

那天在药店,看到墙壁上挂着一幅油画,画的是青藏高原的草地上,一只牦牛昂首挺立着,眼神中略带忧郁。远方的背景是苍茫的雪山,有一轮红日挂在半空,空中还有两只盘旋的飞鹰。

意境不错,谁画的? 我问售药员。

售药的是个中年男人,热情地说:这是我们老总画的。

咦,他在哪儿? 我又问。

在拉萨的药厂,是西安美院毕业的。售药员介绍说。

美院毕业的,怎么制起药来了?

说起我们老板,经历可有点传奇呢。

于是,在我的要求下,中年男人打开话匣子,聊起了这幅画的作者,也就是他们老板的故事。

主人公姓杜,甘肃人,10多年前从西安美术学院油画系毕业,自己开了一家广告公司。那年,有个大型运动会在西安举行,有人用40万元的价位承包了会上的广告业务,又要价60万转让给他。其实这笔业务有赚头,老杜也做得不错,可惜的是,他缺乏经验,为人又太实在,借款付清了承包费,但别人欠下的广告费却收不回来。那几年,债主找他还钱,他又找厂家讨账,夹在中间很难受。有时害怕见债主,东躲西藏不露面;有时没钱吃饭,临时找朋友拿几百。后来,索性逃到了西藏,在拉萨一家藏药厂做宣传策划工作,每月拿几千元工资,图个安静,可以一边打工,一边绘画。那个周末,他在拉萨河边画画,一辆挂着北京牌照的小车开过来问路,车上有两个颇有气质的年轻人。他给说了路线,但开车人还是没听明白,就央求他给带路。他便收了画架上车带路，结果在车上聊得投机。那两个北京人在中央某机关工作，是自驾车到西藏旅游的，当天晚上他们一块儿吃饭喝酒，这在拉萨高原是常见的事儿。奇迹发生在第二天，北京人觉得老杜为人诚实可做朋友，就让他带路去外县，到了那儿，看上一块草地，就商量要租下来，投资做土特产品加工厂。当地县政府一听这消息很高兴，100多亩荒草地，交了百万元租给他们使用50年。北京人要回去了，就让老杜出面注册了个公司，负责管理这块地，又给老杜留下几十万元开支费用，让老杜辞了药厂工作。过后不久，有权威部门发布，西藏某县发现了特大矿藏，矿藏的中心就在老杜他们租用的地界里。内地很多商家想去开发这矿藏，找到县上，县领导说这块地已经租出去了，是签了合同的，有法律效应。开发商只好找到老杜他们，出了2000多万元将土地转租了过去。这一转手，赚了2000万，三个人平均分了，老杜就拿几百万在拉萨买了一家制药厂来经营。

听完故事，我不由啧舌叹奇，如今这个大开发时代，真是什么机会都可能降临，关键是你能不能遇上和会不会把握。记得海南岛开发的时候，我的一位朋友炒楼花，一夜就成了百万富翁。

我们老总人品好，一打交道就让人信赖。中年男人告诉我，有钱后，老杜回西安还清了旧债，还慷慨报答曾接济过他的朋友。比如开这家小药店让朋友来打理，也是老杜报答的方式之一。

那他还画画吗？我问。

画呢，休假的时候开着越野车出去写生，摄影。

听说我也喜欢摄影，也去过西藏，中年男人就高兴地嚷道：好啊，下次老杜回西安，我介绍你们认识认识。

最后，中年男人从抽屉里取出一个小小的纸药包，神秘地说，这包药是赠品，是西藏一个寺院生产的，有养气还阳的功效，送给你，算是交你这个朋友的见面礼吧。你试试如果有作用，我让老杜再带些下来。

谢过这位热心的售药员，我出了店门。

独腿卖书人

南窑头社区今年评选出的模范人物，是摆书摊的老耿。

老耿快50岁了，在社区里人缘不错。他只有一条腿，另一条腿何时没有的，不晓得，也不好问。他拄着根拐棍儿，在社区里出售旧书。我常到他的书摊上去"淘宝"，也还常有收获。他有固定的货源，就是那些收破烂的朋友，会把四处回收来的书刊源源不绝地送过来。西安高校多，学生多，教授也多，读书人更多，有些人将新书买回去，翻一遍，觉得没意思，就处理了。像《中国摄影》、《中国国家地理》等精美杂志，还是很新的，但翻过年了，就当做过期刊物卖了废纸，其实品相与新刊差不多，里边的资料更是长期可以使用。

每次挑好书，算了账，老耿总是把零头除掉，不收。他知道我是爱书人，与他如今的行业有感情，就格外大度。老耿原来在手表厂工作的，不景气，早就下岗了。

单是人缘好，豁达大方，就能评为模范人物吗？还不行。

这其中是有故事的。

那一次，老耿进城办事，完了后从钟楼乘车返回。当时乘客非常多，人挤人，他一只手紧抓着车顶的横杆，一只手拄稳拐棍儿，一米八的个头，虽然少一条腿，仍像个铁塔。有个年龄大的老太婆想给他让座，被他阻止了。坐在车上的一些少男少女反倒无动于衷，似乎没瞧见这儿有个残疾人。老耿倒无所谓，他愿意群众将他当正常人看待。

车过南门站的时候，上来一个小偷，这家伙在人堆中挤来挤去，最后盯住了一个姑娘的挎包，准备动手。就在汽车一摇晃，小偷伸出手的时候，老耿发现了情况，叫了一声：大家看好自己的包！又拍了一下那姑娘的肩膀。小偷急忙缩回了手，那姑娘回头一看是个大男人拍她，以为是耍流氓，瞪了一眼，正要发脾气，却看见了老耿拄着拐棍儿，就忍下了。车辆继续前行，小偷仍不放弃，又一次刹车摇晃的时候，小偷从姑娘的袋里夹出了钱包，却被一只大手紧握住。老耿一用劲儿，小偷疼得哎哟叫起来。这时惊动了众人，姑娘回头也发现实际情况，一把从小偷手中夺回自己的钱包，连忙对老耿说感谢。此时,坐在车上的人全都站起来,纷纷给老耿让座。那小偷乘车到站门打开的时候,匆匆溜走了。

车到南窑头,老耿下来,正慢慢往回走,却发现与他同时下车的两个小伙子一前一后拦住了他,恶狠狠地说:跛老头,谁叫你多管闲事,找打挨啊!老耿明白,这是刚才那小偷的同伙,钱没摸着,想来发气报复。他静静一立,当小伙子伸出拳头的时候,拐棍儿一扬,啪地敲在了那人的胳膊上,那人抱着胳膊叫起来:哎呀,我的膀子断了。后边的小伙子抢上来帮忙,只见拐棍一扫,击在了腿上,立即蹲下去。老耿昂然站立,教训他们说:老子当年参加残运会,拿过标枪和铁柄的冠军,就你们两个小毛贼,根本不是对手。

刚才,旁边已有人打了110报案,这时警车赶过来,将二人带到派出所审问去了。

上述情节,是老耿当选为模范人物的主要原因。

我向老耿表示祝贺,他笑了,淡淡地说:我生来就爱管闲事儿。

女老板的手稿

周日中午,应邀去"素心铭"吃饭。

请客人是一家贸易公司的女老板。虽然是千万富翁了,但看起来仍然是个朴朴实实的关中妇女,她穿着简单,举止粗鲁,说话也是地道的乡音,嗓门儿还特亮。

坐在"素心铭"这样古朴典雅文静安谧的环境里,她的姿态略微有点儿不谐调。

但她的爽快干脆,热情厚道,自有可爱之处。

女老板是个文学爱好者,自己写了一部长篇小说,想请作家给她指点指点。

说起来,女老板的经历倒有些传奇色彩,她大穷大富过,大喜大悲过,现在对佛教兴趣极浓,谈话间常常带着"阿弥陀佛"。

她是蒲城乡下人,小时候很受父母的疼爱,家庭条件也不错,没有受苦的经历和感觉,但经人介绍嫁到甘肃天水去以后,灾难开始降临。婆家是贫困的小市民,穿衣吃饭等生活的一应开支都要受到限制,婆婆嘴碎且多疑,好像每天都要骂媳妇几句才舒服。丈夫脾气粗暴,动不动拳脚相加,受了委屈还不敢说。后来有机会,她去当地的棉纺厂当了女工,情况才有所好转。可惜时间不长,棉纺厂倒闭,欠了半年的工资没钱发,就将一大堆棉线分给工人们抵账。棉线卖不出去,码了半间房子,愁死人。一个偶然的机会,她听说东南亚一带需要棉布,就把棉线用车拉回蒲城老家,动员乡下的姐妹们织成布,外销出去,赚了第一笔钱。沿着这个通道走了一段时间,竟然积累了几百万资金,成了天水那边小有名气的老板,家人对她的态度也好起来,婆婆为她做饭,丈夫为她开车。有了这些钱,她想办教育,就盖了一所学校,谁知没有经验,在土地问题上与农民发生冲突,被农民砸了房子。学校的招生审批,她没去教育局行贿,也出现了问题,最后只好停办。挣来的几百万,全赔了进去,连汽车也卖了,女老板又成了贫困户,婆婆和丈夫也恢复了原先的凶恶。经过一段时间的挣扎,她终于下定决心,离家出走,回到陕西。

有过当老板的历史,眼界毕竟不同以往,她利用原来的商场关系,办起了一家小客栈,在甘肃那边收购花椒等农副产品,运回西安再批发出去。一公斤花椒收购价是17元,批发出去是20元,除1元运费,净赚2元,一卡车拉回来5吨,就到手1万元。建起了收购源地和销售网点,生意越做越顺当。

手里有了钱,生活不熬煎,她爱好文学的心思又泛起来,决意要把自己的曲折生涯写成小说,就利用两年的休息时间,见缝插针笔耕不止,终于完工。

说到这儿,她从一个大挎包里掏出小说手稿,堆在桌上,有一尺多高,写在几十本学生作文簿上。我翻开一看,字迹虽然歪歪斜斜,却工工整整,别说写,就是认真抄一遍,也要下很大功夫的。

我被她的理想追求和刻苦精神所感动,答应看看她的手稿。

用了几个晚上,读完小说,我陷入两难的沉思之中。

女老板的生活历程,当然是有其价值的,但她的手稿语言不通,思绪混乱,前后矛盾,错别字满篇,更谈不上什么小说结构和叙事方法了。可以说,这是一部废品。

现在不是高玉宝和崔八娃的时代,"半夜鸡叫"或者"狗又咬起来了"也不会引人注意了,没有哪个出版社愿意为这小说付出代价。

当然,有钱也可以出版,但起码得是像样的成品。

女老板只有一条路可走,就是找人修改或者以她的故事重写,只有出钱,这样的"枪手"不难找到。

可这样一来,就不是她的作品了,她对文学的热爱和写作的追求就变了味道。这有什么价值呢?

我很为难,直说吧,刺伤她的积极性和自尊心,不说个什么意见又不行,既然接受看稿,不可能无视它的存在。

文学是个双刃剑,既能成就人也能伤害人。

文学是悬崖上的跑道,并不是人人都能越过去的。

这手稿让我寝食不安。

岚 水 茶 香

在我的建议下,礼逢将"岚水茶香"搬到了西安郊区的南窑头。

"岚水茶香"是个茶叶店的名字,原在陕南岚皋县城外的三岔路口。礼逢自己办有制茶厂,开个店面专销自己的产品。他的产品叫"龙安茶"。

"岚水茶香"几个字是我题写的,礼逢送了我几包好茶做酬谢。

茶叶店开张这天,我去祝贺。礼逢说:除了卖茶,我还有水。我一看,店里果然放着一排纯净水桶。我点头说:对,咱们陕南的茶叶是顶呱呱的,水也是顶呱呱的。

礼逢让我坐下,端来两杯刚泡的新茶,请我品尝。我各喝了几口,在喉咙里经过一番回味和感觉,然后说:这两杯茶,一个有淡淡的豆香味儿,一个略带涩苦些。

礼逢说:茶是一样的,水不一样。岚水泡的茶清香,那是大自然中的泉水。西安的水从地下抽上来后,经过化学处理变成自来水,质量就差一些了。

好,好,还是你头脑够用。我称赞道。

但这泉水,我不收钱,是随茶赠送的。他又说。

好,太好。我不得不佩服了。

礼逢年纪不大,30出头,处事比较聪明,但为人又很厚道。去年春天,我们去过他的茶厂,设在岚皋县花里镇的龙安寨上。那是一块风水宝地,处于岚水峡谷,面临一河清流,背靠几座青山。那儿自古就产茶,质地好,但产量少,所以藏在深山人未知,没有把名声打出去。近几年,礼逢投资百万元,扩大了茶园面积,新建了厂房,增加了生产设备,打算为家乡的经济发展作些贡献。他现在是龙安茶厂厂长、县人大代表。

其实,礼逢是个山里乡村的孩子,只读完初中,因家里贫困,就出外去打工了。

他从哪儿来的钱投资办茶厂呢?

坐在龙安寨礼逢家新房子的院坝上,他向我讲起自己的故事来。

那是几年前,他在河南的一个金矿上打工。挖矿的活儿很辛苦,出的力大,危险大,挣的钱还少。如果挖到了金窝子,矿主高兴,工人也就能多拿点儿。但是金脉难把握,很多矿主投资巨大,结果只挖到点儿矿苗子,后边就没了。于是,在矿区,偷金的事儿常见。哪家遇到了旺盛的金窝子,别家就会眼红,去偷,甚至去抢。有天晚上,他们一行人深夜去偷矿,刚从矿洞里钻出来,被主家发现了。他们撅起屁股就跑,四散奔逃。主家的护矿保安人员随后追赶,枪声劈啪乱响。一个瘦小的、年龄大一些身体差一些的工友与他一道,他让这工友跑在前边,自己背着一块石板在后边掩护。只听子弹打在石板上倍儿响,但总算逃了出来。后来,这工友在陕北挖煤发了大财,拿着二百万过来找到他,让他投资做生意。他没敢接手。于是工友说:那我划给你一块煤田,你来经营吧。他就过去了,在陕北干了一年,还是想念家乡,就请人照看煤田,自己回来了,每年只过去算一次账收一回钱。有了钱,则来圆开发家乡的梦。

你遇到贵人了。我说。

反正我做人讲究诚实,良心。礼逢道。

礼逢的计划庞大,除了扩大茶厂,还准备建一座农副产品加工厂。因为采茶是有季节性的,忙时很忙,连工人都请不到,致使很多嫩叶采不回来浪费掉。闲时又很闲,不能养活多余的人。有了加工厂,则可以将劳动力统管起来,随时合理调配,各项活路都不影响。

一听这些想法,就知道他是个头脑清晰、能干成事儿的人。

这不,"岚水茶香"的开张,又是一个新起点。这儿将是龙安名茶的一个窗口,一个联络点,一个批发站。他不但卖茶,连泡茶的水也为顾客送上,想得真周到啊。

我抓起毛笔,为礼逢及新店题写了一首诗:

> 捧上巴山茶,泡热汉江水。

> 情谊两相依,世间有真味。

608路众生相

608路公交车,常让我觉得可怜。它是双层,身躯庞大,里边经常挤满乘客。于是,它行驶起来速度缓慢,摇摇晃晃,左边的车厢快要挨着地面了,呈现出倾斜的状态。

但它没倒,顽强地行驶着。

开头,我以为就一辆车是这个样子,后来发现,这是608的通病,所有车都这副模样儿。

608是西安市区最繁忙的运输线,它北起火车站,进北门经过钟楼,出南门驶往高新区,横穿整个西安古城。在早晨和下午,以及节假日期间,车上很难找到空座位,连走道上也是人挤人,尽管608的车次很多,好像每隔10多分钟就有一趟,但它天生是受累的命,轻松不下来。

从608的满座情况,可以看出高新开发区的勃勃生机。

那天下午,我在南窑头上车,还好,因为离起点站不远,二层上有座位。车到高新路附近,人就上满了。

公交车是个临时的小社会,里边什么人都有。

一个魁梧的中年男人,一上车就开始打手机,哇哩哇啦的南方话别人听不清楚,可声音的分贝挺高。他旁若无人,也不在乎谁的眼光,好像这个世界上,他是第一忙人,所处的位置和要办的事情比布什还重要。

一个美丽的年轻女士,一只手抓住扶栏,一只手拿本书在读,并且读着读着竟开心笑起来。我低头去扫了一眼,这是一本《客户的秘密》。对这种读书人我向来充满敬意,本想起身让座,但我年龄比她大许多,估计她会不好意思。

一个瘦削的小伙子,在座位上低头入睡,竟然发出轻微的鼾声。对这种不怕吵闹不择地儿能够快速入睡的人,我很佩服。但我担心偷儿会钟情于他,便用眼光扫描着他周围人的动态,做好提醒的准备。

一个精干的老大爷,站在车上眼睛微闭,胳膊摆动,五指分张,进行着自创的练身套路。

更为奇特的是,有一位老太婆,从口袋里掏出一只乌龟,放在地板上让它爬行。周围人都被逗笑了,老太婆也开怀大笑着。我见过许多养猫养狗的人,可这玩乌龟,还是第一次看到。

当然,我看到的都是一些表面现象,更多的乘客则是神情肃然,默默赶车,在人生的路途上一天一天、一程一程地前行。

朱雀门到了,我该下车了。

小南门外

野　唱

　　徐姨刚刚年逾花甲,可根本看不出来她有这么大年纪。首先是体形没变,中等个子胖瘦匀称;再之她的皮肤白皙,较少疙瘩呀色斑呀什么的;还有她会收拾,穿戴合体,既不土气也不艳俗;最关键还是她的气质高雅,举手投足大方好看。

　　徐姨的老伴几年前离世,是一场意外车祸。儿子和媳妇都是研究计算机技术的,在上海一家外资企业上班。徐姨不愿去上海,觉得太西化太茫然,她还是喜欢西安的古老面貌舒缓节奏和平民生活气息。

　　徐姨现在最大的兴趣,就是每天到环城公园的自乐班子唱秦腔。高喉大嗓一阵,手舞足蹈一阵,是业余爱好也是消遣娱乐,累了中午回来小睡一会儿,下午读报刊练书法,晚上和几个老朋友聊天或者看电视。她是语文教师出身,性格开朗,生活规律。

　　含光门外,环城公园,古城墙下,树林中的小场上,一些退休的老人会聚在这儿,把秦腔爱好进行下去。有的专事乐器,有的专事演唱,有的行内活儿不行,就收拾场面维护秩序。徐姨在演唱者中嗓子不算最好的,但节奏控制恰当,仪态拿捏到位,因此掌声最多,还培养了一批老年"粉丝"。听到喝彩声,她竟有点兴奋,有点成就感。人在每个阶段、每个环境中可能成就感不一样,但都是能够鼓舞神经的。

　　有一次,她表演一段男女对唱,平素都是先唱女声,然后再用假嗓子唱男角儿,这天刚唱完女部,旁边站出一个人接住了男腔。他们共同把这个唱段表演完了,还配合得很好。周围有人议论说:"嗨,天生一对。"

　　下了场,她才有空闲打量这位自告奋勇的配角儿。只见他60多岁,身材清瘦高挑,花白的头发梳向脑后,长方形脸上眉目隽秀。相互一介绍,知道他姓谢,是南郊一个研究院的退休工程师。

　　徐姨微鞠一躬,说:"谢谢。"

　　谢工头一点:"别客气,你唱得好啊。"

　　徐姨笑了,心中得意头却摇着说:"业余的,野唱,野唱。"

　　此后,那位谢工就常来环城公园加盟了,并老是与徐姨配戏。徐姨与他一起出场,少了散漫多了讲究,少了随意多了注意,少了简淡多了提高。这谢工是陕西韩城人,从小就在秦腔的氛围中耳濡目染,会唱很多秦剧,并且记性好知识丰富。徐姨渐渐心里服了人家,并有所感激。

　　有几天上午,谢工没来,徐姨竟心中有些失落,演戏也提不起精气神来。

　　一个星期后,谢工重新出现。一问,原来是病了,知道谢工也是单身,儿女都在国外。那次,谢工病后初愈,唱得特别卖力,场外掌声阵阵。

　　下了场,徐姨说:"你今天唱得真好。"

　　谢工笑了:"野唱,野唱啊。"

　　徐姨就在含光门里住,路近,唱罢了,便邀谢工到家里喝茶。谢工去了一次,又去了一次,再去了数次。

　　半年后,徐姨与谢工的婚礼在环城公园里举行,还邀请了市里的秦腔名演员参加。票友众多,场面热烈。电视台记者闻讯赶来,采访两位"新人",请他们谈谈退休后的生活还有恋爱经过等等。

　　记者问:"谁是你们的介绍人?"

　　他们齐声说:"是秦腔。"

　　记者拍摄了现场表演,佩服说:"二老唱得真好。"

　　他们笑了:"野唱,野唱。"

水写的大字

　　宏伟而古老的砖墙,将偌大的城池围起来,形成严密的格局。城门洞,仿佛时光隧道,人们走进去,进入阴沉的历史,须臾从这头又穿出来,回到现实。

我住在城里,每天要从城门洞里穿越多次,每天都经受着岁月更迭的投影。

前一时,常看到一个卖报老头的身影。他把装着报纸的自行车撑在城墙边,然后手挥一杆大笔,蘸着小水桶里的清水在地上写字。他个子不高,瘦瘦的,穿一身工作服,戴一项旧布帽子。他手中的笔有一米长,是家庭打扫卫生用的普通的拖把竹棍儿,笔头也不是毛质,就是扎起来的一束布条。人行道上的石质地面就是他的纸,他在上边一遍一遍地写着大字。老头写的是规整的楷书,内容几乎不变,都是几十年前流行的毛主席语录。

这位地面书法家,受到南来北往行人的关注。

有人称赞说:这老头字写得不错。

有人鄙夷道:这老头有神经病呢。

偶尔有外国游客经过,竟伸出大拇指感慨:西安的,不简单,连卖报老爷爷,书法都这么好!

对所有人的评论,老头一概不理,好像没听见,又仿佛如那些挥毫表演的旁若无人的大书法家,把精气神全贯注到手腕和笔端上去了。

水写的大字,在太阳的照射下虽然闪闪发光,但很快就干了,消失了,大地上什么都没有留下。

老头坚持着他的行为艺术,时而在城门外,时而在城门里。

看多了,人们就再不议论了。

忽然有一天,我看到报上一条消息,说是举行了全市职工书法大赛,一等奖的获得者,是一位下岗的老工人,他几十年如一日地坚持练字,其书法艺术受到专家的好评。同时,还登了获奖者一张照片和一幅作品。我仔细一看,这不正是用水在地上写字的卖报老头嘛。

就是他。其实他的理智是很清晰的,意志是很坚毅的,一边卖报纸挣些吃饭钱,一边利用空隙进行书法爱好。废拖把是笔,水是墨,地面是纸,几乎不用成本,就练出了非凡的腕力,练出了对中国字形间架结构的把握,练出了对书法艺术的理解,练出了人生发展成长的某些轨迹。

老头出名后,就不见了,我一打听,原来是被聘请到少年宫去教孩子们写大字了。

我仍然在城门洞里出出进进,城内是历史建筑,城外则高楼崛起,只有城门洞这个幽暗的时光隧道进行着执着的连接。

踩着坚硬的石质地面,我常常想起卖报的老头和他那水写的大字。

水写的大字,在太阳的照射下闪闪发光,显出了瞬间的精彩和辉煌,但很快就消失了。不过写字人完全不在乎它的时效,不在乎它的去留,只关注自个儿的行为。其实历史也是这样,有过许多次闪光、辉煌、消亡,但是,留下的却有一股无形的精神延续让我们怀恋。

巴教授与流浪狗

巴教授明年就80岁了,但他一点儿也不显老,精气神很足。

从年轻时他就养成了习惯,凡要上讲台,必然头发齐整,领带端正,衣装规范,皮鞋铮亮。他讲课条理清晰,表达准确,声音洪亮,手势有力,口齿和仪态十分谐调。尽管学生都喜欢听他的课,可走下讲台是人生的自然规律。

虽然不上讲台了,但生活的面容并没改变,即就下楼散步,上街买菜,依然是着装整齐,一丝不苟。尤其是逛书店,还会往衣领上洒几滴香水,嘴中嚼个口香糖,他觉得这样才配得上书香。

不过这些都是表面现象,内心深处,巴教授是日渐孤独苍老了。几年前,老伴去世,让他感到失去了某种隐隐的依靠。虽然争吵了矛盾了一辈子,有时气不过还离家出走,可他这只老船,终是摆不脱天定的港湾。如果没有固定的码头,船就会漂泊下去而无法静止下来。可人有时是需要安静地躺在那儿好好休息,想想心事的,这由老伴打理的房屋,就是他的码头他的憩床。老伴走了后,儿子几次要接他去深圳与儿孙同住。可他不去,嫌南方空气潮湿,他离不开北方古城的干爽,离不开师大优雅的环境,说到底,是离不开身边早已熟稔透顶几乎伸手可触的气息。

一个星期天中午,巴教授去小区外的湘菜馆用餐,进门点点头,老板娘就知道一切按老规矩办。片刻,一盘萝卜干炒腊肉、一盘青菜老豆腐,还有一碗蒸米饭就端上来了。巴教授吃饭时,不小心将一片香浓的腊肉掉在了地上,有一只小狗扑上来收获了它。有意思的是,小狗嚼吞了腊肉,竟身子一抬,两只前爪抱在一起给他行了个作揖礼。严肃的巴教授被逗笑了,于是又捡了一块腊肉抛给小狗,狗儿又回了一个作揖礼。老板娘上来说,这是只流浪狗,教授你别理它。接着把小狗撵出了餐馆。

巴教授用完餐,返回小区,爬上5楼他的寓所。对于老人来说,5楼有点高,又没电梯,但巴教授不愿换地方,5楼视线好空气好,并且爬楼梯也是锻炼身体嘛。

掏出钥匙,拧开房门,突然脚下一个东西蹿进房里去了,进房仔细一看,原来正是那只流浪狗。他用棍子去赶那小狗,小东西在他面前翻了个筋斗,然后又抱起前爪向他行礼,并且眼眶里有亮汪汪的东西在闪动。巴教授心中一下软了,看来这家伙与自己有缘啊。于是叹口气说,那你留下,名字就叫缘缘吧。

教授收留了小狗,他们相处得很好。教授买了好吃的,总要给缘缘留一份,还为缘缘在角落里搞了个舒适的小床,还不定期地为缘缘洗澡,送缘缘去宠物医院检查身体。缘缘总是有恩必谢,行礼是经常性的动作了。另外,教授晚上洗脚,缘缘便为他叼来拖鞋;教授坐在沙发上看电视,缘缘便爬上来卧在他的怀里;教授看书睡着了忘记关灯,缘缘便跳上来拉动台灯的开关线绳儿。

傍晚,常常在饭后,他们一起去散步。教授在前边身板儿挺直地走着,缘缘在后边摇着尾巴跟随,成为师大小区一道独特的风景。熟人见了他们打招呼,同时把手中吃的东西分一点儿给缘缘,缘缘总是及时作揖回礼,大家都开心地笑了。

这天早上,教授起床洗漱后突然觉得不舒服,一头倒在沙发上,痉挛着说不出话来。缘缘上前来拉扯着教授的裤脚,蹿上蹿下叫个不停,但没作用,教授慢慢地沉静下去。缘缘爬在厨房的阳台上狂叫起来,可仍没引起过往行人的注意。这时,缘缘跃起,一头从高高的5楼跳了下去,它的身躯在空中划了一个长长的弧线，然后坠落，停止。

有人看见了死狗，还认出它是教授的缘缘，就上楼来敲门，没有反应，觉出了有事，便叫来保安撬开房门，发现了窒息的老教授。可是送到医院已经太迟，急性脑血栓夺去了他善良的生命。

儿子从深圳赶回来安葬老父亲，同时听闻了缘缘的故事。他把缘缘和教授埋在了一起，他想，这可能也是老人的意愿。缘缘是为父亲献身的，就让它的灵魂和体温，继续陪伴着上了天堂的老父亲吧。

精 神 供 品

老A是个工程师，在岗位的时候颇有些权威，但60一过退休回家，突然变成了闲人。于是，精神一松懈，身上各种毛病都显露出来，前天腿疼，昨日腰酸，今朝又是血压上升，弄得他心绪难宁，烦躁不安，动不动就发脾气，老伴不吃他这一套，为一点点小事，两人便斗嘴，吵架，整天气呼呼。

后来，在过去的一位徒弟的影响下，他爱好起了摄影。先从最简单的照相机入手，慢慢地向高级摄影技术发展，参加发烧友俱乐部，进出摄影器材商店，与影友交流经验。对照相机这个精密的仪器的研究和摆弄，兴趣越来越大。

退休之前，老A常带徒弟们给外边做技术工程，因此，手头有一笔积蓄。他先购买了几百元钱的海鸥相机，很快就觉得档次低，更换为几千元钱的美能达，接着又感到不够专业，便宜将美能达处理掉，凑了万元多添置了尼康手动相机的最高产品F3，后来听说尼康自动对焦相机的最新专业顶级F5问世，就又花了近两万购回F5。

尼康F5是高科技产品，做得威风扎实，给人沉甸甸的感觉，并且自动化程度很高。老A将崭新黑亮的F5放在柜子里，用红布盖住机顶；过几天，又挪到客厅的大桌上；再过几天，又搬到卧室的书桌前。每天，他都要摸一摸相机，或者空过几个快门听听响声，心中就踏实舒坦。有时候坐在桌前，盯着相机出神，一派满足和安详的情态。

近几年摄影界的活动很多，有时出外采风，有时展览交流，有时参赛评奖,几乎所有活动,老A都积极参加。他拍照很仔细,扛着大三角架,戴着白手套,将相机支起来,慢慢地取景、调焦、撤动快门。照片冲洗出来后,也不投稿出去发表,只是挑几张好的放大装框,挂在客厅的墙壁上自己欣赏。

老A的牢骚少了,身体的毛病也减轻了,与老伴的关系也变得亲热平和起来。老伴自然很高兴,大力支持他的业余摄影活动。

不知是出于对老伴的关心,还是出于自己搞摄影爱花钱的内疚,再不就是出于大家都下水,谁甭嫌谁的鞋湿了的自私心理,反正在老A的鼓励下,老伴也发烧起摄影来。当然,老伴只能用老A淘汰下来的低档相机,太高级的,只有在他自己手中才放心。

现在,老A两口是摄影队伍里年纪最大的夫妻战士,在甘南的广阔草地,在陕北的起伏高原,在壶口的黄河两岸,在瀛湖的汉江渡头,常见他们夫妇俩身挎照相机奔走匆忙,其乐无穷。

有人问:"老A,你这么大年纪了,搞摄影图个啥呀?"

老A答:"不图名,不图利,就图个高兴。"

老A的家里没有佛像,不设香案,最显眼儿最为重要的位置上,摆放着身披红绸的照相机。

声音的方向

长街上,有歌声飘来,抬头一看,对面走来一对卖唱的青年男女。那男的身材清瘦单薄,是个瞎子,他一只手扶着木推车,另一只手举着话筒,竟自歌唱着。他的声音有点儿沙哑,但苍劲动听,曲调也比较悠扬,带着民歌的风味。他身边的女子个头稍低,显得丰满健康,两只水汪汪的大眼睛扑闪扑闪,似会说话。她推着木制小推车,车板上放着扩音机和喇叭。车子缓缓前行,带着瞎子,带着歌声,带着一种祈望而来。

我将一张纸币放在车板上,轻声问:"你们从哪儿来?"

他们停下脚步。

姑娘望着我闪了一下眼睛,用手去摸了一下男子的手背。

男子意会了,微笑地说:"谢谢,好人。"

从男子的口音中,我听出了他们的大概来处。

"你们好像是陕南人吧?"我说。

男子回答:"是啊,我们是白河人。先生去过白河吗?"

白河是陕南的一个小县份,位于秦楚交界地带,那儿民风淳厚,人比较聪明精巧。过去在陕南工作时,我曾多次去这个县里采风。

"去过去过,我也是陕南人。"我忙说。

男子握住我的手,摇着:"遇到老乡了,谢谢。"

"你们出来谋生活,不容易啊。"我说着,掏出口袋里装的所有的也不太多的钱,全部放在他们的车板上。

姑娘的眼睛潮了,但还是没说话。

她用手掌又使劲儿拍拍男子的手背。

男子说:"我爱人是哑巴,她说她很感谢你。"

我顿时愣住了。

原来这是两个残疾人。男子看不见光明,由女人给他带路;女人发不出声音,由男子代她说话。他们这样相互补充着,相互帮助着,把生活进行下去。

可以看出,他们生活得很简单甚至很艰辛,但很恩爱。

从这对浪迹江湖的平民身上,我们感受到一种夫妻的奥义和人间的温情。

小车向前推去,歌声向前飘去。

我留恋地打量着声音的方向。

风貌风情 之

情歌民谣是黄土高原上的一种精灵，

它具有无可比拟的时空穿透力。

岁月消逝了，历史更迭了，

连故事都变老了，

只有民歌在依然传唱。

它与土地一起生长。

唱民歌的是孤独的牧羊人，

是寂寞的揽工汉，

是坐在炕上剪纸的婆姨，

是攀着树枝打枣的妹子。

陕北民歌

陕北民歌是黄土高原上的一种精灵,它具有无可比拟的时空穿透力。岁月消逝了,历史更迭了,连故事都变老了,只有民歌在依然传唱。它与土地一起生长。

唱民歌的是孤独的牧羊人,是寂寞的揽工汉,是坐在炕上剪纸的婆姨,是攀着树枝打枣的妹子。他们都是土地的主人。

土地给人们带来收获和希望,也带来限制与悲怆。民歌是陕北人最方便的发泄方式,它扇动着想象的翅膀,从心里、从喉中自由地飞出。

信天游,不断头,断了头就没法解忧愁。

民歌的高亢,来自于辽阔的长天厚土;民歌的悠远,来自于连绵的荒野黄沙;民歌的奇崛,来自于起伏的沟壑峡谷。

走在高原上,肆意地吼起民歌,才觉得自己是个有情感的人,才感觉到人与自然的直接交流。

听听这些歌词:"青天蓝天老黄天,老天爷杀人无深浅。""三春的黄风数九的冰,难活不过人想人。""见了情人我没说一句话,眼泪儿流得扑簌簌。""背靠黄河面对着天,陕北 的山来山套着山。东山上糜子西山上谷,黄土里笑来黄土里哭。"歌中渗透的情愫朴实得让 人心酸。

安塞是民歌之乡,在一个山村里,那民歌唱得最好的是一位独身老汉,他的歌声悠徐苍凉,催人泪下。后来才知道,他的命运颇为独特。年轻时,他长得高高大大一表人才,曾娶过一 个美貌的媳妇,但因繁重的劳动和疾病,使他丧失了男性的能力,那媳妇就跟别人跑了,他的无奈和痛苦只有通过唱民歌来表达。时间长了,体会深了,他把民歌也就唱到极致。皆因为他怀念爱情,又得不到爱情。

歌为心声。人类最大的压抑是爱的压抑,所以,大多数民歌都是情歌。

在乡村,歌声是传递爱情的工具。陕北民歌的跌宕起伏、突兀变化,与环境形成反差。因为陕北高原一抹黄土,颜色单调,于是人们就喜欢大红大紫的衣服,大红大紫的装饰,大红大紫的爱情,大红大紫的歌谣。

给陕北民歌赋予政治色彩,注入新的生命力的,是毛泽东带领的红军队伍来到陕北闹革命之后。

陕北民歌的作者都是农民,同样,那首著名的《东方红》,也出自于农民之口。佳县城北五里张家庄的农民李有源,家贫无地,三辈佃户,1940年翻身得解放,因此他感激共产党和毛主席。他虽然只读过一个冬天的冬学,认识不了多少字,但有一定的编歌才能。他编创了许多民歌来歌颂黄土地的新气象。1942年冬天的一个清晨,李有源担着粪桶到县城去挑粪,只见一轮红日从东方的山峦上冉冉升起,霞光万丈,让人浑身温暖,激情满怀,李有源又想编歌,突然一个念头涌上脑海:"若把毛主席比做红太阳是最好不过了。"来到城里,他又看见墙壁上写着"毛主席是中国人民的大救星"的红色标语,就有了更多的联想和冲动。在回来的路上,他开始构思一

人字形黄土梁

首新歌,他在传统民歌《骑白马》的曲调上,经过反复推敲编出了《移民歌》。第一段歌词是:"东方红,太阳升,中国出了个毛泽东,他为人民谋幸福,他是人民大救星。"1943年春节闹秧歌时,李有源的侄子李增正便第一次演唱到了佳县县城。后来他逢场就唱,传到了延安,经过整理加工形成了《东方红》。

这首全国人民都会唱的歌儿,将陕北民歌艺术推向辉煌,推到大普及。

陕北民歌由乡间野曲,逐渐登上大雅之堂。

这成功仍然离不开土地,是黄土地养育了革命,养育了艺术的发展。

陕北民歌是黄土高原上的一种精灵,它与土地一起生长,因而有着持久的、旺盛的生命力。

转九曲

转九曲是陕北民间文艺活动，系黄河传统文化之一种。这个九曲，来源于"九曲黄河"。"九"在当地人心中，是最多的意思。

每年春节去陕北拍照，沿途时常能看到农民们转九曲。路旁的小块平地上，插着密密麻麻的高粱秆儿，大家提着灯笼，在里面走来走去。看起来很简单，实则名堂多哩。

有一年正月十五元宵节晚上，我们从乡下回到榆林市里，听宾馆的人说：晚上在体育场有大型 的转九曲活动。于是当地的文友陪我前往观看。

偌大的体育场上锣鼓轰鸣，灯火辉煌，游人众多。我首先被广告牌上的几行大字吸引住：

一个神秘的传说

一个姜子牙无可奈何的古阵

一个毛泽东曾参加过的民间活动

这广告词很响亮，我不禁笑了。友人将它们的来历告诉了我。

传说商朝时姜子牙兵伐商纣，三仙姑给姜子牙摆了个"黄河九曲阵"。此阵法呈方形，阵中有九曲十八道弯，内按三术五行摆成，外用九宫十八卦排列，阵中无直道，九曲皆神奇，不懂阵法，突然入侵者闯进去就转不出来，迷径难辨，暗器伤人，十有九死。姜子牙破阵数日不果，一筹莫展，最后只好请来元始天尊才将此阵破开。

后来，"黄河九曲阵"流传于民间，发展形成为元宵节别具一格的娱乐活动。

1947年春,毛泽东在米脂杨家沟村,曾兴致勃勃地与村民们一块儿参加了转九曲。

在乡村,又将转九曲称做"转灯游会",是一种社火秧歌。前边有带队的伞头,他唱着秧歌词请诸神观灯,请故亡魂灵观灯,再请群众观灯。仪式完毕,便带着群众进入九曲,然后锣鼓队、秧歌手跟在其后。九曲阵中栽有361根高粱秆,上边安放着367盏将萝卜挖空盛上油加上棉花捻子点燃的小油灯,你若乱蹿就会撞了灯柱,撒油污了衣服。但你只要顺利地从367盏灯下转出来,就会消灾祛病,大吉大利,全年如意。

体育场上的九曲阵采用了新的工具,栽着钢管拉上电灯,阵中间还有大型火炬,但结构与传统路数阵式没有区别,场景则更为壮观,容纳的人更多。

我看到有些年逾古稀的老人,在儿女们的搀扶下,也走入阵中缓缓而转。看来,这转九曲其实转着大家的种种心情和寄托。

友人问:"转不转?"

我答道:"转就转,咱也体会一下。"

从入口处进去,人仿佛步入迷宫,置身于一片灯海中,不由得神情严肃和紧张起来,既快步又不要撞了杆子,一心赶路无暇左顾右看。走着走着眼看前方无路到尽头,可稍稍一拐又柳暗花明出现一条路。里边有长路,有短路;有左拐,有右拐,皆为四方块阵。许久,终于将灯杆儿转完,抬头一看,出口处及是入口处,人又走了回来。

九曲阵的布局真是奇妙多趣,颇费心机。四方阵营中灯杆之间行距、间距相等,据说刚好拐够99个折弯。它体现了东方民族文化的精髓,是陕北高原民间艺术的经典杰作。

转完九曲,感觉脚步轻快起来,我说:"今年一定很顺利吧。"

友人说:"会的。你的脚步已经沾了陕北土地的灵气呀。"

正月闹元宵
——陕北采风手记

正 月 初 九

　　清晨,老天爷刚睁眼,泄露一抹微光,大家便从南郊北关各处汇聚到西七路省艺术摄影学会门前。稍候片刻,东方大亮,寒意渐退,面包车在盼望中勇敢地驶来,赴陕北摄影小分队6人全部"日式装备"(真是无可奈何),尼康、佳能各一半,短枪长炮齐全,乘着国产金杯车,离开打着哈欠的古城。

　　过铜川,越黄陵,经延安,沿途光秃秃的黄土山坡裸着脸一沉不变,基本上无景可拍。进入安塞境内,山川有了姿样,只见公路下的小河结着厚冰,路人在白晃晃的镜面上行走;山中的小溪流,硬成凝固的瀑布挂在悬崖下。温度似一只无形的手,用其神奇的力量改变着大地的模样。

　　抄家伙下车开拍。太阳当头照,山风在呼啸,不一会儿手就冻得发麻。有人开玩笑说:我撒了一泡尿,地上就出现了一根冰棍儿。

　　走走停停,过了镰刀湾,沟里已阴暗。急驶上一个山头,但见沟壑纵横,连绵到远方,可惜老天爷又瞌睡了,阖着眼皮儿丢盹。西边山头上还有一抹嘴唇红,会不会出现晚霞呢? 大家抱着侥幸的心理严阵以待,但结果是空喜欢,人眼瞪不过天眼。爱美的摄影家,一心要为日月山水绘形绘色,但博大的自然山水有时并不领情,给人一个冷脸。不过,摄影家在美的事物面前是没有自尊心的,你在伤他,他依然穷追不舍。

　　到靖边已是晚8时许,朦胧中但见路边有一个崭新的夏都宾馆,到大夏王国的故土上来了,住这儿正合适。房内虽然还有装修材料的气味儿,但纯净水给人不少安慰。

正 月 初 十

又是天亮就起床,收拾家伙上车。但正月里饭馆食堂全歇伙,转遍全城没有早点吃,只好饿着肚子上路。

昨晚已与靖边县文化文物办霍主任取得联系,请他带路去统万城。出靖边县城不远,一轮朝阳喷薄而出,将东方的天空染得殷红。远岭起伏有致,沙漠中几株秃头柳的黑色剪影正好做前景,大家又是一阵狂拍。李会长一边按动自己手中相机的快门,一边嚷道:"不要恋战,不要恋战,今天统万城是重点。"

大夏王国都城的遗址统万城是国家级文物保护单位。这次摄影小分队肩负着为省旅游公司拍摄名胜景点的任务,所以李会长时刻不忘保证重点。

听说去统万城只有58公里路程,面包车在平坦的柏油路上欢歌笑舞,但它也高兴得太早了,驶了约30公里,油路没了,坎坷不平的土路等待它的光临。别看你是省城来的"白马王子",可塞上的风沙尘土并不照顾你的脸面。于是,面包车只好气喘吁吁,一头灰垢地接受考验。大家坐在车上东颠西簸倒无所谓,心里最难受的是手握方向盘的万师傅。

去统万城没人带路,还真摸不准方向。沙漠中有好几处岔路口,想问个路线都找不到人。路边偶然出现个村落,村头有穿红绿衣服的女孩子三三两两地在候车。风太大,天太冷,她们就捡些树叶柴棍燃起火来取暖,并一边招手,一边张望汽车。原来,从内蒙古乌审旗开来的班车经过这儿去靖边,但车次很少,并且拥挤不堪。最惬意的,要数那坐毛驴车的本土人。他们一家老小穿着新衣服,赶着毛驴车优哉游哉地去走亲戚。好令人羡慕。

路边土山包上有一座小庙,有人问是什么庙?霍主任答:"既是龙王庙,又是娘娘庙、关帝庙。一座庙里供着许多神,现在时兴合署办公。"惹得大家哄堂大笑。

提起陕北,霍主任的趣话儿很多。先介绍了一番统万城,又讲了一段神话故事:"咱陕北地下的资源为什么这样丰富呢?传说当年赤脚大仙路过此地,拉了一泡屎,变成现在的煤;撒了一泡尿,变成了石油;放了一个屁,变成天然气。"这纯属民间笑谈,却编得很有意思。大家听得有滋有味,赞叹这个向导找对了。

汽车爬过无定河上游,驶上一个土台,台面就是统万城了。有残缺的城墙,半塌的垛楼门洞,能隐约看出统万城当年的面积相当宽阔。于是,135、120、负片、反转片都投入了工作。

围着统万城拍了个圈儿,然后踏上归途。

回县城吃了午饭(包括早餐),下午2时多又驱车前往安边镇拍摄汉长城遗址,直到太阳掉下地平线,才返回靖边休息。

正 月 十 一

早晨起来,吸取教训,先在宾馆喂饱肚子,才踏实上路,沿着307国道去绥德。途中有个小村庄,柳树林间晨雾弥漫,团团光晕如诗如画,大家齐喊:快停车。举起相机纷争跃下,奔跑向前。看来,搞摄影的人完全不用参加体育锻炼,特殊的工作习惯和澎湃的激情已经将他们一个个培养得身手敏捷了。最倒霉的是相机,平时虽被人精心维护,可一旦使用起来连命都会搭上。牛林的"EOS5"曾罢工数小时,气得主人要砸它,它又莫明其妙地好了。

拍完玉树含烟,又紧赶路程,沿途不断见到结婚的队伍,今天似乎是个好日子。但婚嫁题材已被人拍滥,对我们已失去吸引力。在青阳岔旁的大理河畔,看到一位牧羊老汉赶着羊群过冰河。那些谨小慎微的羊们畏冰不前,老汉便铲起土块驱打头羊。于是领导带头,其余尾随,排起队向前走。这是难遇的陕北冬日生活场景,照相机又响成一片。

下午3时驶进绥德城,寻找蒙恬墓,没看到标志牌子。经过几番打问,才在绥德中学校园后边瞧见一个偌大的土堆。蒙恬墓没经过维修,原是当年将士们一人一袍土垒起来的。与其他陵园相比,驻边名将蒙恬的归宿处未免有些苍凉,苍凉得让人无法按动相机的快门,却摄入了我心灵的镜头。

又在绥德城边一个山头上拍摄了比较整齐的扶苏陵园,我们调头北上,昏鸦归巢的时候,住进米脂宾馆。

正 月 十 二

　　"米脂的婆姨绥德的汉,清涧的石板瓦窑堡的炭",可是在县城里没有看到几个漂亮的婆姨,尽管大家睁圆的眼睛像探照灯般地扫射,也没发现比较中意的目标。我随便编了几句顺口溜:"米脂婆姨美名传,诱来多少摄影汉;要问靓妹哪去了,去见外边大世面。"的确,近年来不断地有外地单位来米脂招收演员或者服务员,听说去外地打工的不少于两万名,所以爱拍美女的男人自然会失望。

　　然而中午在李自成行宫拍照时,我们意外地发现后殿有一个《米脂妇女革命史迹展览》,从那一帧帧照片上,可以看出米脂婆姨的风采。还有一段段文字介绍,使我们的认识由表层的向往升华为理性的崇敬。

　　距县城18公里的杨家沟是毛泽东曾经住过的地方,上午我们驱车前往的途中,遇到一支扭秧歌的队伍。大约几十位陕北小伙子和姑娘,脸着淡妆,身穿黄衣红服,手执花伞绿扇,从黄土山上的龙王庙走下来,边行边扭,队伍随山路弯曲变化,好看极了。6台相机同时启动,秧歌队伍在镜头前扭得更起劲儿。后来听一位老者讲,他们是边走边沿门子(拜年的意思),边召集人,中午到乡政府时,庞大的秧歌队伍要进行春节表演。

　　杨家沟虽处一个偏僻的山怀里,但风水不同寻常。它四面是高耸的大山,沟底是密集的庄户,全村子1000多户人。毛泽东旧居在坡顶,门前有一个向南突出的山包叫观星台,站在那儿了解远景,气势不凡。想当年这块地方,曾给毛泽东增添了不少豪情和诗意吧。

　　半下午时分转往佳县,途中乌镇的民居颇有特点。临近黄河边的时候,山势起伏变

陕北秧歌

化令人目不暇接,远望层层梯田积着薄雪,明暗对比增加了美感,因此又留住了人的脚步。终于在下午5时赶到佳县县城,可太阳已转到山后,香炉寺被遮在阴暗中。拍照已太迟,但大家可以熟悉一下环境,选一选位置。小分队中王丽是唯一的女士,可玩起命来比男人还凶。她边退边瞄,退到悬崖上一堵土墙前没了退路。土墙虽然不高,但上面栽着玻璃瓶碴子,看来主人是有意不让人通过。王丽在老陈的帮助下爬上墙头,站在顶端连叹好位置、好位置。老陈急呼:危险,快下来。王女士只好跳下来,但笑着说:明儿早上咱们翻到墙那边去,这才是人少到的拍摄位置。老陈为之感动,出主意说:咱明早从招待所偷一条凳子出来垫脚。

正 月 十 三

每天早晨,李会长总是最先醒来,急急地叫起大家快出发。拍香炉寺更要赶第一缕阳光,大家天没明就来到黄河边做准备,有人站在岭头,有人爬上住家户的房顶。王丽和老陈翻过玻璃碴儿墙,来到里边的一块空地,伸头一瞧,位置绝佳,既能看到远方起伏的黄土山峦,又能看到脚下的黄河拐弯,香炉寺那与大山断离处的空隙也历历在目。

架起相机静候。凌晨7:36分,太阳从黄河对岸山西的岭头上露出笑脸,照亮陕西的山山水水。香炉寺的奇景被摄影人通过长镜头、中焦距定格在胶片上。

后来,大家都发现玻璃碴儿墙内是最佳位置,纷纷过来一试。李会长笑着说:这户人家不会做生意,墙能把人挡住吗? 不如拆掉障碍,支起遮阳篷,搞个收费的观景台。大家连称好主意,不愧是胸有韬略的会长,但不知陕北人能否接受这个充满市场经济的味道的建议。

回县招待所吃了早饭(其实已近中午),乘车前往白云山。白云道观是个大景点,我们山上山下忙活了两个小时,结束后想沿着黄河去木头峪,可车行半途一看时间不够,又折回来驶向去榆林的公路。

途经通镇的时候,看到一支送葬的队伍,前边有旗幡、唢呐开路,后边的孝子们手拄丧棍哭随。每到一个路口,孝子们就要下跪、烧纸。问一位老人,知道这叫"做留恋"。前几天有个老太婆去世了,明日个下葬呢。见有人拍照,前边放炮的小伙子将鞭炮乱扔乱炸,似乎不悦意。于是草草收兵。

在佳县与榆林的交界处,有一条红峡谷,被夕阳映照得很有气派。又是边拍边走,直到老天爷收尽光线,照相机才被无奈地收起。

晚宿榆林城三道街的广济大厦。听说莲花池公园里有转九曲,饭后前往,但大失所望,这九曲阵扎排在球场的水泥地上,一律用钢管电灯,完全没了土风乡俗的韵味儿。

门票每人5元,若拍照再交100元,此处真是商品经济得厉害,可已失去了使人掏钱的价值。摄影家失望,售票人也失望;你守你的门,我走我的路。

<h2 style="text-align:center">正 月 十 四</h2>

一连几个响晴天,今日转阴。路边是没有变化的戈壁沙漠,有一处小河边生长的曲柳倒还可观可拍。县城边的二郎山,地势非常险要。一列寺庙,错落在突起的山脊上,令人惊叹大自然的神奇造化和先人们的着意经营,只可惜光线太差。临近中午,天空竟飘起了雪花。

下了二郎山,去城里吃饭,雪花越飘越大。神木城的钟楼旁边已垒起煤塔,俗称"火塔塔",晚上人们将围着燃烧的煤塔载歌载舞,欢庆元宵节的来临。听说最大的火塔塔,要用三车煤块来垒呢,不知这能否进入吉尼斯大全?

下午归来时拍了红石峡、镇北台,可均不理想。

出门以来,数今天能休息早一些,天意难违。

<h2 style="text-align:center">正 月 十 五</h2>

晨起抬头一看,遍地厚雪,满眼白光。本来计划拍今日榆林城内的秧歌表演,一看这天气,恐怕表演难进行。若积雪太重,归路结冰,车辆行阻,就有被困在榆林城内做寓公的危险,于是大家一商量,立即启程。

一路上在好几个小铺买防滑链,但店主奇货可居,均未成交,只好慢速前行。走了不一会儿,雪突然停了,太阳出来。两山白茫茫一片,黑色的树影子像焦墨画上去的,大家连叫可拍、可拍,停车取枪。说实话,这一路还真收藏不小,有山景、树景、雪景,结婚的、送葬的、扭秧歌的……有人直喊子弹不够用了。

晚上赶到子长县,群众都去广场看放焰火了。老林说今日是元宵节,咱们也放一挂炮吧,就与小蒋去街头商店里为每人买了一挂长鞭,摆在宾馆前的空地上燃放了。

正 月 十 六

子长县的早晨特别冷,汽车水箱已冻住要用开水烫。昨晚宾馆暖气不足,大家都没休息好。

早7时离开子长,赶到延安吃早餐。虽是归途,大家不愿白在路上耗一天,商量下午经茶坊镇时,拐进宜川沟里去看一看。

胶卷不够,发扬共产主义精神,谁有多余的拿出来平摊,终于每人还能再战斗一次。下午4时多钻进宜川沟,过了牛武镇后,两边树林多起来。只见阳光照在小白桦林间,枝干赤裸斑白,有油画的调子。于是直到弹尽粮绝,太阳归山,我们登车。

原本计划夜宿富县,但上车后大家觉得拍摄任务已完成,还是连夜返西安吧,明天星期一还可以上班。多数人毕竟是业余搞摄影,精打细算时间别误了单位的事。要说分秒必争,摄影人最有体会。

坐车的人熬夜无所谓,关键是司机的耐力。万师傅说没问题,大家齐称好,晚餐为他多加一个他喜欢的炒豆腐,又准备了一些黄色段子到时提精神。

深夜12时半,面包车钻进熟睡的西安古城,大家才真正感到有些倦了。

处女泉

河滩不甚宽,芦苇却茂盛。一条蜿蜒的小路,通向苇岸深处。

芦苇丛的中间,有一面不大不小的池塘。塘里的清水沸着,水层上滚泛出带响声的气泡儿。气泡中翻舞的细沙清晰可见。随着沸水的搅动,一片乳白色的烟雾也就升了起来。

看起来水已滚开,伸手一试温度,其实也才如小孩子的尿水一般温热。可谓不烫不凉,不燥皮儿也不刺骨,洗浴用正合适。脱衣下去,浸泡数分钟,你就会体验到少有的舒坦和惬意。因为那水是纯净的从地层下冒出来的天然洁水,那热度是不高不低长期恒温的供应,那滚沸的细沙似无数只小手儿在你全身温柔地抚摸、按摩。而这样仰面朝天,裸露在苍穹之下,置身于自然之中,冥想于荒滩野地,滋润着天音地气的感受,更绝妙得无与伦比。

最早发现这个秘密温泉的,是一位驾船的姑娘。当时,她与一个掌舵的小伙子正追逐嬉戏于芦苇丛中,玩耍得热汗淋淋,尘土满身,就打发小伙子在外边放哨,自个儿脱了衣服钻在泉中洗了一澡。上岸后周身舒软,春心漾动,正好小伙子走回来,她便做了情哥哥的新娘。不管这个传说是真是假,反正随着这驾船姑娘的桨声篙迹,这隐秘的温泉便被越来越多的人知晓。

泉被唤作处女泉。周围方圆数里的大姑娘,在出嫁的前一天,都要偷偷地来这里洗一洗,然后以一个光洁干净的如玉之身,投入新郎的怀抱。

据说洗了这泉水后,人的性情会柔顺、畅达起来,能早怀贵胎。

温泉还有一个奇异之处,就是谁也不知道它的深浅。不会水的人,被翻腾的沙浪托着,沉不下去。会游泳的人,曾沉潜下去试探过,可无法深入到底层。

处女泉的奥秘,吸引了众多的年轻人前去探求、领略。也有不少新郎新娘,结伴儿同来浴身。

处女泉藏在黄河滩上。黄河岸边有一个名叫合阳的县份,天生是出这温柔之泉的地方。

地阔天高。黄河故道里奔涌的、野性的涛声,为洗浴的情人们殷勤伴奏。

后来,有人割了苇草,筑起围墙,向前来洗浴的人们收费。

可是不久,处女泉干涸了。

私奔的歌手

在巴山深处的小县城里听民歌,是一种快乐的享受。

陕南民歌悠扬委婉,变调起伏,充满生活的激情和韵致。那青山、绿水、竹林、花草、劳作、爱情都在民歌中幻化体现。

有一首是这样唱的:

哥在坎上薅黄秧,妹在河下洗衣裳;

哥的山歌飞出口,妹的心里发了慌,棒槌打在石头上……

这次听完民歌,还知道了一件动人的故事。

小城里有个民歌手,是盲人,他虽然目不识字,但歌喉嘹亮。他记忆力特好,从小听长辈、乡亲、同伴们唱的各种民歌,全都在他的脑海里保存下来。近些年,民间文化得到重视,旅游休闲大发展,他也被请到四处去唱歌,渐渐地有了名气。县剧团有位女生,人长得漂亮,嗓子也好,但剧团业务不景气,无戏可演,有时就跟着盲人歌手搭班子走场子,去民间演出挣些外块。日期一长,两人之间竟产生了爱慕之情,要结连理之好。

消息露出,山城哗然,女演员的美貌,早有无数双眼睛紧盯不放,其中不乏官员和大款的公子。盲歌手尽管长相还算潇洒,民歌也唱得出色,但毕竟是行动有碍的残疾人。首先是女孩的父母不同意,单位领导不支持,亲朋好友也同声反对。一时沸沸扬扬。

这女孩有主见,某天晚上,她给单位留下了辞职信,给父母留下了告别书,然后与心爱的人悄悄从县城里消失了。

据说,他们二人如今在重庆、武汉的宾馆饭店里唱歌卖艺,生活得不错。

听罢这则故事,我站在山头上遥祝他们一切顺利,同时把我们喜欢的民歌,传唱致远。

翠华意境

醉 鱼 草

盘山小路左拐右转,时而上坡,时而下沟,将行人任意调遣。凡爬山之人都贱,不喜平坦,不喜一览无余,偏爱这曲曲折折,倒觉趣味横生。

路旁的小景层出不穷,有些树皮颜色和纹理很好看,有些树枝相扭纠缠如交叉的人胳膊,有些石板上现着变形的图案,有些青苔野花灿烂地拥抱在一起,我的照相机快门咔嚓咔嚓响个不停,幸好是数码,可以选摘取舍,不必像过去那样珍惜胶卷的浪费。

头顶,时不时有飞鸟掠过,惊人举目,找它时已无踪影。脚下,差点儿踩在了一只癞蛤蟆的身上,它的皮肤颜色与花草接近,斑斓丰富,但形态难看,望去生厌,如有些品质恶劣的人一样。

近处的山坡上,长着一片一片蓬蓬勃勃的直状植物,它们挨挨挤挤地站在地上,有半米高,像芝麻秆儿,只是浑身开满了淡紫色的小花朵。我虽然喜欢奇异的花草树木,可向来记不住它们的名称,这是个生理矛盾。

恰好,有个山村姑娘提着布袋经过,我挥手问询:"请问一下,这个花叫什么名字?"

村姑微笑答曰:"是醉鱼草。"

醉鱼草,顾名思义,就是鱼吃了,就会像喝酒一样醉过去,多有意思。

同行的女友高呼道:"醉鱼草啊,我喜欢。"然后扑到草丛中,狂折起来。我也不能闲着观望,于是上前帮忙。

不一刻,她的胸前就搂了一大束淡紫色的醉鱼草,脸庞上也泛着劳动后的红晕。

我打趣说:"你也是醉鱼草啊。"

她显得更高兴:"一上翠华山,我就醉了。我变成醉鱼草了,你们这些鱼儿可要小心啊。"

夫 妻 岩

钻进一个耸立的石峡,广虎手指两边说:"这里是夫妻岩。"

抬头仔细端详,果真如此,南边的石壁光秃秃寸草不长,应该是男石;北边的石壁则遍布绿苔,应该是女石。男石凸起的地方,女石则凹陷,如果合拢在一起,刚好是完整的巨石。但现在却硬被劈成两半,只能对面站立而不能相拥入怀,成了遗憾的风景。

翠华山有一个官名,叫"山崩景观国家地质公园",到处都可以看到断裂的峰崖,叠加的山头,堆砌的石块。那山顶的"风洞"与"冰洞",是由拔地而起的巨石夹缝形成。那山腰的堰塞湖,也是由倒塌的石块堵住了溪流,然后聚水成湖泊。

站在高处的观景台上,能够环顾四周的崩塌石海,好像这儿在召开一个石头大会,周围挤满了热心的固执的顽强的忠实的观众。

据说周朝时这里发生了特大地震,将原来的世界分崩离析,组成新的

太乙君像

程序。

　　大自然造世是没有感情色彩的，它根据自身的内在规律来运动，不管你原来的联系是否紧密，你只是创造新世界时的石子。在大自然面前，你无法抗拒，只能顺应。

　　有离别，有重组，有欠缺，有机遇，石头不语，面呈异态。

　　石界是这样，人界也是这样。

　　这里的任何一块大石头，拉到城里去都很风光，可以刻字绘画寄情喻理，但堆积在这儿，则是无用的累赘。

　　由众多的小石头托起了高处的巨石，巨石则吸引了观众的眼球。山顶上那个石像叫"太乙真人"，它已被拟人地赋予了神话意义，然后站在高端俯视凡间，供大家崇拜。

　　石头是通灵的。水是世界液化的表现，石头则是世界固化的表现。水有灵性，石头也有灵性。流水与艰石共同组成了地球，缺一不可。

　　翠华山上的大石头，个个都是精灵，都有着它不同的地质标本价值。

林 中 小 屋

　　傍晚，小雨降临，空气中带着潮湿的地衣味儿。

　　独自躺在林中小屋里，竟然翻腾好久入不了眠。

　　在市声嘈杂的城区，常抱怨休息不好，于是老向往山地，向往森林，向往水湄，向往幽雅安谧的无人之境。

　　可是，真正一个人住在山里，本想好好睡他个懒觉，做他几个美梦，反而又不适应了。

　　是我们的野性已被圈伏，变成了叶公好龙式的性情？还是我们的内心过于躁动，已经无法平静了呢？

　　我觉到一阵孤独和伤感。

　　屋顶几声鸟鸣，似在招呼同伴，它们群居在山林中，应该是无忧无虑地快乐。然而人这个高级动物，却越来越陷入孤独，很少有忘乎所以地喜悦的时候。看来我们在城市里住久了,如果要寂寞地独居,是需做功课的。

翻起来在床上打坐,可也入不了静。

突然,好像有什么东西在抓门,发出嚓嚓嚓响声,听说这儿在半夜会有小野生动物出没,我拉亮电灯,下床去查看房门锁住了没有。现在口头上常常说保护环境,保护动物,但这会儿真有个小家伙钻进房里,我还是有点受宠若惊的。

窗外,雨打树叶沙沙沙,听上去好像人的脚步声在移动。

我在恍恍惚惚中睡去又醒来,看外边已白亮,干脆穿衣下床准备去散步。开房门时,心里想,门口会不会躺着一只小刺猬或者盘着一条大花蛇?

开门,什么都没有,妄想一场。

下了石阶,来到天池边,我拼命呼吸着雨后凉爽清新的空气。石板步行道上,一层厚厚的黄叶落缀其上,踩上去软绵绵的脚感舒服,头顶的枝头挂着晶莹的露珠儿,跳一下就能吸之入口。天池里,绿水清平,画舫依岸,四野无人。对面的峰岭上,云雾轻挂,浮而不走。

周围是美丽的安静的,我仿佛走入了一幅古典的且又生动的画卷,抑或是画卷天落包围了我。

美景独赏,宛若春梦。

柿 子 红 了

秋天的翠华山上,最惹人注目的,是挂满枝头的红柿子。

节气如手,抹黑了树皮,摇落了黄叶,只留下红红的果实在那儿显摆,在那儿说明。

此时的柿子已经熟透,摘下来剥掉薄薄的外皮就可吞食,那种又凉又甜的享受,是无法言表的。

柿树不高,跳跃向上便能摘下果实来。高处的,一块石头砸上去,也震下一串红果儿。山里的孩子呢,则挥动长竹竿去打柿子,刚好我们能借用。

大家你腾我跃地自取自食,直到怕吃多了闹肚子才住手。

　　那时节那气氛,度假的作家教授们一个个都像乱蹦乱跳活泼可爱的小孩儿。

　　景区里有一条山沟,长满了柿树。远望上去,沿溪数里都挂着密密麻麻的小红灯笼,如过年般辉煌夺目。

　　在后来的座谈会上,王宗仁老师就提出了把柿树作为风景树遍植景区的建议。游人们可来观风景,也可自己动手采摘食用,一举两得。

　　柿树是造价低廉、宜于普及、资源丰富的植物。

　　柿子是营养丰富、老少皆宜的食品。

　　我更看重柿子那色泽鲜亮,蓄满激情的表情。

　　红柿报秋。那秋果秋意甜到了我们的喉咙里、心窝里、脑海里。

　　忘不了翠华山的红柿子。

　　今年秋天,我再去。

翠华秋色

一河花灯千里情

　　夜幕还未完全降落,天色刚刚暗淡下去,两岸的彩灯忽然就亮了,最突出是"安澜楼"上的五色霓虹,辉煌得引人注目。那高高低低的灯火丛林,在水中倒映成起起伏伏的图形,老天爷真是个出色的水彩画家,将灯影当笔,以水面为纸,在傍晚的汉江上随意涂抹,都是印象派的杰作。

　　我站在安康城外汉江大桥的中心,陶醉在初夜的静美之中。

　　我曾以安康城为题材,写过几篇散文发在报刊和网络上,读者朋友就问我:安康城到底怎么样? 我对他们说:安康是未来的休闲之都。那儿空气新鲜,绿色食品丰富,尤其是碧清的江水与伟岸的城池结为一体,城卧水湄,水舐城脚,刚柔并重,阴阳相济。夏夜,凉风拂人,茶香酒浓,沿江两岸的树荫下笑语轻扬,安康的汉江就是一个放大了的云南丽江。丽江是全国闻名的小资们的天堂,但太远,还是到安康去吧,那儿也适合发呆和休闲。

　　我觉得,安康的广告词应该这样写:走进安康清肺,食在安康养胃,住在安康亲水,活在安康不累。

　　安康每年都要在端午节前后搞一次龙舟赛。

　　今夜,是龙舟节的最

迎接龙舟节

后一天,将有"万盏花灯耀汉江"的活动,我手握相机伫立桥上,等待放花灯开始。

赛龙舟、放花灯是过去汉水流域的传统节目,但中间有许多年已被人们遗忘。社会的动荡,生活的艰辛,心态的失衡,自然的破坏,一切一切都面目皆非。直到20世纪末期,这项来自民间的文化的体育的活动才重新

回归,并增加了新的内容,焕发了新的魅力。龙舟与花灯是祥和世界的象征,是民众欢欣的图腾,是经济发展的意态。龙

龙舟竞赛

舟节这一段时间,所有朝向安康的交通吃紧,城内宾馆旅社爆满,汉江两岸的夜晚也格外热闹。

随着几束缤纷的礼花飞上天空灿烂盛放,江中一排打着"吉祥盛世闹汉江,生态旅游兴安康"的灯船刷地一齐亮了,然后,无数的灯骨朵儿在江面上流散开来,从巍峨的桥下流过,从我的镜头中流过,从人们的欢呼声中流过,漂向下游。

汉水三千里,清爽无污染,流经陕西、河南、湖北三省,并通过南水北调工程输送到京津地区,这是一条山间净水,一条甘甜凉水,一条利民福水,一条与血液一起流通的生命之水。

水好人康,水旺财兴,水长福远。

花灯把安康民众的祈愿,捎向遥远的下游。

船夫曲

跑　滩

前头，一荒岛，突兀耸立；岛尖似犁，江呈扇面扑上去，泼辣便被划做两半。靠，靠近，水势洋洋平缓，然而人心却惴惴紧张了。

船头，水手手持测水竿，伸下江去，探一下，接着忽地腾起一只手，于天空中划个潇洒的半弧升到高处——指头像剪刀，裁割着天幕——几个比划，用特殊语言报出了水深。继而，又弯腰，又伸竿，又报数字。船在前行，水在变化，指头在天幕上剪出的数字，自然也就不一样了。

船顶，驾驶室里，船长站立，将舵盘忽左忽右地转动着，眼望前方，注视水手报数，瞄准水路，避开礁石。

船往前冲，势如奔马，眼看就要撞上岛尖，舵盘一转，哗啦，驶进了左峡。

峡里，河道狭窄，水流急速，船儿昂头朝前猛奔。水手抓起竹篙，抵拨着船头，但无济于事，咔嚓，船身撞在了利石上，像打摆子。又闯，又颠。轮机长、炊事员、几个乘客，也都奔上船头，操起竹篙。霎时间，竹篙打架，吼声起，终成阵。船飞向左岸峭壁，竹篙齐抵，挨壁擦过；船飞向右岸巨石，齐抵竹篙，擦石滑走。嘞，嘞，嘞，水太浅，船底磨着河床，竹篙齐撑，助船以力，飞越而过。

船头一锅粥，正沸着；人是豆子汗涔涔，快熟了。

顶上掌舵的，一颗跳出锅外的冷豆儿，浑身汗湿冰凉，心却热得滚烫。一船货物，一船生命，一船希望，一船未来；全操在他的双手之中。他十八岁开始闯滩，搏浪三十年，探过每个滩的水道深浅，记得每块礁石的位置，熟悉每一段水路的急弯慢转,就这,每临阵,心也慌,人常说"挖煤的是埋了没死的,而行船的是死了没埋的,绝不能把胸膛拍得山响逞能行",慌虽慌,却不乱。

船在飞驰,激浪乱溅,水泼上甲板,洗得阳光灿烂。出了峡口,两股水流,汇为一体。江面开阔平荡,船平稳前行。

扔掉竹篙的人们退下去,各归其位,一切皆安静了。船长拉来板凳,塞在屁股下,烟头头,亮在嘴上,口中喷着雾圈儿,实则是喘气儿哩。

下船四面分,上船一家人。船似家,家似船,时时都有险滩激流,时时需要齐心协力,才能渡过难关!

夜　泊

月亮像个烧饼挂在狭长的天上可望而不可食。夜间看不清水路了,船只好停泊在这野岭的下边。流水在船边窃窃私语,勾起船工们的无限情思和莫名怅惘。

野岭上灰茫茫一片很荒凉冷清,只瞧见月光只听到风声只闻那不知倦的知了声。

船工们展开被卷儿放好枕头打算睡觉。野岭上突然飞来一阵动听的歌声:

> 郎在金州放竹排,写封书信捎回来;
>
> 东门西门南门北门,金锁银锁铜锁铁锁不许开;
>
> 一朵鲜花等郎开……

从歌声徐缓苍凉中可以听出那女人已不年轻了,但歌词的内容表明她还有一颗年轻的心。她的歌声像清风吹走了船工们的睡意。船头上黑影儿聚在一起儿。

"听。坡上有人家有女人在唱歌。快。谁来对上一曲儿。这一曲会给你带来一夜的欢乐。"船工们互相督促着。结果是谁也不开腔。

炊事员唐二弟想起了带在身边的有着好嗓子的还不甚懂事的亲戚的儿子。那小儿子迷迷糊糊被从舱里拉上了船头。

"刚才坡上有人唱歌你听见了没有？快唱上一歌表明咱们在岭下边。岭下有人哩。"人们嚷得小儿子耳朵发麻。

"这深更半夜让人唱啥子歌呢？"小儿子揉着眼睛打着喷嚏心里十二分不悦。"随你的便，不管唱啥子都行，只是要快。"人们那迫切劲儿似乎不唱歌儿就浪费了这静夜这明月这女人。

小儿子咳嗽一声便信口唱起来：

鞋儿破，帽儿破／身上的袈裟破／你笑我，他笑我／一把扇儿破／南无阿弥陀佛，南无阿弥陀佛……

这电视剧《济公》的插曲唱得还颇有味儿。谁知那岭上的女人听到这古里古怪的歌声却发出一阵银铃般的浪笑。她哪里看过电视知道济公听过这时髦的歌曲呢？她真以为江边有个和尚在唱歌。

女人的笑声像细菌传染给每一个人。每个人都好玩儿地笑起来，笑得不可停歇，只有四十八岁的王船长坐在黑暗里一声不吭。

月亮偏到了山后。峡谷里黑下来。笑声停了人们困了。一阵开心过后船工们便甜甜地睡去睡得很甜很甜。王船长却悄悄地溜下船去消失在夜幕里。

两个时辰默默地过去了过去了。突然间山坡上话语声、灯光惊醒了船上的人。这时节谁来江边干什么，莫不是游荡的鬼魂或者神仙下凡？

一盏马灯光映着两个人影儿飘到了江边。大家听出说话的是船长和一个女人，就是那唱歌的好嗓子女人。

"哥儿们起来吧快起来。我弄来一罐黄酒给大家解解乏消消寒润润脾腑。"王船长提着一只瓦罐叫着叫着爬到了船上。女人却提着马灯站在岸边不肯上来。众人邀

江畔

她遭到拒绝,她低着头好像有些害羞。脸儿看不清只能看见苗条的身影。红衣服蓝裤子一个清秀潇洒惹人心痒的小娘儿。

几只大碗倒上了黄酒灌进了肚子里。船长又将空空的瓦罐递给了岸上的女人。女人走了,马灯光走了,一个美妙的梦也走了。

"哎哟哟船长你啥时候下船去的又怎么勾搭上了她?你真正是好运临头。"船工们的询问充满了兴趣和戏谑。船长笑一笑喷着酒气儿露出满足轻轻地说道:"山里人厚道不像城里人那么刻薄那么吝啬。不管你走到哪里不管你认识不认识都随时可以找到好的吃喝找到床铺睡觉甚至还有暖热的被窝。她其实也是一个诚实的女人一个苦命的女人,住在江边和干江上活儿的人当然就有不间断的联系和感情。"

船工们心里明白事情绝不像船长说得那么简单那么枯燥。其中说不定藏匿着一桩隐秘、一段漫长曲折的故事。可人家不挑明又何必去追根究底。

大家又睡下去,心却久久不能入睡。冷清的峡谷里突然充满了春暖充满了温馨充满了恋情。野岭上因住着一个甜蜜可爱的女人已不再是野岭而是家园。

夜从船边流走,从心里流走,从梦中流走,流向远方流到黎明。

搁　浅

天刚亮,船长在外边喊:"搁浅了,快起来。"

大家慌忙爬起来,奔出舱门一看,果真,昨晚船停靠在水边,现在水退到了船尾,船身干巴巴地搁在了沙滩上。

轮机长发动起了柴油机,水手们拿起了竹篙,船长爬上了驾驶室。油门加大,机器突突突吼叫,可是,船身只打了几个战,就地摆摆屁股,却不动窝儿。

水手们手忙脚乱,急将一只大油筒推下沙滩,又抬下那长长的厚厚的结实的木跳板。跳板的一头伸在船头下,油筒又垫在跳板下,几个水手和几个乘客一齐上阵,拼命地压跳板,想翘起船头,让船退下水去。然而白费力,机器干吼一阵,船仍挪腾不动。

船长跑下来,蹲在船头看了一阵,让大家拿走油筒和跳板,看来直接退下水是不行的,只有采取摆动船头的迂回办法。于是,机器又吼起来,船长抱起舵盘拼命扭着,众人在左侧使劲儿推着,船头开始向右边挪去,谁知只摆动了二尺位置,便积起一堆沙石来挡住去路。沙滩上出现了一个大坑,这是奋斗了半天的结果。

水手们泄气了,垂着两臂站在沙滩上摇头。最着急的是几个乘客,脸上布满愁云阴雾,嘴里舌头打转嘟哝不停。他们是有事要在某个时间赶到某处去的。如今船只搁浅在偏僻的江边,不知啥时候才能有水开走呢?几个小时、几天、几个月也说不定呀,悔不该当初赶搭这只船,真是倒霉透顶了。

船长在沙滩上转了转,安慰他们说:"船搁浅是常有的事,大家甭垂头丧气,先歇歇吧,心焦伤神划不来嘛。"他又指指水边说:"早上起来时我插有标记,这水有涨的势头。"

人们一看,沙滩上果真插着一根小木棍儿,现在已经快被水淹了,于是脸上云开雾散,放下了心。

有人上船去继续睡觉,有人干脆躺在沙滩上给天看相。船长呢,取来一把小铲子、一个船形小盆儿,铲沙摇盆淘起金子来。

两个小时后,船长收拾了家伙,将一小撮闪光的沙子用纸包好揣在口袋里,站起来喊道:"喂,大家起来,可以开船啦。"

人们爬起来一看,江水上涨已经淹了船身,纷纷提起了精神。机器吼着,竹篙撑着,大家齐用力,船慢慢地退下水里。

大船退到了航道上,然后开足马力往前驶去。那几个初行水路的乘客,望着两岸的青山翠岭,高兴地唱起来。

这就是搁浅吗?原来并不可怕,也用不着焦急惊慌。

他们这一趟不虚此行,经历了搁浅的挫折并认识到如何对待它。人在生活中遇到搁浅的时候可能很多啊!

一切搁浅都是暂时的。船总要前进。

汉江舟韵

三千里汉江,三千里舟行,三千里风景,三千里流淌不完的故事。

汉江上的船太多了,看上去形态不一,丰富多样:头部平、尾巴翘的叫老鸹船;两头尖、形似织布之梭的叫梭子船;头如梭船、尾部后翘成卷曲状的叫秋子船;身长、体窄、尾稍向左偏的叫驳子船;身如老鸹船、尾似麻雀尾巴状的叫麻雀巴船;无篷、有桨的叫五板船;底宽、头尾大小相同的叫渡船……每种船的作用不同,有的运货,有的载客,有的打鱼。每条船都有其存在的价值,都有它诞生和消亡的历史。

汉江舟韵

在蜀河古镇山头的杨泗庙前,我遇到一位年近八旬的老船娘。她年轻时就跟丈夫驾船跑汉口,把本地的山货土特产运出来,又将人们需要的日用品拉回来,往返几个月,吃住都在船上。大女儿就出生在船舱里,全家人与汉江的感情亲密无间。杨泗庙是过去水手修的神庙,过往船工都要上岸烧香,本地人跑船之前都要去磕头,现在年久失修,庙宇陈旧破烂,这位老船娘就主动承担起看护的任务。每天坐在庙前,望着山下的流水,回忆滔滔的往事。

今年春天我从紫阳县城乘船去洞河镇,船工是一位中年男子,他十几岁就开始在江上奔波,最早是给别人帮工,后来有了自己的小船,至今,他已经换了八条船,年龄在增长,船儿也由小变大,目前他的船算是中等,一次可拉十几个人往返于汉江瀛湖库区的几个小镇码头。他满怀信心地告诉我们,明年最迟后年,他准备购买自己的第九条船,那将是一艘比较大的豪华客轮,欢迎我们再去乘坐他的船。这位中年船工的热情和精神,深深感染了我们。他的换船经历,体现了汉江人的胸怀及生活变迁。

我听说有一个十几岁的小学生,家住在汉江南岸的巴山脚下,学校却在汉江北岸的镇上。于是,他每天拂晓自己划着小船过江来上学,傍晚又划船回家。一条小船,每天穿梭,编织着他求学上进的梦。早霞里,夕辉中,浓雾天,飞雪夜,一个瘦小的身影—只窄窄的船,划行在流动的水波之上,这是多么激动人心的情景。汉江的下一代,汉江的未来又会是什么样儿呢? 船是永远的知情者。

只要有江,肯定就有船。其实,人才是船的主宰,船韵亦是人韵。随着岁月的递进,历史的更新,船的形状和设备在变化,人的精神和风姿也在变化。

汉江船韵,是我永远看不厌的风景。

风物风味 之

一碗蒸面皮，

从秦朝吃到如今。

吃的是香味，吃的是风格，

吃的是乡土民俗。

一杯富硒茶，

从早晨喝到傍晚，

喝的是喜爱，

喝的是健康，喝的是古道热肠。

一次温泉澡，

从头顶洗到脚跟，

洗去了风尘，洗去了郁闷，

洗出了一身轻松。

秦镇凉皮

一碗凉皮,从秦朝吃到如今。

吃的是香味,吃的是风格,吃的是乡土民俗。

产凉皮的秦渡镇,坐落在长安县与户县交界处的沣河西岸。沣河滩道很宽,水流却又浑又小。能叫秦渡,想当年应该是颇有气势的吧。

历史有时无法想象,那年代没有摄影,不可能真实地再现实况,而绘画和文字又太抽象,融入文人的情绪很多,所以,大秦第一渡的风采难觅其踪。

只有凉皮流传下来。

现在,凉皮在全国已经很普及,尤其受女孩子的欢迎。

当今是个盗版盛行的时代。要吃祖传的、最正宗的凉皮,还得去秦渡镇。

凉皮诞生在这儿。这儿的凉皮是御封的贡品。

秦始皇统一天下,关中平原藏龙卧虎。秦渡镇周围,有稻田十数万亩,是王朝的粮仓之一。可是有一年,久旱无雨,田地干枯,打下来的稻谷尽是秕秕,碾出的少量的大米质量极差,没法向朝廷纳贡。这时,有个叫李十二的农民,心生一计,他将打下的大米用水拌湿碾成米粉,放在锅笼里蒸熟,然后切成条状,起名为大米面皮子,权做贡粮,送往咸阳。秦始皇吃了面皮子以后,觉得味美可口,龙颜大悦,便钦命秦渡镇的面皮子为贡物,今后可以只献面皮不纳大米。

李十二成了当地名人,在他的带领下,面皮子越做越精。后来,李十二在农历正月二十三日去世,家家蒸面皮纪念。凉皮从此流传下来,成了长

秦镇凉皮

安的名食。

秦镇凉皮的特点是筋、薄、细、穰，看上去色白如雪，光润似脂，嚼起来柔韧绵厚，口感尚佳，再配以嫩菠菜、黄豆芽，调以辣椒红油、香醋等等，回味无穷。容易入口充饥，强筋健骨，可能还有美容的作用吧。要不，为什么女孩子喜食？我认识的漂亮的美眉，几乎都对凉皮感兴趣。

今天在秦渡镇的路旁小店里，看到几个女士大吃凉皮，不知是兴奋，是天热，还是味辣，她们脸蛋红红的，嘴唇红红的，精神也是红红的。我突然觉得，吃凉皮的女士们，是不用再化妆的。

听说每天都有很多人从西安开车过来买凉皮，有些一买就是几十斤。还有人下班后晚上过来吃凉皮，再饮户县出产的黄酒，其乐融融。

有美食，有美酒，有美人，入夜的梦可能也是美的吧。

西乡品茶

　　杯子是晶莹透明的，沁溢着乳白色的光晕，手触了，有一种冬日少女肌肤的微凉滑润感。高腰圆口，亭亭玉立，像美人侍奉在案前。

　　杯底，一簇仙毫闭目缩怀，卷卧在那儿，静静无语，半眠半醒，在做出场前的酝酿和凝神准备。

　　突然，一股滚烫的白水注入杯中，犹如强烈的聚光灯射向杯底，顿时，仙毫们一起站起来，长身舞动，上下飘浮，好像在潭中踩水，摇而不倒，溺而不迷，做有节奏的表演。最后分成两列，一群站在底层，一群升到顶端，接受检阅。然后，绿体舒展开来，慢慢地，将白水浸染成绿黄色。

　　冲茶姑娘开口说：我们西乡茶，条形优美，汤色清亮，香高味浓，含锌富硒，请大家品尝。

　　接着，纤纤细手将茶杯送到面前。

　　我接过茶杯，抿了一小口，有一股甘涩纯厚的草香味儿，流入肠胃，舒服。

　　上午，我们去茶山踏青。车出县城，向东南方向行驶十多公里，缓缓地爬上山坡，来到鹏翔茶叶公司的丰东基地。站在半山腰，放眼望去，峦岭起伏，丘坡上茶树成行，满目青翠。远处云雾缭绕，白纱轻挂，山峰排列有序，错落叠加，朦胧中显出层次，恰似一幅水墨淡描国画。我们张口呼吸着新鲜充足的氧气，享受大自然的福赐。

忽然，有歌声传入耳鼓：

　　鹏翔有片茶，长在山凹凹。山又高，雾又大，遍山都是黑泥巴。

　　农药化肥都不撒，长出的茶叶人人夸。

原来，山沟里几个姑娘在为茶园浇水、锄草。她们的红布包、花围巾就挂在身后的茶树上，惹得几位拿照相机的男士连忙奔过去拍照。

要产出好茶，首先要培育出优良的茶树，西乡县有22万亩老茶园，现在正进行新的转化改造，将来都会出产无污染的有机绿茶。

下午，又去鹏翔茶叶公司的加工厂参观，但见有的机器在装袋，有的在封口，其中一个是无菌车间，透过玻璃窗望进去，密闭的厂房里，几排身穿白衣白裤、戴着白帽白口罩白手套的姑娘们，正伏在桌子上分拣茶叶。她们按照粗细、长短，将茶叶一根一根分别挑进不同的袋中。

我说：这么细致，一天能拣多少啊？

茶专家段成鹏先生说：每人每天也就一斤吧。

我感叹：真不容易。

段先生说：一片茶叶，从采下来加工到送至顾客面前，要经过姑娘们的二十几遍手呢。

过去爱喝茶，也曾到老茶山上去看过，知道择叶、揉条、炒干、提香等火热的过程，见过农家作坊里的混乱和尘灰，真没想到现代茶叶生产流程这么干净、卫生、规范，让人放心。

段先生继续说：我们现在茶园的管理、茶叶的生产技术要求等方面，已经不低于日本和韩国。有专家放言，19世纪是咖啡的世纪，20世纪是可乐的世纪，21世纪是中国茶的世纪。我们做茶的，有走向世界的信心。

晚上，又到这雅致的茶馆里来品茗。

一边看茶艺表演，一边听古筝弹奏，在激动中，不禁多喝了几杯。

回到宾馆，竟然久久难以入眠……

茶山

龙驹佳酿

　　丹凤县城旧称龙驹寨。龙驹寨最早的名字叫龙龟寨,相传战国时楚汉相争,汉高祖刘邦入关时路经此地,得龙驹坐骑,便将此地称"龙驹寨"。

　　其实早在夏商时这里即设邑,秦代设县,历史上龙驹寨是"北通秦晋,南接吴楚""水趋襄汉,陆入关辅"的水旱码头。当时的丹江上"舟楫蚁聚,百艇联樯,千人拉纤,万人装卸",是南北方货物集散转运之地,也是兵家必争之处。春秋时曾在此设"武关",为"三秦要塞"。刘邦、黄巢、红巾军、太平军、义和团等都在此集结转战。清末李自成亦在此隐藏屯兵操练,后东出潼关,夺得天下。

　　据《尚书·禹贡》载,春秋战国时,丹江即是荆襄贡品转轨冀州之航线。唐为"贡道",东路潼关运输一旦受阻,丹江航运即成唐王朝主要补给线。明、清时龙驹寨水旱码头达到鼎盛时期。明朝曾派"蕃司"(省级)一级官员驻寨收税;清派道台(厅级)坐寨收税,其厘金税两度居全陕之冠,清代即建汉口邮电总局龙驹寨支局。同时引进外资,由英商买办韩福泰,在龙驹寨开设福泰洋行,经销洋布、洋油、洋火、洋碱、洋碗等;由意大利传教士安西曼的徒弟华国文引进西洋酿造技艺,兴办起龙驹寨葡萄酒公司。古诗云:"寨号龙驹殖货财,长江十里市门开;江边舴艋来还去,峪里输蹄去又来。"百艇千蹄、客商云集的龙驹寨,"康衢数里,巨室千家。鸡鸣有未寝之人,午夜有可求之市。"一座小小山城即有18座庙宇、12座会馆(各帮商人组建之帮会会址),呈现出北方古朴浑厚与南国细腻华丽的美妙结合。

　　后来由于战乱等各种原因,丹江停航,龙驹寨逐渐衰落。过去的寨墙已

丹凤酒厂浮雕

毁,现仅存丹江岸上的一条长街。长街上仅存的景观是船帮会馆。

船帮会馆又叫平浪宫、明王宫,民间呼其花戏楼,简称花庙,建于清光绪十七年,是船工从每个运件报酬中提取3个铜钱集资修起的。它坐北向南,面临丹江,建筑面积约1000平方米,现丹凤县博物馆设在此处。

会馆的大门建得像一座三开间的牌坊,颇具江南水乡特色,门墩上的石刻、牌坊上的砖雕很精美传神,据说都是在江南定制做好,用船运上来安装的。现为了保护大门,装上了铁栏杆禁止通行,只能从西边的侧门或后边小门进去。

步入大院,长方形的会馆里现保留有戏楼、大殿各一座,南北对峙,环境典雅。南边的戏楼辉煌夺目,十分壮观,其高36米,长22米,进深10米,台口8米,为木结构。第二层不用柱支撑,而是用巨木构成多角形构架相叠,层层向上递缩,形成椎体笼状结构承担重量。木面上边雕刻着亭台楼阁、车马仪仗、大舜耕田、夏禹治水、牛角挂书、文王访贤、农夫挥锄、村姑喂猪、樵子负薪、行旅赶车、二龙戏珠、凤凰展翅……洋溢着历史故事与民间生活的色彩。

戏楼的正面高处写着"和声鸣盛"四个大字,大字的左右各纵排着四个凸刻的老人与小孩图案。据专家考证,这八个图案应该是八个字,并构成一副对联,但其内容至今无人破译。讲解员说,以前曾请郭沫若研究了,可也没鉴别出来。这是花庙一谜。

戏楼还有一奇,就是舞台顶上的正中央,留有一孔凹进去的八卦形八层造井,有人说戏楼的设计者未待完工就去世了,留下这个造井是为了纪念他。还有人用科学的道理来分析,说这是一个扩音孔,为了把唱戏的声音传开去。有一位嗓门大的男记者曾在管理部门的批准下上台去吼过一阵,空楼顶中余音回荡,似真有效果。

　　会馆是人们唱戏、娱乐、交流、议事的场所，在传播文明中起到非常重要的作用。据称，全国的花戏楼，保存完好的只有南北两处，此为北方瑰宝。

　　院子北边的大殿为神庙，门前有持斧与把戟的塑像。

　　船帮会馆大门外就是丹江，过去水阔，江流就在馆前激荡，出门就能登船，现在水退到50米开外的河道中去了。如今搞丹江漂流，此处是起点码头。

　　现在开展的漂流，是从船帮会馆到日月潭，长约8.5公里，一路环山绕水，两岸农田小舍，是一条生态线路。古代著名的旅行家徐霞客曾在这里写下"山岚重叠竞秀，怒流送舟，两岸浓桃艳李，帆光欲跳舞"的诗句。

　　"昔日水旱码头，今朝漂流胜景"，丹江漂流在历史文化的背景下融入了现代旅游设施，安全轻快的橡皮筏顺水而行，让人心旷神怡，是一种轻松的休闲享受。

　　到丹江来漂流的人，一般都要品尝当地的葡萄酒，甚至买一箱带回去。

　　据酒厂的毛厂长讲，丹凤县城里几乎家家都喝葡萄酒，有些人还天天喝，这是传统。在很早很早以前，很多老居民就会用简单的工具自己酿酒。

　　丹凤的葡萄酒是甜性、传统性，口味好，不涩苦，别的地方酿不出。这是丹江的好水、商山的好土、陕南的气候、精良的发酵技术决定的。

　　西北农林大学葡萄酒学院院长、酒文化专家王华教授说，中国第一瓶葡萄干酒，是丹凤生产的。也就是说，中国葡萄酒生产的发源地，在陕西丹凤。那是20世纪初，出身于葡萄酒酿制世家、祖辈专为意大利皇室贵族酿制葡萄酒的安·西蒙先生以传教士的身份来到中国，收南阳客商华国文为徒，传授葡萄酒酿制技术。清末宣统三年（公元1911年），他们在陕南成立了陕西省龙驹寨协记美利葡萄酒酿造公司，酿出第一桶色如红宝石，透明晶亮，香酿盈

古旧橡木桶

口的葡萄酒。安·西蒙激动地写下"伴送一生唯有,沉迷千年无过,恰如水土阳光,人世杯中真我",表达其兴奋心情。

我在丹凤葡萄酒厂的酒库里,看到了几排老旧的橡木桶,上边印有已经斑驳模糊的白漆字,仔细辨认看出写的是:"湖北省老河口木桶商制造——中华民国四年(1915年)"。这些百年酒桶至今还可使用,它们长1.5米,直径1米,每桶可装500公斤酒。有外地客商知道此信息后,赶到丹凤来,出价16万元买一个桶。整整有100个老橡木酒桶,可以售价1600万元,但是丹凤酒厂不卖,这是宝贝,是历史,是资本,是灵魂。

但是,由于种种原因,丹凤葡萄酒厂在20世纪末停产了。

2007年,丹凤县政府通过招商引资,重新成立陕西丹凤葡萄酒有限公司,让这个百年历史品牌重放光彩。

毛厂长说:"是南水北调给我们带来了新的机遇。首先咱们这儿水源区的水好,是国家认可的天下好水,当然能酿好酒。其次是土好,经过水土保持治理,成片的土地出来了,能够解决原材料的供给问题。我们计划在几年内,种植10000亩葡萄园,预计销售超过10000吨。还要在县城附近的古城岭上,建一个占地100亩的葡萄种植观光园和一个占地300亩的葡萄酒庄。"

当天晚上吃饭时,丹凤县水利局张局长征求我的意见,喝什么酒好?我说当然是丹凤酒。张局长冲服务员喊道:"来两瓶传统的。"

服务员心知肚明,连忙答应:"好。"

在这个地方,只要说一句:"喝传统的",大家都知道是指丹凤葡萄酒,这是一种文化品牌在人们心中达到的共识、认可和推崇。

在丹凤葡萄酒的产品介绍页上,写着这么一首诗:

商山之隅,丹水之侧 / 有多少故事酝酿在记忆的长河 / 编织着百年传唱的歌

一百年过去了 / 有一种记忆不属于你我 / 但是她的名字父辈们说过

一百年过去了 / 有一种记忆属于你我 / 因为我们被她的幽香陶醉过

一百年过去了 / 或是记忆,或是你我,或者一首老歌 / 让我们用心品味、斟酌

汉剧、蒸面、稠酒

金州广场上有"汉调二黄青年演员擂台赛"演出。

傍晚,位于东门外宽阔大气的金州广场上灯火明亮,临时搭的舞台上色彩缤纷,老百姓从四面八方汇流过来。一些善于做生意的人,也摆起了小摊儿,出售小百货和小食品。

汉调二黄就是汉剧,盛行在汉水流域,属于我国古老的四大戏曲声腔之一。据史料记载,早在清乾隆年间,已有乾胜班在安康的汉滨、紫阳、石泉等县区进行汉剧艺术活动,清道光年间有汉荣班、仁丰班、宜泰班等近20个班社在汉滨活动,开班授徒。

汉滨区至今保存着汉剧音乐、脸谱、剧目等艺术资料。2006年,汉剧(汉调二黄)被列入国家首批非物质文化遗产代表作保护名录。

我在广场上见到了汉剧团团长袁朝玲,她介绍说:在安康,仍保留着一个专业性的地方戏剧演出场所——安康大剧院,里面能容纳近500多人。汉滨区汉剧团,是目前汉水上游保留的唯一的汉剧专业演出团体,属全额拨款事业单位。只要有中心工作,比如龙舟节、抗洪救灾以及农村的庙会,他们都会出演节目。安康的群众喜欢看汉剧,就像喜欢吃蒸面喝稠酒一样,图了个乡味乡情。什么叫故乡?有胃里留恋的东西的地方就是故乡。现在,他们全年要演出100余场次。这次擂台赛,目的是推出新人,以更好地为群众服务。

锣鼓响起,演出开始。基本上都是古装传统折子戏,可以看出青年演员们都经过了严格的专业训练,有些素质不错,很有前途。

台下，一些老戏迷看得乐呵呵，还跟着演员举动作、溜唱腔。

演出结束，时间尚早，我们去水西门吃夜宵。

汉　剧

水西门是汉江上的一条老街，过去水运繁荣时，来往的船客晚上在江边码头泊好船，都要到这条街上来走一走，看看街景，散散心，采购点东西。这几年发展旅游，水西门更成了安康城内有名的夜市和小吃街。

我要了蒸面和稠酒。

听店主讲，安康蒸面的做法是：1 和面浆，以面粉为主料，添加少许食盐，用水把面和成糊状；2 浆入锣，将面浆盛入表面涂刷了植物油的铁制或铝制蒸面锣（蒸面锣为圆形、平底状，四周有高约40毫米的沿），并使面浆薄厚均匀分布锣底；3 蒸面，把蒸面锣放入装有沸腾水的大口铁锅里并盖上锅盖，蒸数分钟；4 取面，数分钟后，取出锣，将蒸熟固化的面取出，圆状、清黄、柔软的蒸面即做成；5 食用，将蒸面切成条状，再配以豆芽，浇上酱油、醋、蒜泥、油泼辣子即可食用。

安康蒸面软硬适度，佐料讲究，味道独特。安康蒸面与西安的凉皮不同，味道的差别很大。西安凉皮用的是生醋调味，安康蒸面用的是熬熟的醋，还要再加酱油、芝麻酱等，而且安康很多家老字号蒸面馆，都有其秘方，调出来的味道也都不同。

吃蒸面的时候，往往佐以稠酒。安康的五里铺稠酒也是一绝，它做法讲究，制作过程有四大步骤。一是准备曲药，这是做好稠酒的第一步。每年的端午节早晨，人们都要去野外拔艾蒿、鱼腥草、白茅尖，还有火撩子、紫苏叶等当地出的野草，这些其实都是一些地道的中草药。把这些草药拿回家,晒干,切碎,备用。第二步是踩曲(制大曲)。入伏后把备好的曲药,熬成曲水,用上好的麦麸(既不要太多的面,也不能没有面质)和曲水搅拌在一起,再放在专门的曲模里用脚踩实,然后把制好的曲胚摆在一起,用一些厚布包裹严实,等其发汗,三五天后就会闻到一阵阵酒香,这说明曲胚发酵已经完成。要及时地把它们悬挂在干燥阴凉处,等其自然风干。假若这个时间麦胚发霉变质,那么以后的稠酒味道就不醇正,甚至有苦味。第三步就是制造酿酒。9月9日酿好酒,每年9月9日前后,五里很多家庭开始做酒。把糯米蒸熟、晾凉,再拌上酒曲,包好,等待制成甜酒胚。第四步,装缸。甜酒胚酿制成以后,接着将甜酒装进大缸里,做再次的发酵。先把以前做好的大曲剁细,曲和糯米的比例是1:10,就是1斤大曲10斤米,用细纱布包好放在缸底,再把甜酒胚倒进去,然后加水,最好是从井里刚担回来的泉水,水和糯米的比例是1:1,就是1斤米加进去1斤水。以后每天搅拌一至两次,等浮起来的甜酒慢慢地开始沉下去,就不要再搅动了。盖好,稠酒就成熟了。

这稠酒色泽橙黄,甘甜爽口,喝下去很舒服。我们一边聊汉剧,一边喝稠酒,因为酒的口劲儿不大,又解渴清嗓,我就多喝了几杯。

焕龙小弟说:陈老师注意,安康稠酒可是有后劲儿的。

我自信还是有一些酒量的,便没在意,继续畅饮。

喝到半夜,在回宾馆的路上,就觉得头晕起来。进了房子,开始天旋地转,澡也没冲就上床睡觉。

一觉醒来,已是第二天中午。

汤峪

在大雁塔下西影路头乘上中巴车,缓缓向南驶去,拐过了很多个路口,一会儿是水泥大道,一会儿又是沙土窄路,让人摸不着行径,但你别急,有司机把握着方向盘啊。颠颠簸簸了一个半小时,猛抬头,峻秀的终南山峰撞进怀来,山脚下挂着一个镇街,这就是汤峪了。

尽管来的路上尘灰漫舞,口干舌燥,可到汤峪来的人心里却不急,因为下车后泡个温泉,一下子就舒坦了。

奔汤峪的人几乎都是一个目标:洗温泉澡。

亚洲温泉名汤,最早起始于中国的汉代。当时有个和尚云游,冬日经过终南山下,看到遍地茫茫的白雪中,有块地皮冒着热气,冰雪消融,他挖了个坑,有自然的温水汩汩涌出,他脱衣洗了个澡,非常惬意,索性留下来不走了。

中国的很多胜景都是僧人发现的,他们是当年的旅行家、探险家和追求美的人。温泉被发现,人们趋之若鹜,同来享受。消息越传越远,吹进了朝廷,唐玄宗是个挺有雅兴的人,即赐名"大兴汤院",正式开发为温泉度假村。

温泉流了近千载,其势不衰,仿佛地层深处有一口大锅,在不分昼夜地燃火烧水。刚出泉的水温63摄氏度,烟雾升腾,热气撩人。当年的"大兴汤院",现在叫陕西汤峪疗养院,御赐的命名石碑就栽在院内。大门外形成了一条200米长的街市,叫塘子街。

塘子街在节假日是很热闹的,我

汤峪

留心看了一下,此地有四多。

一是旅社多,到处都挂着迎客住宿的招牌,什么"汤峪招待所"、"蓝人山庄"、"农家宾馆"、"绿色家园"等等。后来听说本地的居民家家都办有旅社,房子里支张床就成,每晚的宿费从10元起价,设备好带卫生间的所谓标准间也就60元。到了每年的农历三月,来洗桃花水的人特多,住宿还紧张呢。汤峪温泉是高温硫酸钠型优质矿泉热水,其中含有碘、氟、锰等多种物质,对风湿性关节炎、强直性脊椎炎、腰肌劳损、湿症、皮炎等75种病因有治疗作用,并且疗效很好。身体有患的人就会来此包房住下,每天洗一次温泉,一个疗程半个月。洗一次澡5元,住宿10元,半个月的花费也就几百元,可是又治病又度假,多好呢。

二是饭馆多。有了流动的人口,就有了餐饮的供需,塘子街的两边支起了很多快食摊,有面皮、稀饭、搅团、春卷、炒菜、米饭,还有现炸的油糕、现烙的糍粑、喷香的肉夹馍。喜欢喝点儿小酒的人,自然会被野菜、狗肉、悄悄话(口条拌耳丝)、干炸小黄鱼吸引了去。气势最大的,是现宰活羊,血淋一地,吓得女孩子哇哇叫。

三是诊所多,以中医治疗为主,悬挂的木牌或布招上,写明所治项目,什么按摩、浴足、风湿、皮肤病之类,还有月经不调、男女不育、阳萎早泄、房事不畅等等。这些都跟温泉浴病有关联,算是热水经济的附带品。

四是玉店多。汤峪在蓝田县境内,而蓝田玉则早闻名于世,这儿有几家较老的字号,宽房大堂,玉器琳琅,绝不是其他一些旅游点上的小摊子。并且玉店的广告牌上,写着蓝田玉的历史,玉治病的原因,也不是任嘴乱说一通的浅薄口号。

塘子街的背后,山口筑起一道石坝,坝内即汤峪湖。水面虽然不很辽阔,但清澈可人,峭峰环立,风景秀丽。深处还有石门、刘秀窑遗迹、闯王屯兵故地这些人文景观,给洗温泉的客人带来了更丰富的旅游观赏内容。

汤峪湖沟内有新兴的农家乐,可住可吃可玩,是消暑的好去处。

返回的汽车上,邻座是一位本地的年轻妇女,而今在西安城里做生意。她说在城里住一段就想回家乡来,这儿风景好空气好,每天还可以洗温泉,并且当地居民凭身份证免费入浴,说得一车游客都羡慕起汤峪人来了。

珍珠泉

一

以前在山里行走,常能看到崖坡下闪现的一泓一泓清泉,便摘下一片树叶舀水来喝,立即燥热退去,浑身清爽,稍憩片刻,再接着赶路。

但说起珍珠泉,最有名的还是济南的第三大名泉,那匾额为乾隆皇帝御笔亲题,清代王昶在《珍珠泉记》文中称:"泉从沙际出,忽聚忽散,忽断忽续,忽急忽缓,日映之,大者为珠,小者为矶,皆自底以达于面。"如今,这儿是个著名的庭园景观。

叫珍珠泉的,还有江苏南京、河南安阳、安徽寿县等处。

可我要写的珍珠泉,是在西安市的解放路上,它不是一泓自然清泉,也不是一处著名景点,而是一个群众浴池。

将浴池取名珍珠泉,一看就是秀才文人的思维——在俗世生活中寄托诗意。

细想之,妙不可言也。

二

老西安的珍珠泉浴池,始建于1936年,是当时西北地区规模最大的浴池,也是全国设备一流的高级浴池。

这个浴池,为山东人焦藩东投资所建,他以济南名泉来命名,带有怀乡的成分。

在中国古时,洗浴是个比较私密的事情,赤身裸体示人,多不好意思。于是,珍珠泉的开业,成了西安城里的重大新闻。有人观望之,有人评说之,众心浮动。

但现代浴池条件好,惬意舒服,并且是个时髦的新事,很快就被大家接受了。当然,首先投身浴池的是那些商道上的人,他们思想开放,又有闲钱,凡是快乐的事情总要去试一试的。

这一试,试出了味道来。口口相传,珍珠泉的生意就火了。据一位老者回忆,当时的"珍珠泉"浴池很有气派,分上下两层,有大池子,也有包间。每天从上午起就有客人,到下午五六点时人渐渐多起来。最多的时候,偌大一池水中,望去满是水汽笼罩着的人头。那时候,浴池的服务员也很热情,客人一进浴室,就有跑堂的伙计递上热乎乎的"手巾",还有搓背的,都是笑容可掬。

水是最有亲和力的,不管是达官显贵,还是贩夫走卒,都平等地在热水的浸泡抚摸中陶醉。玉体凝肤也好,粗身黑皮也好,都有享受自然的权利。

现代公共浴池的建立,是社会的进步。

三

20世纪40年代初,有天晚上,在珍珠泉浴池大门内的红色木楼梯上,出现了几个行色匆匆的客人。他们衣着简朴,灰尘满面,但气质不凡,神情清爽,登楼的脚步沉稳有力。

他们是中共的领导者周恩来、任弼时等人,刚从陕北的黄土高原上过来,也慕名到珍珠泉一洗。

离这儿不远的七贤庄一号,是八路军办事处,也是红军的秘密联络点,南来北往的许多革命志士,都要在西安中转或停留,去珍珠泉浴池洗去倦尘,是不可少的事儿。

在浴池里,可以休息,可以聊天,可以家长理短,可以谈生意或诉衷肠,赤身相见,能够缩短彼此的距离而增加信任感。

浴池是个公共场所,但有很多秘密的事儿在此间悄悄进行。

四

新中国成立后,珍珠泉浴池得到大力振修,增加了设备,改善了环境。我到西安上大学,是20世纪70年代末,那时节,请人去珍珠泉泡个澡,搓个背,是很体面的事。被请的人,当然也很有面子。

有一次,我们班上的西安同学,让我帮忙给修改一篇作文,作为报答,请我去珍珠泉浴池洗澡。一个农村娃,初次进入大城市的公共浴池,感到浑身都不自在,坐在太热的令人窒息的水池中想:受这罪,还不如请我去吃一碗肉(那时馋荤)。

到了90年代,珍珠泉浴池改成了综合酒店,新建的大楼呈银白色,前8层,后5层,营业面积6000平方米,有职工180人,成为集沐浴、住宿、餐饮、购物于一体的多功能综合性企业。浴池部设有冲浪浴、桑拿浴、特间盆池、包厢式淋浴,并辅设搓澡、按摩、修脚、洗衣、酒吧等多种服务项目。客房部有83套一等客房,配有空调、彩电、电话、暖气。餐饮部以淮湘菜系为主,兼营陕西风味小吃。商场经营家用电器、服装百货、针纺织品、化妆品等。资料显示,1993年,营业额328万元,利润80万元。

那时去火车站,必须经过解放路,常常在晚上看到珍珠泉酒店华丽闪烁的霓虹灯,很是气派。它的隔壁就是解放电影院,散场的时候熙熙攘攘,真有点大都市的感觉。

五

前不久,我又去了趟解放路,但没有找到珍珠泉浴池,它消失了。

站在解放路与西一路的交会处,望着西北角上正在忙碌的工地,我一片茫然。

走到旁边一个小商店,问店内的老者:请问珍珠泉浴池呢?

老者说:拆了。

又问:浴池是不是扩建?

老者说:没有浴池了。解放路寸土寸金,现在谁还再建浴池。

我想了想,老者说得对,作为公共性的群众浴池这种特有设施,它的使命恐怕快结束了。如今住高楼,单元房的卫生间里一般都有淋浴或浴缸,洗澡这种事情,能够很好地自己解决,何必再在繁华地段建什么大浴池。

珍珠泉浴池的兴起是时代进步,它的消亡同样也是时代进步。

但是,那一份温馨的记忆不会消失。

城市的历史靠记忆存在。

一个邮友

认识他,是三十多年前的事儿了。

那时我高中毕业,返乡劳动,因生活苦闷,前途渺茫,唯有写作一事让人兴奋。写了东西,就要向外投稿,虽然当初没有稿费,但名还是有的,通过写作一来证明自己的才能,二来获得外界的承认,是我的理想。投稿寄信就得去邮局,镇上只有一个小邮电所,两个工作人员。所长是个中年人,油里油气的,虽然我不喜欢,但那家伙挺会讨好女人,常有风流韵事传出。还有一个兵,就是他——刚分配来的乡邮员。我与他年龄相当,并且都喜欢文学,常去邮电所寄信,自然成了好友。我家离镇街不远,只有二三里路,凡是我的信件,他知道我盼信心切,就专门绕道送过来。当时给报刊社投稿写信不用贴邮票,在信封的右上角标明"邮资总付"就行了。

他性格耿直,与那个领导的关系好像不怎么和谐,有一次,他家中有事需请假,领导说工作不能耽误,他只好找到我,让我为他代班,我当然满口应允。于是,他带着我头一天跑了南山的投邮点,第二天跑了北山的投邮点,熟悉了路径,第三天,我就自己背起沉沉的绿色大邮袋上路了。乡邮员这个行当,是个苦差事,不管烈日暴晒或者大雨倾盆,你都得整装出发。当然也有愉快的时刻,走村串寨来到各个投邮点,放下邮件,东家大爷泡了茶,西家大婶端出核桃板栗甜柿饼,吃了不算,临走时还要塞满你的口袋。

代班的事虽然只有一个多月,但丰富了我的生活体验。

后来离开故乡上大学,与他联系少了,但知道他调进了城,知道他从工人的岗位上退休,知道他一直在玩集邮,并在小城的收藏界有点名气。

今年春天,我回故乡办事,突然在街头上遇到了他。他让我去家里玩,刚好我也想去看看他收藏的宝贝,开开眼界,于是一同前往。

他家的房子不宽,从装修上可以看出有些年头了。他的那些藏品,都堆放在阳台上的两个旧立柜里。拉开柜门一看,乱七八糟满满当当。见我露出疑惑之色,他说:房子小,有点乱,不过宝贝还是有的。

他先拿出一个集邮册,里边夹的全是解放区的邮票,都是六七十年前的东西了,设计简单,印刷粗糙,但那个时代的特色很明显,对我来说,遥远又亲切。

他又拿出一厚沓画报,我一看,全是日文的,以图片为主,创刊于1938年。原来这是一份当年日军侵华部队办的画报,用真实的照片报导日军战况,今天占了一个镇,明天攻下一个城,后天又在集训等等。这些逼真的照片,当时是辉煌成绩,现在却是铁的罪证,看得人义愤填膺。这份画报只出了十几期,到1945年,日军投降了,它也停刊了。

他还收藏各种报纸的号外版。号外是各个报社在遇到重大事件或重大变故时,临时决定出版的无期号报纸,它们在报纸序列中有重要位置。像《人民日报》等党报出的号外,那影响可非同小可。

最后,他指着几捆沉甸甸的纸品说,这是一些"文革"资料,有公开出版的报纸,有内部印刷的传单,有张贴的公告和标语,有蜡板上刻写出来的通知等等。这些东西,是一个特殊时代的特殊产物,研究中国的"文化大革命",离不开它们。

他告诉我,集邮不光是邮票,它应该有一个大的概念,凡通过邮局寄送、发行、流通的纸品,都可以在收藏的范围。

为了与全国广大的集邮爱好者取得联系,互通信息,加强交流,他自己出资办了一份内部资料性报纸,不定期印出来寄给八方邮友。

看着他半白的鬓发,听着他热情的介绍,我想,一个从邮政局退休的老职工,为了自己热爱的邮政工作,将事情做得这般风生水起,有模有样,怎能不让人心中油然升起一股钦佩之情呢。

这个邮友姓杨,名建安,住在陕南的金州城中,他一生不抽烟,不喝酒,不贪欲,无杂癖,把精力都投放在与集邮有关的事业上。看来,一个平凡的人只要下功夫干好自己热爱的一件事儿,持之以恒,坚持不懈,时间长了,积累多了,经验丰富了,收获硕大了,你在这件事上就自然会成为行家,你所干的事也会闪现出不平凡的色彩来。

两方砚台

天阴不雨，空气潮湿，皮肤黏糊，心里也就不开朗。打开一本书，读着读着眼皮往一起贴，索性出门来，到朱雀路上的古玩市场转转。

变换工种就是休息，此话有理。

今天是周日，古玩市场里很热闹。地摊上摆满了大大小小奇奇怪怪的各种文物旧品，我看上了两方砚台，便购了回来。

笔墨纸砚文房四宝是中国古代书写文字的工具，其中砚台最具观赏性和收藏价值，也最丰富多彩。从材质上讲，有泥砚、石砚、木砚等等；从装饰上讲，有诗词雕刻、山水造型、花鸟虫鱼的象征等等，最受文化人的喜爱。

我给两方砚台起了名字，一个叫"牧童砚"，一个叫"杜诗砚"。

"牧童砚"的形体是一个缩小了的卧地水牛，有头角、身躯、腿脚，结构和谐，十分逼真，尤其是在砚盖上，一个小牧童拉着缰绳，撅起屁股爬在那儿，好像是与老水牛玩耍嬉戏，又好像是老水牛不听指挥与小主人顽皮抗争，乡村生活场景，情趣盎然。

"杜诗砚"的盖子上，凸现着一个古代人物，高帽飘须，布衣长袖，作沉吟状。前方刻写着杜甫的一首诗："江碧鸟逾白，山青花欲燃，今春看又过，何日是归年。"顶端有太阳与云朵，下方有竹蕉花丛。揭开砚盖，里边是墨池，池头露着两束葡萄、一只松鼠。装入水后，那只小松鼠甩着大尾巴，盯紧葡萄跃跃欲试，活灵活现。

将两方砚在水中清洗一番，把玩半晌，心绪愉悦。

我对待文物古玩，重在观赏，所以讲究个造型优美、品相完好。在朱雀古玩市场里,数百数千甚至万元的古砚也有,但我不买,我不是收藏家。要做个真正的收藏家不容易,一要有精深的专业知识,才不会被假货所骗;二要有相当的经济实力,才能够广搜奇品藏于己屋。西安某公司的一个副总裁,花了数百万元藏了一楼的文物古玩,后经专家一鉴定,绝大多数是假的,气得患了忧郁症,再加上其他原因,竟自绝于世了。看看,玩物丧志、丧命,惨乎哀乎。

古玩古玩,重在个"玩"字,玩个心情高兴就行。凡事不必心太重、太贪。

端着茶杯,品着砚台,兴致上来,吟成一联,也录于此:

新茶有味飘香远

古砚无语浸墨深

人说,生活的目的是快乐。

我的快乐就由此而来。

个人生活

一 座 大 城

一座四四方方的大城,钉在西北黄土高原的边缘。

从高空看下去,城池像个棋盘,那些笔直的线条是街道,那些积木似的垒叠物是楼房,那些蚂蚁样的走虫是行人。

这个大城有千年的历史了,经过风霜雪雨的无数次浸洗,整体格局没有变化。变化的是目光短浅的人。人自以为是,觉得自己是这个世界的主人,可以改造一切。其实在历史和自然面前,人的生命多么短暂,多么无能为力。

每个人生存一世,都在画一个句号,并且极力想把这个句号画得很圆满。不过,有人画成了逗号,有人画成了分号,有人画成了问号,有人画成了省略号,当然也有人把自己画成了双引号,画成了惊叹号。

不管是什么模样的生命,在这座皇皇大城中,都消失得很快。

明白了个人的分量,还是画好自己的圆吧。

可能,生活在安稳厚重的大城中,已是一种幸运。

一 间 小 屋

一间十几平米的小屋,夹在城市的隙缝中。

小屋只是城市这本页数繁多的大书中短短的一行文字而已。

小屋在朱雀门内,小南门里,四府街上。东边的朱雀大道宽阔流畅,直贯南山;西边的含光大门雄壮巍峨,左右洞开;只有中间这条四府街是老样

儿,狭窄拥挤。

不过,四府街大树夹映,绿荫成片,凉爽宜人。街道两边有羊肉泡馍、驴肉火烧、饸饹面、八宝饭等各种小吃;有杂货铺、五金店、超级市场等各种门面;还

小面馆

有医疗站、猫狗舍,以及玻璃门中间留着一条缝儿的美容美发美体院等各种服务行业。可谓五味俱全,生活气息充盈。

小屋藏在一个小区里的三层楼上。

十几平米的面积,立着一排书柜,支着一张大床,临窗有一张桌子和一把椅子。书柜还是博物架,靠里是立着的书,靠外摆着古笔筒、紫砂壶、老相机等小收藏。书籍放不下,就码在地面上、坐椅前。桌子上也堆着书,中间只留下两尺宽的伏案位置。大床的半边是被卷,半边是书刊。连门背后、床铺下都塞着书,假若头顶的空间能利用,恐怕也会悬挂着书呢。

虽然拥挤不堪,虽然混乱无序,可主人独得温馨,起名曰:朱雀书屋。

朱雀是这儿的地名,是古代的神鸟,是祥瑞的象征。

一 杯 陈 韵

一杯淡雾缭绕的普洱熟茶,香在主人的书案上。

杯中的颜色越来越栗红醇厚,澄亮生津,赏心悦目。

主人来自陕南乡间,年轻时一直饮用毛尖绿茶,钟爱那种涩苦味儿、浓酽冲劲,以及来自山野的青萌激情和蓬扬个性。

上了年纪之后,胃有所伤,朋友建议他改用红茶。

于是,他渐渐地喜欢起来自远方的普洱熟茶了。青茶贵在新,但刺激性强;普洱则越陈越好,经过时间的调节沉化及自然发酵,味道柔顺安详,温和内敛,绵长回甜起来。

陈香陈韵,可能更契合他的年龄吧。

"一碗喉吻润,二碗破孤闷"。人饮茶,茶伴人,物我相融是一种至高的表现。

一杯茶,一本书,一种旷远的思绪,静静地弥散开来。

一 份 心 情

一份恬淡安谧的心情,泊在主人的胸间。

他感到有些惬意,有些满足。

什么是富人? 他常想。

没有钱当然不是富人。

光有钱其实也不是富人。

有钱穿衣吃饭,有闲品茶读书,有个好心情享受生活才是真正的富人。

富有表现在精神和物质的搭配上,外在和内在的统一上,形而上和形而下的谐调上,缺一都不完整。

没有欲望会平庸,欲望太高会苦恼,快乐自在才是生活最高的境界。

一座大城里有一间小屋,一杯陈韵伴着一份心情,灵感来了就写写文章,不想动笔出去晒晒太阳。

嗬嗬。